David Lurie, Literaturprofessor in mittleren Jahren und zweimal geschieden, ist in Ungnade gefallen: eine Affäre mit einer seiner Studentinnen, die er ohne große Leidenschaft und ohne sonderliche Bedenken unterhielt, ist an die Öffentlichkeit gedrungen. Der peinlichen Befragung durch eine Untersuchungskommission entzieht er sich durch ein Schuldbekenntnis. Er quittiert seinen Dienst und verläßt Kapstadt, um sich für eine Weile zu seiner Tochter aufs Land zurückzuziehen.

Lucy, die keinerlei Ambitionen in der Welt ihres Vaters hat, versucht auf einem entlegenen Stück Land eine kleine Farm aufzubauen. Zunächst scheint es, als könnten der Einfluß Lucys und der natürliche Rhythmus des Farmlebens Davids aus den Fugen geratenem Leben neuen Halt geben, doch dann werden Vater und Tochter Opfer eines brutalen Überfalls, in dessen Folge der grundlegende existentielle Konflikt zwischen Vater und Tochter offen zutage tritt. Während David mit seinen absoluten, eher philosophischen Begriffen von Recht und Würde die Bestrafung der Täter mit allen Mitteln des Gesetzes betreiben will, kommt Lucy zu realistisch-nüchternen Schlüssen und nimmt den Kampf auf ihre Weise auf: sie akzeptiert die Gesetze der Lebenswirklichkeit, für die sie sich nun einmal entschieden hat. David muß seine eigene Rettung finden.

»Man soll das Wort ›Meisterwerk‹ nicht unnütz im Munde führen. Aber im Fall von J. M. Coetzees bookerpreisgekröntem Roman ›Schande‹ läßt es sich nicht vermeiden.« (Andreas Isenschmid, *Tages-Anzeiger*)

J. M. Coetzee, der 1940 in Kapstadt geboren wurde und lange Jahre als Literaturprofessor in seiner Heimatstadt lehrte, gehört zu den meistgerühmten Autoren der Gegenwart. Er wurde für seine Romane mit zahlreichen Preisen ausgezeichnet, u. a. zweimal mit dem Booker Prize, 1983 für ›Leben und Zeit des Michael K.‹ und 1999 für ›Schande‹.

Sein literarisches Gesamtwerk liegt auf deutsch bei S. Fischer und im Fischer Taschenbuch Verlag vor. Zuletzt erschien bei S. Fischer sein Erinnerungsbuch ›Die jungen Jahre‹.

Unsere Adresse im Internet: www.fischer-tb.de

J. M. Coetzee

Schande

Roman

Aus dem Englischen von
Reinhild Böhnke

Fischer
Taschenbuch
Verlag

Limitierte Sonderausgabe
Veröffentlicht im Fischer Taschenbuch Verlag,
einem Unternehmen der S. Fischer Verlag GmbH,
Frankfurt am Main, Juni 2003

Die Originalausgabe erschien 1999
unter dem Titel ›Disgrace‹ bei Secker & Warburg, London

Geamtherstellung: Clausen & Bosse, Leck
Printed in Germany
ISBN 3-596-50671-9

1. Kapitel

Für einen Mann seines Alters, zweiundfünfzig, geschieden, hat er seiner Ansicht nach das Sexproblem recht gut im Griff. Donnerstag nachmittags fährt er immer nach Green Point. Pünktlich um zwei drückt er auf den Summer am Eingang der Windsor Mansions, sagt seinen Namen und geht hinein. An der Tür von Nr. 113 wartet Soraya auf ihn. Er geht gleich ins Schlafzimmer, das angenehm riecht und in weiches Licht getaucht ist, und zieht sich aus. Soraya kommt aus dem Bad, läßt ihren Morgenmantel fallen und schlüpft neben ihm ins Bett. »Hab ich dir gefehlt?« fragt sie. »Du fehlst mir immer«, erwidert er. Er streichelt ihren honigbraunen Körper, der nicht von der Sonne gebräunt ist; er legt sie hin, küßt ihre Brüste; sie lieben sich.

Soraya ist groß und schlank, hat langes schwarzes Haar und dunkle, glänzende Augen. Genaugenommen könnte er vom Alter her ihr Vater sein; aber genaugenommen kann man auch schon mit zwölf Vater sein. Er gehört seit über einem Jahr zu ihren Kunden; für ihn ist sie völlig befriedigend. In der Wüste der Woche ist der Donnerstag zur Oase voll *luxe et volupté* geworden.

Im Bett ist Soraya nicht besonders temperamentvoll. Sie hat eigentlich ein ziemlich ruhiges Naturell, ruhig und fügsam. Ihre allgemeinen Ansichten sind überraschend sittenstreng. Touristinnen, die an öffentlichen Stränden ihre Brüste zeigen (sie sagt »Euter« dazu), stören sie; sie meint, daß man Stadtstreicher zusammentreiben und zum Straßenkehren anstellen sollte. Er fragt sie nicht, wie sie ihre Ansichten mit ihrem Gewerbe vereinbaren kann.

Weil er Freude an ihr hat und weil sich diese Freude stets einstellt, hat sich bei ihm eine Zuneigung für sie entwickelt. Diese Zuneigung wird in gewissem Maße erwidert, glaubt er. Zuneigung ist vielleicht nicht dasselbe wie Liebe, doch sie ist wenigstens mit ihr verwandt. Wenn man bedenkt, wie wenig aussichtsreich das alles begonnen hat, dann haben sie beide Glück gehabt: er, daß er sie gefunden hat, sie, daß sie ihn gefunden hat.

Er weiß, daß seine Haltung selbstgefällig ist, vielleicht ist er sogar vernarrt in sie. Trotzdem ändert er seine Haltung nicht.

Für ein Zusammensein von neunzig Minuten zahlt er ihr 400 Rand, wovon die Hälfte an den Diskreten Begleitservice geht. Ihm scheint es ungerecht, daß der Diskrete Begleitservice so viel bekommt. Aber ihm gehört Nr. 113 und andere Wohnungen in den Windsor Mansions; in gewissem Sinn gehört ihm auch Soraya, dieser Teil von ihr, diese Funktion.

Er hat mit der Idee gespielt, sie zu bitten, ihn privat zu empfangen. Er würde gern einen Abend mit ihr verbringen, vielleicht sogar eine ganze Nacht. Aber nicht den Morgen danach. Er kennt sich zu gut, als daß er ihr den Morgen danach zumuten würde, wenn er kalt und mürrisch ist und es nicht erwarten kann, allein zu sein.

Das ist sein Temperament, und das wird sich nicht ändern, dafür ist er zu alt. Sein Temperament ist festgelegt, fixiert. Der Schädel, und gleich danach das Temperament – das sind die zwei härtesten Teile des Körpers.

Vertrau deinem Temperament. Das ist keine Philosophie, so hoch würde er das nicht bewerten. Es ist eine Regel, wie die Regel des heiligen Benedikt.

Er ist gesund, sein Geist ist klar. Von Beruf ist er Wissenschaftler – oder war es, und die Wissenschaft zieht ihn von Zeit zu Zeit noch ganz in ihren Bann. Sein Leben spielt sich im Rahmen seines Einkommens, seines Temperaments, seiner emotionalen Möglichkeiten ab. Ob er glücklich ist? Nach den meisten Wertmaßstäben, ja, er glaubt es jedenfalls. Doch er hat den Schlußchor des »Ödipus« nicht vergessen: »Darum preis ich niemals glücklich eines Sterblichen Geschick, Eh' den letzten seiner Tage er gesehn hat.«

Im sexuellen Bereich ist sein Temperament zwar lebhaft, aber nie leidenschaftlich gewesen. Wenn er sich ein Totem wählen müßte, würde es die Schlange sein. Den Verkehr zwischen Soraya und ihm stellt er sich ungefähr wie das Kopulieren von Schlangen vor: ausgedehnt, vertieft, doch ziemlich abstrakt, ziemlich nüchtern, selbst im heißesten Moment.

Ist Sorayas Totem auch die Schlange? Fraglos wird sie bei anderen Männern zu einer anderen Frau: *la donna è mobile.* Aber auf der Ebene des Temperaments ist ihre Wesensverwandtschaft mit ihm bestimmt nicht vorgetäuscht.

Obwohl sie durch ihr Gewerbe eine liederliche Frau ist, vertraut er ihr, innerhalb gewisser Grenzen. Während ihrer Zusammenkünfte spricht er relativ offen mit ihr, spricht sich manchmal sogar bei ihr aus. Sie kennt die grundlegenden Dinge seines Privatlebens. Sie hat die Geschichten seiner beiden Ehen gehört, weiß von seiner Tochter und ihrem wechselhaften Geschick. Sie kennt viele seiner Ansichten.

Von ihrem Leben außerhalb der Windsor Mansions verrät Soraya nichts. Soraya ist nicht ihr wirklicher Name, da ist er sich sicher. Es gibt Anzeichen dafür, daß sie ein Kind, oder Kinder, zur Welt gebracht hat. Vielleicht ist sie überhaupt keine Professionelle. Mag sein, sie arbeitet nur ein oder zwei Nachmittage für die Agentur und führt sonst ein anständiges Leben in den Vororten, in Rylands oder Athlone. Für eine Muslimin wäre das ungewöhnlich, aber heutzutage ist alles möglich.

Von seiner Arbeit erzählt er wenig, da er sie nicht langweilen will. Er verdient seinen Lebensunterhalt an der Cape Technical University, dem früheren Cape Town University College. Als ehemaliger Professor für moderne Sprachen ist er seit der im Zuge der großen Rationalisierung erfolgten Schließung des Fachbereichs klassische und moderne Sprachen außerordentlicher Professor für Kommunikationswissenschaften. Wie alle anderen von der Rationalisierung betroffenen Lehrkräfte darf er ein Oberseminar im Jahr anbieten, unabhängig von der Teilnehmerzahl, weil das gut für das geistige Klima ist. In diesem Jahr bietet er ein Seminar über die Dichter der Romantik an. In der übrigen Zeit unterrichtet er Kommunikationswissenschaften 101: »Kommunikationstechniken« und Kommunikationswissenschaften 201: »Kommunikationstechniken für Fortgeschrittene«.

Obwohl er mehrere Stunden jeden Tag seiner neuen Disziplin widmet, findet er deren oberste Prämisse, wie sie im Handbuch der Kommunikationswissenschaften 101 formuliert wird, absurd: »Die menschliche Gesellschaft hat die Sprache geschaffen, damit wir uns unsere Gedanken, Gefühle und Absichten mitteilen können.« Seine Meinung, die er nicht laut äußert, ist, daß die Ursprünge der

Sprache im Gesang liegen und die Ursprünge des Gesangs im Bedürfnis, die übergroße und ziemlich leere menschliche Seele mit Lauten zu füllen.

Im Verlauf einer Karriere, die sich über ein Vierteljahrhundert erstreckt, hat er drei Bücher veröffentlicht, von denen keins Aufsehen erregt oder auch nur einige Wellen geschlagen hatte: das erste über die Oper *(Boito und die Faust-Sage: Die Entstehung des Mefistofele)*, das zweite über Vision als Eros *(Die Vision des Richard von Sankt Viktor)* und das dritte über Wordsworth und die Geschichte *(Wordsworth und die Last der Vergangenheit)*.

Während der letzten Jahre hat er mit dem Gedanken gespielt, etwas über Byron zu schreiben. Zunächst hatte er geglaubt, es würde ein weiteres Buch werden, ein weiteres Werk der Literaturkritik. Aber alle seine Schreibversuche sind in Weitschweifigkeit steckengeblieben. Die Wahrheit ist, daß er die Literaturkritik satt hat, daß er die Prosa am Fließband satt hat. Er möchte eigentlich Musik schreiben: *Byron in Italien*, Gedanken über die Liebe zwischen den Geschlechtern in der Form einer Kammeroper.

Wenn er in seinen kommunikationswissenschaftlichen Seminaren sitzt, gehen ihm Wendungen, Melodien, Gesangsfragmente des ungeschriebenen Werks durch den Kopf. Als Lehrer ist er noch nie besonders gut gewesen; in seiner umgewandelten und seiner Meinung nach kastrierten Lehranstalt fühlt er sich mehr denn je fehl am Platz. Aber das geht schließlich auch anderen Kollegen aus alten Zeiten so, deren Ausbildung sie nicht auf die Aufgaben vorbereitet hat, mit denen sie nun konfrontiert sind; Geistliche in einem postreligiösen Zeitalter.

Weil er keinen Respekt für den Stoff hat, den er lehrt, kommt er bei seinen Studenten nicht an. Sie schauen durch ihn hindurch, wenn er spricht, sie vergessen seinen Namen. Ihre Gleichgültigkeit erbittert ihn mehr, als er zugeben will. Trotzdem erfüllt er akribisch seine Pflicht ihnen, ihren Eltern und dem Staat gegenüber. Monat für Monat stellt er ihnen Aufgaben, sammelt ihre Arbeiten ein, liest sie und versieht sie mit Anmerkungen, korrigiert Fehler in Zeichensetzung und Orthographie, im Wortgebrauch, hinterfragt logische Schwachpunkte und fügt jeder Arbeit eine kurze, wohlüberlegte Kritik an.

Er unterrichtet weiter, weil es ihm seinen Lebensunterhalt sichert; und auch weil es ihn Bescheidenheit lehrt, ihm klarmacht, wo sein Platz in der Welt ist. Die Ironie daran entgeht ihm nicht: der zum Lehren Berufene lernt unheimlich viel, während die zum Lernen Bestellten nichts lernen. Das ist ein Wesenszug seines Berufs, den er Soraya gegenüber nicht erwähnt. Er bezweifelt, daß es in ihrem Beruf eine ähnliche Ironie gibt.

In der Küche der Wohnung in Green Point gibt es einen Wasserkessel, Plastiktassen, ein Glas mit Pulverkaffee, eine Dose mit Zuckertütchen. Im Kühlschrank befindet sich ein Vorrat an Wasserflaschen. Im Bad gibt es Seife und einen Stapel Handtücher, im Schrank frische Bettwäsche. Soraya hat ihr Make-up in einer kleinen Reisetasche. Ein Treff, weiter nichts, zweckdienlich, sauber, gut organisiert.

Als Soraya ihn zum ersten Mal empfing, hatte sie zinnoberroten Lippenstift und kräftigen Lidschatten aufgetragen. Weil er die Klebrigkeit des Make-up nicht mochte, forderte er sie auf, es abzuwischen. Sie gehorchte und hat es seither nie mehr verwendet. Sie lernt schnell, ist fügsam, formbar.

Er macht ihr gern Geschenke. Zu Neujahr hat er ihr

ein Emaille-Armband geschenkt, zum Id, dem Ende der Fastenzeit, einen kleinen Reiher aus Malachit, der ihm in einem Antiquitätenladen aufgefallen war. Ihre Freude, die ganz ungekünstelt ist, bereitet ihm Vergnügen.

Es wundert ihn, daß ihm neunzig Minuten weibliche Zuwendung pro Woche reichen, um ihn glücklich zu machen, wo er einst geglaubt hatte, daß er eine Frau, ein Heim, eine Ehe brauchen würde. Seine Bedürfnisse sind ganz leicht, wie sich am Ende nun herausstellt, leicht und flüchtig, wie die eines Schmetterlings. Kein Gefühl, oder nur das tiefste, das unerwartetste: ein Grundton der Zufriedenheit, wie das Summen des Verkehrs, das den Städter einlullt, oder wie die Stille der Nacht für die Landbevölkerung.

Er denkt an Emma Bovary, die von einem Nachmittag hemmungslosen Fickens befriedigt und mit glasigem Blick nach Hause kommt. *Das ist also die Seligkeit!* sagt Emma und bewundert sich im Spiegel. *Das ist also die Seligkeit, von der die Dichter sprechen!* Nun, wenn die arme gespenstische Emma jemals hier in Kapstadt auftauchen sollte, dann würde er sie eines Donnerstagnachmittags mitnehmen, um ihr zu zeigen, was Seligkeit sein kann: eine maßvolle Seligkeit, eine gemäßigte Seligkeit.

Und dann wird eines Samstagmorgens alles anders. Er hat etwas in der Stadt zu erledigen; er geht durch die St George's Street, als er vor sich in der Menge eine schlanke Gestalt erblickt. Es ist unverkennbar Soraya, eingerahmt von zwei Kindern, zwei Jungen. Sie tragen Päckchen; sie kommen vom Einkaufen.

Zuerst zögert er, dann folgt er in einigem Abstand. Sie verschwinden in Captain Dorego's Fischrestaurant. Die

Jungen haben das glänzende Haar von Soraya und ihre dunklen Augen. Das können nur ihre Söhne sein.

Er geht weiter, kehrt um, läuft ein zweites Mal an Captain Dorego's Restaurant vorbei. Die drei sitzen an einem Fenstertisch. Einen kurzen Moment blickt ihn Soraya durch die Fensterscheibe an.

Er ist immer ein Stadtmensch gewesen, zu Hause im Dahintreiben von Körpern, wo Eros lauert und Blicke wie Pfeile fliegen. Aber diesen Blick, den er mit Soraya gewechselt hat, bereut er sofort.

Bei ihrer Zusammenkunft am nächsten Donnerstag erwähnt keiner das zufällige Treffen. Trotzdem schwebt die Erinnerung über ihnen und verstört sie. Ihm liegt nichts daran, ein schwieriges Doppelleben, was es ja für Soraya bedeuten muß, zu gefährden. Er befürwortet Doppelleben nachdrücklich, doppelte und dreifache Lebensweisen, Leben als Nischendasein. Wenn er überhaupt etwas empfindet, dann größere Zärtlichkeit für sie. *Dein Geheimnis ist bei mir gut aufgehoben*, würde er gern sagen.

Doch weder er noch sie können beiseite schieben, was geschehen ist. Die beiden kleinen Jungen werden zwischen ihnen lebendig, sie spielen still wie Schatten in einem Winkel des Zimmers, in dem ihre Mutter und der fremde Mann sich paaren. In Sorayas Armen wird er vorübergehend zu ihrem Vater: Adoptivvater, Stiefvater, Schattenvater. Wenn er danach ihr Bett verläßt, spürt er, wie ihre Blicke verstohlen und neugierig über ihn huschen.

Seine Gedanken wandern, ohne daß er es will, zu dem anderen Vater, dem richtigen. Ahnt er dunkel, was seine Frau treibt, oder hat er die Seligkeit der Unwissenden gewählt?

Er selbst hat keinen Sohn. Seine Kindheit hat er in einer Familie der Frauen verbracht. Als Mutter, Tanten, Schwestern wegfielen, wurden sie zu gegebener Zeit von Geliebten, Ehefrauen, einer Tochter ersetzt. Seine weibliche Umgebung machte aus ihm einen Liebhaber von Frauen und bis zu einem gewissen Grad einen Weiberhelden. Bei seiner Größe, seiner ansehnlichen Gestalt, dem dunklen Teint und wallenden Haar konnte er immer mit einer gewissen Anziehungskraft rechnen. Wenn er eine Frau auf gewisse Weise, mit einer gewissen Absicht ansah, dann erwiderte sie seinen Blick, darauf konnte er sich verlassen. So lebte er; jahrelang, jahrzehntelang, das war das Rückgrat seines Lebens.

Und dann war eines Tages alles vorbei. Ohne Vorwarnung wich seine Anziehungskraft von ihm. Blicke, die einst den seinen geantwortet hätten, glitten über ihn, an ihm vorbei, durch ihn hindurch. Über Nacht wurde er zum Gespenst. Wenn er eine Frau haben wollte, mußte er sie verfolgen lernen; oft mußte er sie auf die eine oder andere Art kaufen.

Sein Leben war bestimmt von der ängstlichen Betriebsamkeit der Promiskuität. Er hatte Affären mit den Frauen von Kollegen; in den Bars an der Seepromenade oder im Club Italia gabelte er Touristinnen auf; er schlief mit Nutten.

Soraya wurde ihm in einem düsteren kleinen Wohnzimmer hinter den Büroräumen des Diskreten Begleitservice vorgestellt, dort waren Jalousien vor den Fenstern, Topfpflanzen in den Winkeln, und kalter Rauch hing in der Luft. Sie stand unter »exotisch« in ihrem Katalog. Das Foto zeigte sie mit einer roten Passionsblüte im Haar und kaum wahrnehmbaren Fältchen in den Augenwinkeln.

Der Eintrag sagte: »nur nachmittags«. Das gab für ihn den Ausschlag: das Versprechen abgedunkelter Zimmer, kühler Laken, heimlicher Stunden.

Es war von Anfang an befriedigend, genau das, was er wollte. Ein Volltreffer. Seit einem Jahr hat er nicht mehr zur Agentur gehen brauchen.

Dann das unglückliche Zusammentreffen in der St George's Street und die Entfremdung, die darauf folgte. Auch wenn Soraya noch zu ihren Verabredungen erscheint, so spürt er doch eine wachsende Kälte, während sie sich in irgendeine beliebige Frau verwandelt und ihn in irgendeinen beliebigen Kunden.

Er hat eine ziemlich genaue Vorstellung davon, wie Prostituierte unter sich über die Männer sprechen, die zu ihnen kommen, besonders über die älteren von ihnen. Sie erzählen Geschichten, sie lachen, aber sie schaudern auch, wie man vor einer Schabe im Waschbecken mitten in der Nacht schaudert. Schon bald wird man gehässig vor ihm schaudern und sich ekeln. Diesem Schicksal kann er nicht entgehen.

Am vierten Donnerstag nach dem Vorfall macht Soraya, als er gerade gehen will, die Ankündigung, auf die er sich innerlich vorbereitet hat. »Meine Mutter ist krank. Ich nehme frei, um sie zu pflegen. Nächste Woche werde ich nicht hier sein.«

»Treffe ich dich dann die darauffolgende Woche?«

»Ich weiß es nicht genau. Es hängt davon ab, wie es ihr geht. Ruf lieber vorher an.«

»Ich habe keine Telefonnummer.«

»Ruf die Agentur an. Sie wissen dann Bescheid.«

Er wartet ein paar Tage und ruft dann die Agentur an. Soraya? Soraya ist nicht mehr bei uns, sagt der Mann.

Nein, wir können Sie nicht mit ihr in Verbindung bringen, das wäre gegen die Hausregeln. Möchten Sie, daß wir Ihnen eine andere Begleiterin vorstellen? Wir haben jede Menge exotische Frauen zur Auswahl – Malaiinnen, Thaifrauen, Chinesinnen, Sie brauchen nur zu wählen.

Er verbringt einen Abend mit einer anderen Soraya – Soraya ist offenbar ein beliebter *nom de commerce* geworden – in einem Hotelzimmer in der Long Street. Diese ist nicht älter als achtzehn, unerfahren, für sein Empfinden gewöhnlich. »Was machst du so?« fragt sie, während sie sich auszieht. »Export – Import«, sagt er. »Ach ja?« sagt sie.

In seinem Fachbereich gibt es eine neue Sekretärin. Er lädt sie zum Essen in ein Restaurant ein, das sich in diskreter Entfernung vom Campus befindet, und hört ihr zu, als sie sich beim Krabbensalat über die Schule ihres Sohnes beschwert. Dealer treiben sich bei den Sportplätzen herum, sagt sie, und die Polizei tut nichts. Seit drei Jahren stehen sie und ihr Mann im neuseeländischen Konsulat auf einer Liste Einwanderungswilliger. »Ihr hattet es leichter. Mal abgesehen davon, wie gerecht oder ungerecht es zugegangen war, ihr wußtet jedenfalls, woran ihr wart.«

»Ihr?« sagte er. »Wer – ihr?«

»Ich meine, eure Generation. Jetzt entscheiden die Leute selber, welche Gesetze sie befolgen wollen. Das ist Anarchie. Wie kann man Kinder großziehen, wenn ringsum Anarchie herrscht?«

Sie heißt Dawn. Als er sich zum zweiten Mal mit ihr verabredet, gehen sie in sein Haus und schlafen miteinander. Es ist ein Mißerfolg. Sie bäumt sich auf und kratzt und arbeitet sich in schäumende Erregung, die ihn am Ende abstößt. Er borgt ihr einen Kamm und fährt sie zum Campus zurück.

Danach weicht er ihr aus und meidet tunlichst das Büro, wo sie arbeitet. Sie reagiert darauf mit verletzten Blicken, dann schneidet sie ihn.

Er sollte aufgeben, vom Feld gehen. Wie alt war Origenes, fragt er sich, als er sich kastrierte? Das ist nicht die eleganteste Lösung, aber das Altern ist keine elegante Angelegenheit. Ein Klarschiffmachen wenigstens, damit man sich der wahren Aufgabe der Alten zuwenden kann: der Vorbereitung auf das Sterben.

Könnte man sich an einen Arzt wenden und darum bitten? Gewiß eine recht einfache Operation – mit Tieren wird das täglich ausgeführt, und die Tiere überleben das problemlos, wenn man von einer gewissen zurückbleibenden Traurigkeit absieht. Durchtrennen, abbinden – mit örtlicher Betäubung, einer sicheren Hand und stoischer Haltung könnte man es sogar selbst machen, nach Anleitung eines Lehrbuches. Ein Mann auf einem Stuhl, der an sich herumschnippelt – ein häßlicher Anblick, aber aus gewissem Blickwinkel nicht häßlicher als derselbe Mann, wie er sich auf dem Körper einer Frau betätigt.

Aber da ist noch Soraya. Er sollte dieses Kapitel abschließen. Statt dessen bezahlt er ein Detektivbüro, um sie aufzuspüren. Innerhalb weniger Tage hat er ihren richtigen Namen, ihre Adresse, ihre Telefonnummer. Er ruft um neun Uhr morgens an, wenn Mann und Kinder erwartungsgemäß außer Haus sind. »Soraya?« sagt er. »Hier ist David. Wie geht's? Wann kann ich wieder zu dir kommen?«

Langes Schweigen, bevor sie spricht. »Ich weiß nicht, wer Sie sind«, sagt sie. »Sie verfolgen mich bis in mein Haus. Ich verlange, daß Sie mich hier nie wieder anrufen, nie wieder.«

Ich *verlange*. Sie meint: ich *befehle*. Ihre Schrillheit überrascht ihn – es hat dafür vorher keine Anzeichen gegeben. Aber was sollte ein Raubtier auch erwarten, wenn es in den Bau der Füchsin eindringt, in das Heim ihrer Jungen?

Er legt auf. Ein Schatten des Neids auf den Ehemann, den er nie gesehen hat, gleitet über ihn.

2. Kapitel

Ohne die Intermezzi donnerstags ist die Woche öde wie eine Wüste. Es gibt Tage, an denen er nicht weiß, was er mit sich anfangen soll.

Er verbringt mehr Zeit in der Universitätsbibliothek und liest alles, was er über den weiteren Kreis von Byron finden kann, und vermehrt die Notizen, die schon zwei dicke Ordner füllen. Ihm behagt die spätnachmittägliche Stille im Lesesaal, ihm behagt der Heimweg danach – die frische Winterluft, die feuchten, glänzenden Straßen.

An einem Freitagabend ist er auf dem Heimweg, er nimmt den langen Weg durch den alten Collegepark, als er vor sich eine seiner Studentinnen sieht. Sie heißt Melanie Isaacs, aus seinem Romantik-Seminar. Nicht gerade die beste Studentin, aber auch nicht die schlechteste – recht intelligent, aber interesselos.

Sie bummelt dahin; bald holt er sie ein. »Hallo«, sagt er.

Sie erwidert sein Lächeln, nickt mit dem Kopf, ihr Lächeln ist eher schalkhaft als schüchtern. Sie ist klein und dünn, hat ganz kurzes schwarzes Haar, breite, fast chinesische Backenknochen, große, dunkle Augen. Ihre Kleidung fällt immer auf. Heute hat sie einen kastanienbraunen Minirock, einen senffarbenen Pullover und schwarze Strumpfhosen an; der goldfarbene Tand an ihrem Gürtel korrespondiert mit den Goldkugeln ihrer Ohrringe.

Er ist ein wenig verknallt in sie. Das bedeutet nicht viel: es vergeht fast kein Semester, ohne daß er sich in die eine oder andere seiner Schützlinge verliebt. Kapstadt: eine Stadt, reich an Schönheit, an Schönheiten.

Ob sie weiß, daß er ein Auge auf sie geworfen hat? Wahrscheinlich. Frauen sind empfänglich dafür, für die Schwere des begehrenden Blickes.

Es hat geregnet; in den Rinnen neben dem Weg plätschert es leise.

»Meine liebste Jahreszeit, meine liebste Tageszeit«, äußert er. »Wohnen Sie hier in der Nähe?«

»Hinter der Bahnlinie. In einer Wohngemeinschaft.«

»Sind Sie in Kapstadt zu Hause?«

»Nein, ich bin in George aufgewachsen.«

»Ich wohne gleich in der Nähe. Darf ich Sie zu einem Drink einladen?«

Eine Pause, vorsichtig. »Gut. Aber ich muß halb acht zurück sein.«

Aus dem Park kommen sie nun in die ruhige Wohnsiedlung, wo er die vergangenen zwölf Jahre gelebt hat, zuerst mit Rosalind, und dann, nach der Scheidung, allein.

Er schließt das Sicherheitsgitter auf, dann die Tür, läßt das Mädchen eintreten. Er schaltet das Licht an, nimmt ihr die Tasche ab. In ihrem Haar sind Regentropfen. Er starrt sie an, ganz offen hingerissen. Sie senkt die Augen und zeigt dasselbe ausweichende und vielleicht sogar kokette Lächeln wie zuvor schon.

In der Küche öffnet er eine Flasche Meerlust und legt Kekse und Käse auf einen Teller. Als er zurückkommt, steht sie mit zur Seite geneigtem Kopf an den Bücherregalen und liest die Titel. Er legt Musik auf: Mozarts Klarinettenquintett. Wein, Musik – ein Ritual, dessen sich Männer und Frauen spielerisch bedienen. An Ritualen ist nichts Unrechtes, sie wurden erfunden, um die peinlichen

Übergänge zu erleichtern. Aber die junge Frau, die er mit nach Hause gebracht hat, ist nicht nur dreißig Jahre jünger als er, sie ist Studentin, seine Studentin, seiner Obhut anvertraut. Egal, was zwischen ihnen jetzt geschieht, sie werden als Lehrer und Schüler wieder zusammenkommen müssen. Ist er darauf vorbereitet?

»Macht Ihnen das Seminar Spaß?« fragt er.

»Mir hat Blake gefallen. Und die Wonderhorn-Sache.«

»Wunderhorn.«

»Auf Wordsworth bin ich nicht so scharf.«

»Das sollten Sie nicht gerade mir sagen. Wordsworth ist einer meiner Lehrmeister gewesen.«

Das ist wahr. So lange er sich erinnern kann, haben die Harmonien des *Präludiums* in ihm ihren Widerhall gefunden.

»Vielleicht gefällt er mir nach dem Seminar besser. Vielleicht finde ich noch Geschmack daran.«

»Vielleicht. Aber nach meiner Erfahrung sprechen einen Gedichte entweder beim ersten Kennenlernen an oder überhaupt nicht. Eine plötzliche Offenbarung und eine spontane Reaktion darauf. Wie wenn ein Blitz einschlägt. Wie wenn man sich plötzlich verliebt.«

Wie wenn man sich plötzlich verliebt. Verlieben sich die jungen Leute noch, oder ist dieser Mechanismus inzwischen überholt, unnötig, kurios, wie die Fortbewegung mit Dampfkraft? Er ist nicht auf dem laufenden, schlecht informiert. Sich zu verlieben könnte unmodern geworden und etliche Male wieder in Mode gekommen sein, wenn es nach ihm ginge.

»Schreiben Sie selbst Gedichte?« fragt er.

»Früher ja, in der Schule. Es war nichts Besonderes. Jetzt habe ich keine Zeit dazu.«

»Und Leidenschaften? Haben Sie irgendeine literarische Leidenschaft?«

Bei dem seltsamen Wort runzelt sie die Stirn. »Im zweiten Studienjahr haben wir Adrienne Rich und Toni Morrison behandelt. Und Alice Walker. Das fand ich ziemlich spannend. Aber eine Leidenschaft würde ich das nicht nennen.«

Also kein leidenschaftlicher Mensch. Will sie ihn in der denkbar indirektesten Art abschrecken?

»Ich mache schnell was zu essen«, sagt er. »Darf ich Sie einladen? Es wird etwas ganz Einfaches.«

Sie wirkt unschlüssig.

»Kommen Sie!« sagt er. »Sagen Sie ja!«

»Gut. Aber ich muß erst telefonieren.«

Das Gespräch dauert länger, als er erwartet hat. Von der Küche aus hört er sie leise reden, schweigen.

»Was haben Sie beruflich vor?« fragt er sie später.

»Dramaturgie und Bühnenbild. Ich mache ein Diplom im Theaterfach.«

»Und warum belegen Sie ein Seminar über Dichtung der Romantik?«

Sie denkt nach, zieht die Nase kraus. »Ich habe es hauptsächlich wegen der Atmosphäre gewählt«, sagt sie. »Ich wollte nicht noch einmal Shakespeare belegen. Shakespeare habe ich schon letztes Jahr gemacht.«

Was er auf die Schnelle zubereitet, ist wirklich ganz schlicht: Anchovis auf Tagliatelle mit einer Pilzsauce. Er läßt sie die Pilze schneiden. Die übrige Zeit sitzt sie auf einem Hocker und sieht zu, während er kocht. Sie essen im Wohnzimmer und machen eine zweite Flasche Wein auf. Sie langt ordentlich zu. Ein gesunder Appetit für eine so zarte Person.

»Kochen Sie immer für sich?« fragt sie.

»Ich lebe allein. Wenn ich nicht koche, tut's sonst keiner.«

»Ich hasse Kochen. Wahrscheinlich sollte ich's lernen.«

»Warum? Wenn Sie wirklich keine Lust dazu haben, dann heiraten Sie doch einen Mann, der kocht.«

Zusammen malen sie sich das Bild aus: die junge Frau mit den feschen Sachen und dem protzigen Schmuck kommt zur Haustür herein und schnuppert ungeduldig; der Gatte, der farblose Mr. Right, steht mit Schürze in der dampfigen Küche und rührt in einem Topf. Rollentausch: der Stoff für die bürgerliche Komödie.

»Das ist alles«, sagt er zum Schluß, als die Schüssel leer ist. »Kein Nachtisch, wenn Sie nicht einen Apfel oder etwas Joghurt wollen. Tut mir leid – ich wußte nicht, daß ich einen Gast haben würde.«

»Es war gut«, sagt sie, leert ihr Glas und steht auf. »Vielen Dank.«

»Gehen Sie noch nicht.« Er nimmt ihre Hand und führt sie zum Sofa. »Ich möchte Ihnen was zeigen. Gefällt Ihnen Tanz? Nicht Tanzen. Tanz.« Er schiebt eine Kassette in das Videogerät. »Das ist ein Film von einem gewissen Norman McLaren. Der Film ist ziemlich alt. Ich habe ihn in der Bibliothek gefunden. Sehen Sie mal, was Sie davon halten.«

Sie sitzen nebeneinander und schauen zu. Zwei Tänzer auf einer leeren Bühne vollführen ihre Schrittfolgen. Von einer stroboskopischen Kamera aufgezeichnet, fächern sich ihre Abbilder, Geister ihrer Bewegungen, hinter ihnen wie Flügelschläge auf. Diesen Film hat er zum ersten Mal vor einem Vierteljahrhundert gesehen, aber er fesselt ihn immer noch: der Moment in der Gegenwart und die Vergangenheit dieses Moments, flüchtig, im selben Raum eingefangen.

Er wünscht sich, daß auch das Mädchen davon gefesselt wird. Aber er spürt, daß das nicht der Fall ist.

Als der Film zu Ende ist, steht sie auf und schlendert durchs Zimmer. Sie hebt den Klavierdeckel hoch, schlägt das Schloß-C an. »Spielen Sie?« fragt sie.

»Ein wenig.«

»Klassische Musik oder Jazz?«

»Keinen Jazz, leider.«

»Würden Sie mir was vorspielen?«

»Jetzt nicht. Ich bin aus der Übung. Ein andermal, wenn wir uns besser kennen.«

Sie schaut in sein Arbeitszimmer. »Darf ich?« fragt sie.

»Machen Sie sich Licht.«

Er legt eine weitere Platte auf: Sonaten von Scarlatti, Katzenmusik.

»Sie haben eine Menge Bücher von Byron«, sagt sie, als sie aus dem Zimmer kommt. »Ist das Ihr Lieblingsschriftsteller?«

»Ich arbeite über Byron. Über seine Zeit in Italien.«

»Ist er nicht jung gestorben?«

»Mit sechsunddreißig. Sie sind alle jung gestorben. Oder verstummt. Oder sie sind verrückt geworden, und man hat sie eingesperrt. Aber Byron ist nicht in Italien gestorben. Er starb in Griechenland. Er ist vor einem Skandal nach Italien geflohen und dort geblieben. Hat sich dort niedergelassen. Hat die letzte große Liebe seines Lebens erlebt. Italien war zur damaligen Zeit ein beliebtes Reiseziel der Engländer. Sie glaubten, die Italiener seien noch ursprünglicher. Weniger von Konventionen eingeengt, leidenschaftlicher.«

Sie wandert wieder durchs Zimmer. »Ist das Ihre Frau?« fragt sie und bleibt vor einem gerahmten Foto auf dem Couchtisch stehen.

»Meine Mutter. Ein Jugendbild von ihr.«

»Sind Sie verheiratet?«

»Ich war verheiratet. Zweimal. Jetzt nicht mehr.« Er sagt nicht: Jetzt begnüge ich mich mit dem, was mir über den Weg läuft. Er sagt nicht: Jetzt begnüge ich mich mit Huren. »Möchten Sie einen Likör?«

Sie möchte keinen Likör, aber sie willigt in einen Schuß Whisky zu ihrem Kaffee ein. Während sie ihn schlürft, beugt er sich herüber und berührt ihre Wange. »Du bist sehr schön«, sagt er. »Ich werde dich jetzt auffordern, etwas Kühnes zu tun.« Er berührt sie wieder. »Bleib. Verbring die Nacht mit mir.«

Über den Tassenrand hinweg blickt sie ihn fest an. »Warum?«

»Weil du es tun solltest.«

»Warum sollte ich?«

»Warum? Weil die Schönheit einer Frau nicht ihr allein gehört. Sie ist Teil der Aussteuer, die sie mit auf die Welt bringt. Sie hat die Pflicht, sie zu teilen.«

Seine Hand ruht noch immer auf ihrer Wange. Sie weicht nicht zurück, doch sie gibt auch nicht nach.

»Und wenn ich sie schon teile?« Ihrer Stimme ist eine gewisse Atemlosigkeit anzumerken. Es ist immer erregend, wenn man umworben wird – erregend, angenehm.

»Dann solltest du sie noch breiter teilen.«

Glatte Worte, alt wie die Kunst der Verführung selbst. Doch in diesem Augenblick glaubt er daran. Sie gehört sich nicht selbst. Schönheit gehört sich nicht selbst.

»Von schönsten Wesen wünschen wir Vermehrung«, sagt er, »damit der Schönheit Ros' unsterblich sei.«

Kein guter Einfall. Ihr Lächeln verliert das Spielerische, Bewegliche. Der Pentameter, dessen Kadenz einst so tauglich war, die Worte der Schlange eingängig zu machen, befremdet nun. Er ist wieder Lehrer, Literat, Wächter des Kulturerbes. Sie setzt die Tasse ab. »Ich muß gehen, ich werde erwartet.«

Die Wolken haben sich verzogen, die Sterne scheinen. »Eine schöne Nacht«, sagt er und schließt das Gartentor auf. Sie blickt nicht hoch. »Soll ich dich nach Hause bringen?«

»Nein.«

»Na schön. Gute Nacht.« Er breitet die Arme aus und umfängt sie. Für einen Moment spürt er ihre kleinen Brüste an seiner Brust. Dann schlüpft sie aus seiner Umarmung und ist fort.

3. Kapitel

Hier sollte er Schluß machen. Er tut es aber nicht. Am Sonntag vormittag fährt er in den leeren Campus und schließt das Sekretariat des Fachbereichs auf. Aus dem Aktenschrank holt er die Karteikarte mit den Immatrikulationsdaten von Melanie Isaacs und schreibt ihre persönlichen Daten ab: Heimatadresse, Adresse in Kapstadt, Telefonnummer.

Er wählt die Nummer. Eine Frauenstimme meldet sich.

»Melanie?«

»Ich hole sie. Wer ist am Apparat?«

»Sagen Sie ihr, David Lurie möchte sie sprechen.«

Melanie – Melodie: ein trügerischer Reim. Kein guter Name für sie. Verlagere den Akzent. Meláni: die Dunkle.

»Hallo?«

Aus dem einen Wort hört er ihre ganze Unsicherheit heraus. Zu jung. Sie weiß nicht, wie sie mit ihm umgehen soll; er sollte sie in Ruhe lassen. Aber etwas hat ihn gepackt. Der Schönheit Ros': das Gedicht trifft sein Ziel wie ein Pfeil. Sie gehört sich nicht selbst; vielleicht gehört auch er sich nicht selbst.

»Ich hab mir gedacht, vielleicht möchtest du mit mir essen gehen«, sagt er. »Ich hole dich ab, sagen wir, um zwölf.«

Sie kann ihm immer noch eine Lüge auftischen, sich herauswinden. Aber sie ist zu verwirrt, und der Augenblick verstreicht.

Als er bei ihr ankommt, wartet sie auf dem Gehweg vor ihrem Wohnblock. Sie hat schwarze Leggings und einen schwarzen Pullover an. Ihre Hüften sind schmal wie die einer Zwölfjährigen.

Er fährt mit ihr nach Hout Bay, zum Hafen. Während der Fahrt versucht er, sie zu beruhigen. Er erkundigt sich nach ihren anderen Lehrveranstaltungen. Sie spielt in einem Stück mit, sagt sie. Sie braucht das für ihr Diplom. Die Proben nehmen viel Zeit in Anspruch.

Im Restaurant hat sie keinen Appetit und starrt bedrückt aufs Meer hinaus.

»Fehlt dir was? Willst du darüber reden?«

Sie schüttelt den Kopf.

»Machst du dir Sorgen wegen uns beiden?«

»Kann schon sein«, sagt sie.

»Das brauchst du nicht. Ich passe auf, daß es nicht zu weit geht.«

Zu weit. Was heißt ›weit‹, was heißt ›zu weit‹ bei einer solchen Affäre? Versteht sie dasselbe unter ›zu weit‹ wie er?

Es hat angefangen zu regnen: das Wasser strömt nur so herab und treibt über die leere Bucht. »Wollen wir gehen?« fragt er.

Er nimmt sie mit nach Hause. Auf dem Boden des Wohnzimmers liebt er sie, während der Regen gegen die Fenster prasselt. Ihr Körper ist klar und einfach, auf seine Art vollkommen; obwohl sie passiv bleibt, ist der Akt für ihn lustvoll, so sehr, daß er vom Höhepunkt in einen völlig entrückten Zustand gleitet.

Als er wieder zu sich kommt, hat der Regen aufgehört. Das Mädchen liegt unter ihm, mit geschlossenen Augen, die Hände schlaff über dem Kopf, die Stirn leicht gerunzelt. Seine Hände sind unter ihrem grobmaschigen Pullover und liegen auf ihren Brüsten. Ihre Leggings und ihr Slip liegen zusammengeknüllt auf dem Boden; seine Hosen hängen ihm um die Knöchel. *Nach dem Sturm*, denkt er – geradewegs aus der Bildwelt von George Grosz.

Mit abgewandtem Gesicht befreit sie sich, sammelt ihre Sachen auf und verläßt das Zimmer. Wenige Minuten später ist sie zurück, angekleidet. »Ich muß gehen«, flüstert sie. Er versucht nicht, sie zurückzuhalten.

Am nächsten Morgen wacht er auf und fühlt sich durch und durch wohl, und dieses Gefühl verschwindet nicht. Melanie ist nicht im Seminar. Von seinem Dienstzimmer aus ruft er eine Blumenhandlung an. Rosen? Vielleicht doch nicht. Er bestellt Nelken. »Rot oder weiß?« fragt die Frau. Rot? Weiß? »Schicken Sie zwölf rosa Nelken«, sagt er. »Ich habe keine zwölf rosa Nelken. Soll ich einen gemischten Strauß schicken?« »Ja, schicken Sie einen gemischten Strauß«, sagt er.

Den ganzen Dienstag über fällt Regen aus schweren Wolken, die der Wind aus westlicher Richtung über die Stadt treibt. Als er am Ende des Tages durch die Eingangshalle seines Fachbereichs geht, entdeckt er sie an der Tür in einem Knäuel von Studenten, die alle auf das Ende des Regengusses warten. Er tritt hinter sie, legt ihr die Hand auf die Schulter.

»Warte hier auf mich«, sagt er. »Ich fahre dich nach Hause.«

Er kommt mit einem Schirm zurück. Als sie zum Parkplatz hinübergehen, zieht er sie näher an sich heran, um sie trocken zu halten. Ein plötzlicher Windstoß stülpt den Schirm um; unbeholfen rennen sie gemeinsam zum Auto.

Sie hat einen gelben Regenmantel an; im Auto setzt sie die Kapuze ab. Ihr Gesicht ist gerötet; er sieht, wie sich ihre Brust hebt und senkt. Sie leckt sich einen Regentropfen von der Oberlippe. *Ein Kind!* denkt er: *Nur ein Kind! Was mache ich da?* Aber sein Herz taumelt vor Verlangen.

Sie fahren durch dichten spätnachmittäglichen Verkehr. »Ich habe dich gestern vermißt«, sagt er. »Ist alles in Ordnung?«

Sie antwortet nicht und starrt auf den Scheibenwischer.

An einer roten Ampel nimmt er ihre kalte Hand in seine. »Melanie!« sagt er und versucht, einen leichten Ton beizubehalten. Aber er hat vergessen, wie man um eine Frau wirbt. Die Stimme, die er hört, gehört einem überredenden Vater, keinem Liebhaber.

Er hält vor ihrem Wohnblock. »Danke«, sagt sie und öffnet die Wagentür.

»Nimmst du mich nicht mit hinein?«

»Wahrscheinlich ist meine Mitbewohnerin da.«

»Wie steht's mit heute abend?«

»Heute abend habe ich Probe.«

»Wann sehe ich dich also wieder?«

Sie antwortet nicht. »Danke«, wiederholt sie und schlüpft hinaus.

Am Mittwoch ist sie im Seminar auf ihrem üblichen Platz. Sie sind immer noch bei Wordsworth, beim sechsten Buch des »Präludiums«, der Dichter in den Alpen.

»Noch am gleichen Tag«, liest er laut vor,

»Erschauten wir von einem kahlen Felsenkamm
Zum erstenmal den Gipfel des Montblanc,
Befreit von allen Wolkenschleiern, und
Beklagten, daß der bloße Augeneindruck,

Das nackte, seelenlose Sinnes-Bild,
Einen lebend'gen Phantasiegedanken
Usurpierte und für immer uns entriß.

So. Der majestätische weiße Berg Montblanc stellt sich als Enttäuschung heraus. Warum? Wir wollen von dem ungewöhnlichen Verb *usurpieren* ausgehen. Hat das jemand im Wörterbuch nachgeschlagen?«

Schweigen.

»Wenn Sie es getan hätten, hätten Sie herausgefunden, daß *usurpieren* ›widerrechtlich an sich reißen, erobern‹ heißt.

Die Wolkendecke hob sich, sagt Wordsworth, der Gipfel wurde entschleiert, und wir beklagten, daß wir ihn sahen. Eine seltsame Reaktion für einen, der die Alpen bereist. Warum sollte er klagen? Weil, so sagt er, ein seelenloses Sinnes-Bild, ein bloßes Abbild auf der Netzhaut, das erobert hat, was bisher ein lebendiger Phantasiegedanke gewesen ist. Was war dieser lebendige Phantasiegedanke?«

Wieder Schweigen. Sogar die Luft, in die er spricht, ist lustlos und schlaff. Ein Mann, der einen Berg betrachtet – warum muß es so kompliziert sein, möchten sie stöhnen. Was kann er ihnen darauf antworten? Was hat er Melanie an jenem ersten Abend gesagt? Daß es ohne einen Blitz der Offenbarung nicht geht. Wo ist der Blitz der Offenbarung in diesem Raum?

Er wirft ihr einen schnellen Blick zu. Ihr Kopf ist gesenkt, sie ist in den Text vertieft, es scheint wenigstens so.

»Dasselbe Wort *usurpieren* taucht ein paar Zeilen später wieder auf. Usurpation ist eins der tieferen Themen der Alpen-Sequenz. Die großen Archetypen der Vorstellung, reine Ideen, werden von nackten Sinnes-Bildern usurpiert.

Doch wir können unser alltägliches Leben nicht in einem Reich der reinen Ideen führen, abgeschottet von Sinneserfahrungen. Die Frage ist nicht, wie können wir die Vorstellungswelt rein erhalten, geschützt vor den Attacken der Realität. Die Frage muß lauten: Können wir eine Möglichkeit finden, daß beides nebeneinander bestehen kann?

Schauen Sie sich Vers 599 an. Wordsworth schreibt über die Grenzen der Sinneswahrnehmung. Auf dieses Thema sind wir schon früher gestoßen. Wenn die Sinnesorgane bis an die Grenzen ihrer Möglichkeiten gehen, beginnt ihr Licht zu versagen. Aber im Augenblick des Erlöschens flackert das Licht noch ein letztes Mal auf wie eine Kerzenflamme und schenkt uns einen Blick auf das Unsichtbare. Dieser Abschnitt ist schwierig; vielleicht widerspricht er sogar dem Montblanc-Augenblick. Trotzdem scheint Wordsworth auf einen Ausgleich bedacht: weder die reine Idee, in Wolken gehüllt, noch das sinnliche Abbild, das sich auf die Netzhaut brennt und uns mit seiner faktischen Klarheit überwältigt und enttäuscht, sondern das Sinnes-Bild, das so flüchtig wie möglich gehalten wird, damit es die Vorstellung anregt oder belebt, die in einer tieferen Schicht des Gedächtnisses verborgen ist.«

Er hält inne. Völliges Unverständnis. Er ist zu schnell zu weit gegangen. Wie kann er sie zu sich heranholen? Auch sie?

»Man kann es mit Verliebtsein vergleichen«, sagt er. »Wenn man blind ist, wird man sich zunächst kaum verlieben. Aber dann, will man denn wirklich das geliebte Wesen mit der kalten Klarheit des Sinnesorgans sehen? Es ist vielleicht angebrachter, einen Schleier darüber zu werfen, um die Geliebte in ihrer archetypischen, göttinnengleichen Gestalt zu erhalten.«

Das steht kaum bei Wordsworth, aber es weckt sie wenigstens auf. *Archetypen?* fragen sie sich. *Göttinnen? Was redet er da? Was weiß dieser alte Mann von der Liebe?*

Eine Erinnerung stellt sich ein: der Moment auf dem Fußboden, als er ihren Pullover hochgeschoben und ihre schönen, perfekten kleinen Brüste entblößt hat. Zum erstenmal blickt sie hoch; ihre Augen tauchen in seine und erkennen blitzartig alles. Verwirrt senkt sie den Blick.

»Wordsworth schreibt über die Alpen«, sagt er. »Wir haben hier keine Alpen, doch wir haben die Drakensberge oder, etwas bescheidener, den Tafelberg, den wir nach dem Vorbild der Dichter besteigen, und wir erhoffen uns davon diese Momente der Offenbarung, von denen Wordsworth spricht und von denen wir alle gehört haben.« Jetzt redet er einfach so dahin und verwischt die Spuren. »Aber solche Momente werden sich nicht einstellen, wenn das Auge nicht halbwegs eingestellt ist auf die großen Archetypen der Vorstellungswelt, die wir in uns tragen.«

Genug! Er ist seiner eigenen Stimme überdrüssig, und sie tut ihm leid, weil sie sich diese versteckten Intimitäten anhören muß. Er entläßt die Studenten, dann zögert er zu gehen, weil er auf ein paar Worte mit ihr hofft. Aber sie schlüpft im Gedränge fort.

Vor einer Woche noch war sie nur ein hübsches Gesicht unter anderen in der Seminargruppe. Jetzt ist sie Realität in seinem Leben, eine lebendige Realität.

Das Auditorium des Studentenverbands liegt im Dunkeln. Unbemerkt setzt er sich in die hinterste Reihe. Abgesehen von einem Mann ein paar Reihen vor ihm – er hat schütteres Haar und trägt eine Hausmeisterkluft – ist er der einzige Zuschauer.

Sunset in the Globe Salon heißt das Stück, das sie proben – eine Komödie über das neue Südafrika, die in einem Frisiersalon in Hillbrow, Johannesburg spielt. Auf der Bühne bedient ein Friseur, aufdringlich schwul, zwei Kunden, einer davon ist schwarz, der andere weiß. Sprüche gehen zwischen den dreien hin und her – Scherze, Beleidigungen. Das vorherrschende Prinzip scheint die Katharsis zu sein: die ganzen grobschlächtigen alten Vorurteile werden ans Tageslicht gebracht und mit Lachstürmen hinweggefegt.

Eine vierte Figur kommt auf die Bühne, ein Mädchen mit hohen Plateauschuhen und Korkenzieherlocken. »Setzen Sie sich, Süße, Sie werden gleich bedient«, sagt der Friseur. »Ich komme wegen dem Job«, antwortet sie, »wegen der Annonce in der Zeitung.« Sie spricht breiten Kaaps-Dialekt; es ist Melanie. »Ach, nimm einen Besen und mach dich nützlich«, sagt der Friseur.

Sie greift sich einen Besen, geht tapsig auf der Bühne herum und stößt ihn vor sich her. Der Besen verfängt sich in einer Verlängerungsschnur. Eigentlich soll es jetzt aufblitzen, gefolgt von Schreien und hektischem Herumlaufen, aber mit dem Ablauf klappt etwas nicht. Die Regisseurin kommt mit großen Schritten auf die Bühne, ihr folgt ein junger Mann in schwarzen Ledersachen, der sich an der Steckdose zu schaffen macht. »Das muß noch zackiger kommen«, sagt die Regisseurin. »Wie bei den Marx Brothers.« Sie wendet sich an Melanie. »Klar?« Melanie nickt.

Vor ihm steht der Hausmeister auf und verläßt mit

einem tiefen Seufzer das Auditorium. Er sollte auch gehen. Es ist ungehörig, so im Dunkeln zu sitzen und einer jungen Frau nachzuspionieren (ungebeten drängt sich ihm das Wort *lüstern* auf). Aber die alten Männer, zu denen er bald gehören wird, die Stadtstreicher und Stromer mit ihren fleckigen Regenmänteln, dem lückenhaften Gebiß und aus den Ohren sprießenden Haaren – sie alle waren einst Kinder Gottes mit geraden Gliedern und klaren Augen. Kann man es ihnen vorwerfen, daß sie bis zuletzt das köstliche Gastmahl der Sinne nicht verlassen wollen?

Auf der Bühne geht die Handlung weiter. Melanie stößt ihren Besen vor sich her. Ein Knall, ein Blitz, erschreckte Schreie. »Ich kann nichts dafür«, kreischt Melanie. »*My gats*, warum muß ich an allem schuld sein?« Er steht leise auf und folgt dem Hausmeister in die Dunkelheit draußen.

Am Nachmittag um vier steht er am nächsten Tag vor ihrer Tür. Als sie öffnet, hat sie ein zerknittertes T-Shirt an, Radlerhosen und Hausschuhe in der Gestalt von Comic-Figuren, die er albern und geschmacklos findet.

Er hat sie nicht vorgewarnt; sie ist zu überrascht, um sich dem lästigen Besucher zu widersetzen, der sich ihr aufdrängt. Als er sie umarmt, fallen ihre Glieder herab wie die einer Marionette. Worte dringen keulenschwer in ihre zarte Ohrmuschel. »Nein, nicht jetzt!« sagt sie und wehrt sich. »Meine Cousine kommt gleich zurück!«

Aber nichts kann ihn aufhalten. Er trägt sie ins Schlafzimmer, streift ihr die lächerlichen Hausschuhe ab, küßt ihre Füße, überrascht von dem Gefühl, das sie erregt. Das hat etwas mit ihrer Erscheinung auf der Bühne zu tun: die

Perücke, der wackelnde Hintern, die ordinäre Sprache. Seltsame Liebe! Aber aus dem Köcher Aphrodites, der schaumgeborenen Göttin, daran ist kein Zweifel.

Sie leistet keinen Widerstand. Sie wendet sich nur weg: sie wendet ihre Lippen, ihre Augen weg. Sie läßt sich von ihm aufs Bett legen und ausziehen; sie hilft ihm sogar, hebt die Arme und dann die Hüften. Sie fröstelt; sobald sie nackt ist, schlüpft sie unter die Steppdecke wie ein Maulwurf in seinen Bau und dreht ihm den Rücken zu.

Es ist keine Vergewaltigung, nicht ganz, aber doch unerwünscht, gänzlich unerwünscht. Als hätte sie sich entschlossen, ganz schlaff zu werden, sich tot zu stellen, solange es dauert, wie ein Kaninchen, wenn die Fänge des Fuchses sich in seinem Nacken verbeißen. So daß alles, was man mit ihr macht, sozusagen weit weg geschieht.

»Pauline wird jeden Moment zurückkommen«, sagt sie, als es vorbei ist. »Bitte! Du mußt jetzt gehen.«

Er gehorcht, doch als er bei seinem Auto ankommt, ergreift ihn eine solche Niedergeschlagenheit, eine solche Mattigkeit, daß er zusammengesunken hinter dem Steuer sitzt und sich nicht rühren kann.

Ein Fehler, ein gewaltiger Fehler. In diesem Augenblick, daran zweifelt er nicht, versucht sie, Melanie, es abzuwaschen, ihn abzuwaschen. Er sieht sie vor sich, wie sie ein Bad einläßt und ins Wasser steigt, mit geschlossenen Augen wie eine Schlafwandlerin. Er würde gern selbst in ein Bad gleiten.

Eine Frau mit stämmigen Beinen und einem strengen Bürokostüm geht vorbei und betritt das Haus. Ist das Cousine Pauline, die Mitbewohnerin, vor deren Mißbilligung sich Melanie so fürchtet? Er reißt sich zusammen und fährt weg.

Am nächsten Tag ist sie nicht im Seminar. Dieses Fehlen ist unglücklich, weil an dem Tag die Semester-Klausur fällig ist. Als er danach die Anwesenheitsliste ausfüllt, gibt er sie als anwesend an und trägt eine 70 als Bewertung ein. Unten auf der Seite macht er eine Bleistiftnotiz für sich: »Vorläufig«. Siebzig: eine Zensur auf der Kippe, weder gut noch schlecht.

Sie bleibt die ganze nächste Woche weg. Immer wieder ruft er an, erreicht sie aber nicht. Dann klingelt es am Sonntag um Mitternacht an der Tür. Es ist Melanie, von Kopf bis Fuß in Schwarz gekleidet, mit einer kleinen schwarzen Wollmütze. Ihr Gesicht ist angespannt; er macht sich auf zornige Worte, auf eine Szene gefaßt.

Die Szene kommt nicht. Eigentlich ist sie die Verlegene. »Kann ich heute nacht hier schlafen?« flüstert sie und weicht seinem Blick aus.

»Aber natürlich.« Erleichterung durchströmt ihn. Er zieht sie in seine Arme und drückt sie, die steif und kalt ist, an sich. »Komm, ich mach dir einen Tee.«

»Nein, keinen Tee, nichts, ich bin völlig fertig, ich muß mich nur hinhauen.«

Er macht ihr im Zimmer, das früher seiner Tochter gehörte, ein Bett zurecht, gibt ihr einen Gute-Nacht-Kuß und läßt sie allein. Als er eine halbe Stunde später nachschaut, schläft sie wie eine Tote, vollständig angekleidet. Er zieht ihr die Schuhe aus und deckt sie zu.

Um sieben Uhr früh, als die ersten Vögel zu zwitschern beginnen, klopft er an ihre Tür. Sie ist wach, liegt da und hat die Decke bis unters Kinn gezogen und sieht verhärmt aus.

»Wie geht's dir?« fragt er.

Sie zuckt mit den Schultern.

»Ist was passiert? Willst du es erzählen?«

Sie schüttelt stumm den Kopf.

Er setzt sich aufs Bett und zieht sie an sich. In seinen Armen beginnt sie kläglich zu schluchzen. Trotzdem zittert er vor Verlangen. »Na, na«, flüstert er und versucht, sie zu trösten. »Sag mir, was los ist.« Fast hätte er gesagt: »Sag Papa, was los ist.«

Sie faßt sich und versucht zu sprechen, aber ihre Nase ist verstopft. Er besorgt ihr ein Tempotaschentuch. »Kann ich für eine Weile hierbleiben?« fragt sie.

»Hierbleiben?« wiederholt er vorsichtig. Sie hat aufgehört zu weinen, aber immer wieder überläuft sie ein langer Schauer des Elends. »Wäre das klug?«

Ob das klug wäre, sagt sie nicht. Statt dessen drückt sie sich fester an ihn, ihr Gesicht liegt warm an seinem Bauch. Die Decke gleitet beiseite; sie ist nur in Hemd und Slip.

Weiß sie in diesem Augenblick, was sie will?

Als er im Collegepark die erste Annäherung gemacht hat, hatte er eigentlich eine schnelle kleine Affäre im Sinn gehabt – schnell begonnen, schnell beendet. Jetzt ist sie in seinem Haus und bringt Verwicklungen mit sich. Was für ein Spiel spielt sie? Er sollte auf der Hut sein, ganz gewiß. Aber er hätte von Anfang an auf der Hut sein sollen.

Er legt sich neben sie aufs Bett. Das allerletzte, was er braucht, ist, daß Melanie Isaacs bei ihm wohnt. Aber für diesen Moment ist der Gedanke berauschend. Sie wird jede Nacht da sein; jede Nacht kann er so in ihr Bett schlüpfen, in sie hineinschlüpfen. Man wird es herausfinden, man findet es immer heraus; es wird Getuschel geben, vielleicht sogar einen Skandal. Aber was macht das schon? Ein letztes Auflodern der sinnlichen Flamme, ehe sie verlöscht. Er schlägt die Bettdecke zurück, streichelt ihre Brüste, ihren Hintern. »Natürlich kannst du hierbleiben«, murmelt er. »Natürlich.«

In seinem Schlafzimmer, zwei Türen weiter, klingelt der Wecker. Sie wendet sich weg von ihm und zieht die Decke bis über die Schultern.

»Ich gehe jetzt fort«, sagt er. »Ich habe Seminare. Versuch wieder zu schlafen. Mittags bin ich zurück, dann können wir reden.« Er streicht ihr übers Haar, küßt sie auf die Stirn. Geliebte? Tochter? Was versucht sie im Grunde ihres Herzens zu sein? Was bietet sie ihm an?

Als er mittags zurückkommt, ist sie auf und sitzt in der Küche, ißt Toast mit Honig und trinkt Tee. Sie scheint sich ganz wie zu Hause zu fühlen.

»Na also«, sagt er, »du siehst schon viel besser aus.«

»Ich habe geschlafen, als du weg warst.«

»Willst du mir jetzt erzählen, was das Ganze soll?«

Sie weicht seinem Blick aus. »Jetzt nicht«, sagt sie. »Ich muß gehen, ich bin schon spät dran. Ich erkläre es das nächste Mal.«

»Und wann wird das nächste Mal sein?«

»Heute abend, nach der Probe. Ist das okay?«

»Ja.«

Sie steht auf, schafft Tasse und Teller zur Spüle (wäscht sie aber nicht ab) und dreht sich dann zu ihm um. »Bist du sicher, daß es okay ist?« fragt sie.

»Ja, es ist okay.«

»Ich wollte noch sagen, ich weiß, daß ich viele Seminare verpaßt habe, aber die Inszenierung nimmt meine ganze Zeit in Anspruch.«

»Ich verstehe. Du willst mir sagen, daß deine Theaterarbeit vorgeht. Es wäre hilfreich gewesen, wenn du das früher erklärt hättest. Wirst du morgen im Seminar sein?«

»Ja. Ich verspreche es.«

Sie verspricht es, aber das Versprechen ist nicht einklagbar. Er ist verärgert, irritiert. Sie benimmt sich schlecht, erlaubt sich zu viel; sie lernt, ihn auszunutzen, und wird ihn wahrscheinlich weiter ausnutzen. Aber wenn sie sich zu viel erlaubt, hat er sich noch mehr erlaubt; wenn sie sich schlecht benimmt, hat er sich noch schlechter benommen. Wenn sie zusammen sind, ist er derjenige, der führt, und sie diejenige, die folgt. Das sollte er nicht vergessen.

4. Kapitel

Er schläft noch einmal mit ihr, im Bett im Zimmer seiner Tochter. Es ist gut, so gut wie das erste Mal; er erfaßt allmählich die Art, wie sich ihr Körper bewegt. Sie ist beweglich und begierig auf Erfahrung. Wenn er bei ihr keinen voll ausgeprägten sexuellen Appetit feststellt, dann nur, weil sie noch jung ist. Ein Moment hebt sich in der Erinnerung heraus, als sie ein Bein hinter seinen Po hakt, um ihn noch mehr hineinzuziehen: als er spürt, wie sich bei ihr die Sehne innen am Oberschenkel anspannt, erfaßt ihn eine Woge der Freude und des Verlangens. Wer weiß, denkt er: es könnte trotz allem eine Zukunft geben.

»Machst du das oft?« fragt sie hinterher.

»Was?«

»Mit deinen Studentinnen schlafen. Hast du mit Amanda geschlafen?«

Er antwortet nicht. Amanda ist eine andere Studentin aus dem Seminar, eine schmächtige Blondine. Er hat kein Interesse an Amanda.

»Warum bist du geschieden?« fragt sie.

»Ich wurde zweimal geschieden. Zweimal verheiratet, zweimal geschieden.«

»Was war mit deiner ersten Frau?«

»Das ist eine lange Geschichte. Ich erzähl's dir ein andermal.«

»Hast du Fotos?«

»Ich sammle keine Fotos. Ich sammle keine Frauen.«

»Gehöre ich nicht zu deiner Sammlung?«

»Nein, natürlich nicht.«

Sie steht auf, geht gemächlich durchs Zimmer und sammelt ihre Kleider auf, so ungeniert, als wäre sie allein. Er ist Frauen gewöhnt, die beim Anziehen und Ausziehen befangener sind. Aber die Frauen, die er gewöhnt ist, sind nicht so jung, haben keine so makellose Figur.

Am Nachmittag desselben Tages klopft es an die Tür seines Dienstzimmers, und ein junger Mann kommt herein, den er noch nie gesehen hat. Ohne Aufforderung setzt er sich, schaut sich im Zimmer um und nickt anerkennend bei den Bücherregalen.

Er ist groß und drahtig; er hat einen dünnen Spitzbart und einen Ohrring; er trägt eine schwarze Lederjacke und schwarze Lederhosen. Er wirkt älter als die meisten Studenten; er wirkt, als brächte er Ärger mit.

»Sie sind also der Professor«, sagt er. »Professor David. Melanie hat mir von Ihnen erzählt.«

»Aha. Und was hat sie Ihnen erzählt?«

»Daß Sie sie ficken.«

Langes Schweigen. So, denkt er: jetzt wird abgerechnet. Ich hätte es mir denken können: ein solches Mädchen ist nicht ohne Anhang.

»Wer sind Sie?« fragt er.

Der Besucher ignoriert seine Frage. »Sie finden sich toll«, redet er weiter. »Ein richtiger Aufreißer. Glauben Sie, daß Sie noch so toll aussehen werden, wenn Ihre Frau erfährt, was Sie so treiben?«

»Das geht zu weit. Was wollen Sie?«

»Erzählen Sie mir nicht, was zu weit geht.« Die Worte kommen jetzt schneller, schnell und drohend. »Und bilden

Sie sich ja nicht ein, Sie könnten einfach in das Leben von Menschen hineinspazieren und wieder heraus, wenn es Ihnen paßt.« In seinen schwarzen Augen tanzen Lichtpünktchen. Er beugt sich vor, fegt mit den Händen nach rechts und nach links. Die Papiere auf seinem Schreibtisch fliegen durch die Luft.

Er erhebt sich. »Das geht zu weit! Machen Sie, daß Sie fortkommen!«

»Machen Sie, daß Sie fortkommen!« äfft ihn der junge Mann nach. »Okay.« Er steht auf und geht langsam zur Tür. »Auf Wiedersehen, Prof! Aber machen Sie sich auf was gefaßt!« Dann ist er fort.

Ein Ganove, denkt er. Sie hat sich mit einem Ganoven eingelassen, und jetzt muß auch ich mich mit ihrem Ganoven einlassen! Er hat Magenschmerzen.

Obwohl er bis spät nachts aufbleibt und auf Melanie wartet, kommt sie nicht. Statt dessen wird sein auf der Straße geparktes Auto mutwillig beschädigt. Die Reifen sind platt, man hat Leim in die Türschlösser geschmiert und Zeitungen auf die Windschutzscheibe geklebt, der Lack ist zerkratzt. Die Schlösser müssen ausgewechselt werden; die Rechnung beläuft sich auf sechshundert Rand.

»Haben Sie eine Ahnung, wer das gewesen sein könnte?« fragt der Schlosser.

»Keine blasse Ahnung«, antwortet er kurz angebunden.

Nach diesem Coup hält sich Melanie von ihm fern. Es überrascht ihn nicht: wenn er gedemütigt wurde, dann ist auch sie gedemütigt. Aber am Montag taucht sie wieder im Seminar auf; und neben ihr, zurückgelehnt auf seinem Stuhl, Hände in den Taschen, sitzt mit anmaßender

Selbstverständlichkeit der junge Mann in Schwarz, der Freund.

Für gewöhnlich summt die Luft von den Gesprächen der Studenten. Heute herrscht erwartungsvolles Schweigen. Obwohl er nicht glauben kann, daß sie wissen, was im Gange ist, warten sie sichtbar gespannt darauf, wie er sich zu dem Eindringling verhalten wird.

Wie wird er sich denn verhalten? Was mit seinem Auto passiert ist, hat offenbar noch nicht gereicht. Offenbar soll noch einiges folgen. Was kann er machen? Er muß die Zähne zusammenbeißen und zahlen, was sonst?

»Wir fahren mit Byron fort«, sagt er und taucht in seine Notizen. »Wie wir letzte Woche gesehen haben, beeinflußten Byrons traurige Berühmtheit und seine Skandalgeschichten nicht nur sein Leben, sondern auch die Rezeption seiner Gedichte durch die Öffentlichkeit. Byron stellte fest, daß man ihn mit seinen poetischen Geschöpfen verschmolz – mit Harold, Manfred, sogar mit Don Juan.«

Skandalgeschichten. Wie ärgerlich, daß das sein Thema sein muß, aber er ist nicht in der Lage zu improvisieren.

Verstohlen blickt er Melanie an. Sie schreibt sonst eifrig mit. Heute sieht sie dünn und erschöpft aus und sitzt zusammengekrümmt vor ihrem Buch. Trotz allem rührt sie sein Herz. Armes Vögelchen, denkt er, das ich an meiner Brust geborgen habe!

Er hat ihnen aufgetragen, »Lara« zu lesen. Seine Notizen beziehen sich auf »Lara«. Es gibt keine Möglichkeit, das Gedicht nicht zu behandeln. Er liest laut vor:

> »Er war ein Fremdling in der atmenden Welt,
> Ein irrender Geist, der in den Abgrund fällt,

Ein Ding mit düstrer Phantasie, das gern sich die Gefahr
Ausmalt, der es durch Glück entgangen war.«

Wer möchte diese Verse für mich kommentieren? Wer ist dieser ›irrende Geist‹? Warum nennt er sich ›ein Ding‹? Aus welcher Welt kommt er?«

Längst hat er aufgehört, sich über das Ausmaß der Unwissenheit bei seinen Studenten zu wundern. Postchristlich, posthistorisch, postliterarisch, wie sie sind, hätten sie gestern aus dem Ei geschlüpft sein können. Er erwartet also nicht, daß sie etwas über gefallene Engel wissen oder welche Quellen Byron dafür gehabt haben könnte. Er erwartet aber doch eine Anzahl gutwilliger Vermutungen, die er mit etwas Glück dem Ziel annähern kann. Aber heute trifft er auf Schweigen, ein verstocktes Schweigen, das sich spürbar um den Fremden in ihrer Mitte herum bildet. Sie wollen nicht reden, sie wollen nicht auf sein Spiel eingehen, solange es einen fremden Zuhörer gibt, der urteilt und verspottet.

»Luzifer«, sagt er. »Der aus dem Himmel gestürzte Engel. Wir wissen wenig darüber, wie Engel leben, aber wir können vermuten, daß sie keinen Sauerstoff brauchen. Zu Hause braucht Luzifer, der dunkle Engel, nicht zu atmen. Plötzlich ist er in unsere seltsame, ›atmende Welt‹ verbannt. ›Irrend‹: ein Wesen, das seinen eigenen Weg geht, das gefährlich lebt, auch für sich selbst Gefahren heraufbeschwört. Lesen wir weiter.«

Der junge Mann hat nicht ein einziges Mal in den Text geschaut. Statt dessen nimmt er seine Worte auf, mit einem kleinen Lächeln auf den Lippen, einem Lächeln, das – vielleicht – ein wenig belustigt scheint.

»Zu hoch für niedre Selbstsucht, gab er wohl
Manchmal sein eignes hin für andrer Wohl,
Doch nicht aus Mitleid, nicht weil Pflicht ihn zwang,
Nein, ein verkehrter, rätselhafter Drang
Trieb fort ihn, mit geheimem Übermut,
Zu tun, was außer ihm kein andrer tut –
Ein Hang, der, wenn Versuchung zu ihm trat,
Auch ebenso ihn trieb zu böser Tat.

Was für ein Wesen ist also dieser Luzifer?«

Inzwischen müssen die Studenten die Spannung mitbekommen haben, die zwischen ihm und dem jungen Mann existiert. Nur an ihn hat sich die Frage gerichtet; und wie ein zum Leben erweckter Schläfer antwortet der junge Mann. »Er tut, wonach ihm zumute ist. Es ist ihm egal, ob es gut oder böse ist. Er tut es einfach.«

»Genau. Gut oder böse, er tut es einfach. Er handelt nicht nach einem Prinzip, sondern impulsiv, und woher seine Impulse kommen, weiß er nicht. Lesen Sie ein paar Verse weiter: ›Sein Wahnsinn saß im Herzen, nicht im Hirn.‹ Ein wahnsinniges Herz. Was ist ein wahnsinniges Herz?«

Er verlangt zu viel. Der junge Mann möchte seiner Intuition weiter folgen, das sieht er. Er möchte zeigen, daß sein Horizont über Motorräder und auffällige Sachen hinausreicht. Und vielleicht ist das auch so. Vielleicht weiß er wirklich etwas darüber, was es bedeutet, ein wahnsinniges Herz zu haben. Aber hier, in diesem Seminarraum, vor diesen fremden Menschen, wollen die Worte nicht kommen. Er schüttelt den Kopf.

»Macht nichts. Ich weise darauf hin, daß wir nicht aufgefordert werden, dieses Wesen mit dem wahnsinnigen

Herzen zu verdammen, dieses Wesen, mit dem konstitutionell etwas nicht stimmt. Im Gegenteil, wir werden aufgefordert, Verständnis zu zeigen und Mitleid. Aber es gibt eine Grenze für das Mitleid. Denn obwohl er unter uns lebt, ist er nicht einer von uns. Er ist genau das, als was er sich ausgibt: *ein Ding*, das heißt, ein Unmensch. Letztlich ist es nicht möglich, ihn zu lieben, will Byron sagen, nicht im tieferen, menschlichen Sinn des Wortes. Er wird zur Einsamkeit verdammt sein.«

Mit geneigten Köpfen schreiben sie seine Worte eifrig mit. Byron, Luzifer, Kain – ihnen ist das alles egal.

Sie schließen das Gedicht ab. Er gibt die ersten Cantos des »Don Juan« als Aufgabe und beendet das Seminar zeitig. Über ihre Köpfe ruft er ihr zu: »Melanie, kann ich Sie kurz sprechen?«

Hohlwangig, erschöpft steht sie vor ihm. Wieder fliegt ihr sein Herz entgegen. Wenn sie allein wären, würde er sie umarmen und versuchen, sie aufzuheitern. *Mein Täubchen*, würde er sie nennen. »Wollen wir in mein Zimmer gehen?« sagt er statt dessen.

Mit dem Freund im Schlepptau folgt sie ihm die Treppe hinauf zu seinem Zimmer. »Warten Sie hier«, sagt er zu dem jungen Mann und macht ihm die Tür vor der Nase zu.

Melanie sitzt mit hängendem Kopf vor ihm. »Meine Liebe«, sagt er, »du machst eine schwierige Zeit durch, ich weiß das, und ich möchte sie nicht noch schwieriger machen. Aber ich muß als Lehrer mit dir reden. Ich habe Verpflichtungen gegenüber meinen Studenten, ihnen allen gegenüber. Was dein Freund außerhalb des Campus tut, ist seine Sache. Aber ich kann es nicht zulassen, daß er meine Seminare stört. Richte ihm das von mir aus.

Und was dich angeht, du mußt mehr Zeit auf dein Studium verwenden. Du mußt regelmäßiger am Seminar teilnehmen. Und du mußt die Klausur nachschreiben, die du verpaßt hast.«

Sie starrt ihn verwundert, ja geschockt an. *Du hast mich von allen anderen abgesondert*, will sie wohl sagen. *Du hast mir dein Geheimnis zugemutet. Ich bin nicht mehr einfach eine Studentin. Wie kannst du so mit mir reden?*

Ihre Stimme, als sie sich dann hören läßt, ist so schwach, daß er sie kaum versteht: »Ich kann die Klausur nicht schreiben, ich habe die Pflichtlektüre nicht gelesen.«

Was er sagen will, kann nicht gesagt werden, nicht auf anständige Weise. Er kann nur Signale geben und hoffen, daß sie die versteht. »Schreib die Klausur einfach, Melanie, wie alle anderen auch. Es macht nichts, wenn du dich nicht vorbereitet hast, es kommt darauf an, daß du es hinter dich bringst. Laß uns einen Termin ausmachen. Wie wäre der kommende Montag, während der Mittagspause? Dann hättest du das Wochenende für die Pflichtlektüre.«

Sie reckt das Kinn und sieht ihn trotzig an. Entweder hat sie nicht verstanden, oder sie lehnt den Ausweg ab.

»Am Montag, hier in meinem Zimmer«, wiederholt er.

Sie steht auf und hängt sich die Tasche über die Schulter.

»Melanie, ich habe Verpflichtungen. Tu es wenigstens pro forma. Mach die Situation nicht komplizierter als nötig.«

Verpflichtungen: sie hält es nicht für nötig, darauf zu antworten.

Als er an diesem Abend von einem Konzert nach Hause fährt, hält er an einer Ampel. Ein Motorrad dröhnt vorbei, eine silberne Ducati, auf der zwei Gestalten in Schwarz sitzen. Sie haben Helme auf, aber er erkennt sie trotzdem. Melanie auf dem Sozius sitzt mit gespreizten Knien und zurückgeschobenem Unterleib. Ein rascher Schauer der Lust zerrt an ihm. *Ich bin dort gewesen!* denkt er. Dann schießt das Motorrad vorwärts und entführt sie.

5. Kapitel

Sie erscheint am Montag nicht zur Prüfung. Statt dessen findet er in seinem Briefkasten eine amtliche Abmeldekarte: Studentin 771010ISAM Frau M Isaacs hat sich mit sofortiger Wirkung von KOM 312 abgemeldet.

Eine knappe Stunde später wird ein Telefongespräch in sein Dienstzimmer durchgestellt. »Professor Lurie? Haben Sie einen Moment Zeit? Mein Name ist Isaacs, ich rufe aus George an. Meine Tochter ist in Ihrem Seminar, Melanie.«

»Ja.«

»Herr Professor, ich frage mich, ob Sie uns helfen können. Melanie ist eine so gute Studentin gewesen, und jetzt will sie alles aufgeben. Das ist ein großer Schock für uns.«

»Ich weiß nicht, ob ich Sie richtig verstehe.«

»Sie möchte das Studium aufgeben und arbeiten gehen. Das ist doch wirklich schade, daß sie drei Jahre an der Universität war und so gut gewesen ist und jetzt vor dem Ende des Studiums ausscheidet. Darf ich Sie denn bitten, Herr Professor, könnten Sie vielleicht mit ihr reden und sie zur Vernunft bringen?«

»Haben Sie mit Melanie selbst gesprochen? Wissen Sie, was hinter dieser Entscheidung steckt?«

»Wir haben das ganze Wochenende mit ihr telefoniert, ihre Mutter und ich, aber wir werden nicht schlau aus ihr. Sie engagiert sich sehr für ein Theaterstück, in dem sie mitspielt, es kann also sein, daß sie überarbeitet ist, wissen

Sie, überfordert. Sie nimmt sich alles so zu Herzen, Professor, sie ist so veranlagt, sie engagiert sich sehr. Aber wenn Sie mit ihr reden, können Sie Melanie vielleicht dazu bringen, daß sie es sich noch einmal überlegt. Sie hat großen Respekt vor Ihnen. Wir möchten nicht, daß diese Jahre für sie verlorene Jahre sind.«

Soso, Melanie-Meláni mit ihrem Tand von der Oriental Plaza und ihrer Blindheit für Wordsworth nimmt sich alles zu Herzen. Das hätte er nicht vermutet. Was ist ihm sonst noch an ihr entgangen?

»Mr. Isaacs, ich frage mich, ob ich der Richtige bin, um mit Melanie zu sprechen.«

»Bestimmt, Herr Professor, bestimmt! Wie ich schon gesagt habe, Melanie hat großen Respekt vor Ihnen.«

Respekt? Sie sind nicht auf dem laufenden, Mr. Isaacs. Ihre Tochter hat schon vor Wochen Ihren Respekt vor mir verloren, und zwar aus gutem Grund. Das sollte er sagen. »Ich werde sehen, was ich tun kann«, sagt er statt dessen.

Du kommst nicht ungestraft davon, sagt er sich danach. Und auch Vater Isaacs im fernen George wird dieses Gespräch mit seinen Lügen und Ausflüchten ebenfalls nicht vergessen. *Ich werde sehen, was ich tun kann.* Warum nicht alles gestehen? *Ich bin der Wurm im Apfel,* hätte er sagen sollen. *Wie kann ich Ihnen helfen, wenn ich die Quelle des Übels bin?*

Er ruft in der Wohnung an und hat Cousine Pauline am Apparat. Melanie ist nicht zu sprechen, sagt Pauline ziemlich kühl. »Was soll das heißen, sie ist nicht zu sprechen?« »Das heißt, sie möchte nicht mit Ihnen sprechen.« »Richten Sie ihr aus«, sagt er, »es geht um ihren Entschluß, das Studium aufzugeben. Richten Sie ihr aus, sie handele sehr unüberlegt.«

Das Seminar am Mittwoch läuft schlecht, am Freitag noch schlechter. Die Teilnahme ist gering; es kommen nur die zahmen Studenten, die passiven, braven. Dafür gibt es nur eine Erklärung. Die Sache muß bekanntgeworden sein.

Er ist im Sekretariat des Fachbereichs, als er eine Stimme hinter sich hört: »Wo finde ich Professor Lurie?«

»Hier bin ich«, sagt er, ohne nachzudenken.

Der Mann, der gesprochen hat, ist klein, dünn, hat krumme Schultern. Er trägt einen blauen Anzug, der zu groß für ihn ist, er riecht nach Zigarettenrauch.

»Professor Lurie? Wir haben miteinander telefoniert. Isaacs.«

»Ja. Guten Tag. Wollen wir in mein Zimmer gehen?«

»Das wird nicht nötig sein.« Der Mann wartet, sammelt sich, holt tief Luft. »Herr Professor«, fängt er an und sagt das mit großem Nachdruck, »Sie mögen ja sehr gebildet sein und so weiter, aber was Sie getan haben, ist nicht recht.« Er macht eine Pause, schüttelt den Kopf. »Es ist nicht recht.«

Die beiden Sekretärinnen geben sich keine Mühe, ihre Neugier zu verbergen. Es sind auch Studenten im Sekretariat; als der Fremde lauter wird, verstummen sie.

»Wir geben unsere Kinder in eure Obhut, weil wir glauben, daß wir euch vertrauen können. Wenn wir der Universität nicht trauen können, wem können wir dann trauen? Wir hätten uns nicht träumen lassen, daß wir unsere Tochter in ein Schlangennest geschickt haben. Nein, Professor Lurie, Sie mögen eine hohe Position und alle möglichen akademischen Grade haben, aber an Ihrer Stelle würde ich mich schämen, so wahr mir Gott helfe. Wenn ich etwas in die falsche Kehle bekommen habe, dann haben Sie jetzt die Gelegenheit, mir zu widersprechen, aber ich glaube es nicht, ich sehe es Ihnen an.«

Das ist wirklich seine Gelegenheit: laß den sprechen, der unbedingt sprechen möchte. Aber er steht da und bringt keinen Ton heraus, und das Blut rauscht ihm in den Ohren. Eine Schlange: wie kann er das leugnen?

»Entschuldigen Sie«, sagt er leise, »ich habe zu tun.« Wie eine Marionette dreht er sich um und geht.

Isaacs folgt ihm in den belebten Korridor hinaus. »Herr Professor! Professor Lurie!« ruft er. »Sie können nicht einfach fortlaufen! Sie werden noch von mir hören, das verspreche ich Ihnen!«

So fängt es an. Am nächsten Vormittag kommt mit erstaunlicher Promptheit eine offizielle Mitteilung aus dem Sekretariat des Prorektors (für Studienangelegenheiten), daß gegen ihn eine Anzeige nach Paragraph 3.1 des Ehrenkodex der Universität erstattet wurde. Er wird aufgefordert, sich umgehend mit dem Sekretariat des Prorektors in Verbindung zu setzen.

Der Mitteilung – die in einem mit *Vertraulich* gekennzeichneten Umschlag steckt – liegt ein Exemplar des Ehrenkodex bei. Paragraph 3 behandelt Verfolgung oder Bedrohung auf Grund der Rasse oder ethnischen Zugehörigkeit, auf Grund von Religion, Geschlecht, sexueller Orientierung oder Körperbehinderung. Paragraph 3.1 spricht von der Verfolgung oder Bedrohung von Studenten durch Mitglieder des Lehrkörpers.

Ein zweites Dokument beschreibt die Zusammensetzung und die Kompetenzen von Untersuchungsausschüssen. Er liest es, und sein Herz hämmert unangenehm. Mittendrin kann er sich nicht mehr konzentrieren. Er steht auf, schließt die Tür seines Zimmers ab und sitzt dann mit dem Papier in der Hand und versucht sich vorzustellen, was passiert ist.

Melanie hätte von sich aus einen solchen Schritt nicht getan, davon ist er überzeugt. Sie ist dafür zu unschuldig, kennt ihre Macht nicht. Er muß dahinterstecken, der kleine Mann in dem schlecht sitzenden Anzug, er und Cousine Pauline, die Unattraktive, die Anstandsdame. Sie müssen ihr das eingeredet haben, sie bearbeitet haben, und dann sind sie schließlich mit ihr zum Studentensekretariat marschiert.

»Wir wollen eine Anzeige erstatten«, müssen sie gesagt haben.

»Eine Anzeige? Was für eine Anzeige?«

»Es ist eine Privatangelegenheit.«

»Wegen sexueller Belästigung«, würde Cousine Pauline eingeworfen haben, während Melanie verlegen dabeistand – »gegen einen Professor.«

»Gehen Sie zum Raum soundso.«

Im Raum soundso würde er, Isaacs, dann kühner. »Wir wollen eine Anzeige erstatten gegen einen Ihrer Professoren.«

»Haben Sie sich das gut überlegt, wollen Sie das wirklich tun?« würden sie antworten, gemäß den Vorschriften.

»Ja, wir wissen, was wir wollen«, würde er sagen und seine Tochter herausfordernd anschauen.

Ein Formular muß ausgefüllt werden. Das Formular wird vor sie hingelegt, dazu ein Stift. Eine Hand nimmt den Stift, eine Hand, die er geküßt hat, eine Hand, die ihm vertraut ist. Zuerst der Name der Klägerin: MELANIE ISAACS in sorgfältigen Druckbuchstaben. Zitternd wandert die Hand den Block von Kästchen hinunter auf der Suche nach der Stelle, wo sie ankreuzen muß. *Da*, zeigt der nikotingefärbte Finger des Vaters. Die Hand wird langsamer, läßt sich herab, macht ihr X, ihr rechtschaffenes Kreuz: *J'accuse*. Dann eine Lücke für den Namen des Angeklagten. DAVID LURIE, schreibt die Hand: PROFESSOR. Zuletzt noch unten auf dem Blatt das Datum und ihre Unterschrift: die Arabeske des *M*, das *l* mit der kühnen Schlinge oben, der Riß von oben nach unten des *I*, der Schnörkel des Schluß-*s*.

Es ist vollbracht. Zwei Namen auf dem Blatt, sein Name und ihr Name, Seite an Seite. Zwei in einem Bett, nicht mehr Liebende, sondern Feinde.

Er ruft das Sekretariat des Prorektors an und bekommt einen Termin für um fünf, außerhalb der Sprechstunde.

Um fünf wartet er im Korridor. Aram Hakim, schlank und jugendlich, taucht auf und bittet ihn herein. Es sind schon zwei Leute im Zimmer: Elaine Winter, geschäftsführende Direktorin seines Fachbereichs, und Farodia Rassool von den Sozialwissenschaften, Vorsitzende des Universitätsausschusses gegen Diskriminierung.

»Es ist spät, David, wir wissen, warum wir hier sind«, sagt Hakim, »wir wollen also gleich zur Sache kommen. Wie können wir diese Angelegenheit am besten angehen?«

»Du kannst mich über die Anzeige aufklären.«

»Gut. Wir sprechen über eine Anzeige, die von Frau Melanie Isaacs erstattet wurde. Und auch über« – er sieht Elaine Winter an – »einige vorangegangene Unregelmäßigkeiten im Zusammenhang mit Frau Isaacs. Elaine?«

Das ist das Stichwort für Elaine Winter. Sie hat ihn nie gemocht; sie sieht in ihm ein Relikt der Vergangenheit, je schneller entsorgt, desto besser. »Es gibt eine Frage, was Frau Isaacs Seminarteilnahme angeht, David. Nach ihrer Aussage – ich habe mit ihr telefoniert – hat sie letzten Monat nur zwei Seminare besucht. Wenn das stimmt, hätte das gemeldet werden müssen. Sie hat auch gesagt, daß sie die Semester-Klausur nicht mitgeschrieben hat. Doch nach deinen Unterlagen« – sie schaute in das Dokument vor ihr – »hat sie regelmäßig teilgenommen, und ihre Klausur ist mit 70 bewertet worden.« Sie sieht ihn forschend an. »Wenn es also nicht zwei Melanie Isaacs gibt ...«

»Es gibt nur eine«, sagt er. »Ich habe keine Entschuldigung.«

Geschmeidig greift Hakim ein. »Meine Freunde, jetzt ist nicht die Zeit oder der Ort, uns mit wesentlichen Fragen zu befassen. Was wir tun sollten« – er schaut die beiden anderen an –, »ist, die Vorgehensweise zu klären. Ich brauche wohl kaum zu betonen, David, daß die Angelegenheit streng vertraulich behandelt wird, das kann ich dir zusichern. Dein Name wird geschützt, und auch Frau Isaacs Name wird geschützt. Es wird ein Komitee eingesetzt. Seine Aufgabe wird sein zu entscheiden, ob es Gründe für disziplinarische Maßnahmen gibt. Du oder dein Rechtsbeistand werden die Möglichkeit haben, seine Zusammensetzung zu prüfen. Die Anhörungen werden unter Ausschluß der Öffentlichkeit stattfinden. Bis das Komitee seine Empfehlung an den Rektor ausgesprochen hat und der Rektor gehandelt hat, läuft alles so wie gewöhnlich. Frau Isaacs hat sich offiziell von dem Seminar, das sie bei dir belegt hat, abgemeldet, und von dir erwartet man, daß du keinen Kontakt mit ihr aufnimmst. Habe ich irgend etwas vergessen, Farodia, Elaine?«

Mit zusammengepreßten Lippen schüttelt Dr. Rassool den Kopf.

»Diese Belästigungsgeschichten sind immer kompliziert, David, kompliziert und bedauerlich, aber wir halten unser Verfahren für gut und gerecht, deshalb werden wir ihm einfach Schritt für Schritt folgen, wie es vorgeschrieben ist. Ich schlage dir vor, daß du dich mit dem Verfahren vertraut machst und dich juristisch beraten läßt.«

Er will etwas erwidern, doch Hakim hebt eine warnende Hand. »Schlaf drüber, David«, sagt er.

Jetzt reicht es ihm. »Sag mir nicht, was ich tun soll, ich bin kein Kind.«

Wütend verläßt er das Zimmer. Aber das Gebäude ist abgeschlossen, und der Pförtner ist nach Hause gegangen. Der Hinterausgang ist auch zugeschlossen. Hakim muß ihn hinauslassen.

Es regnet. »Komm mit unter meinen Schirm«, sagt Hakim; dann, an seinem Auto: »Ich möchte dir persönlich sagen, David, daß du mein ganzes Mitgefühl hast. Wirklich. Diese Geschichten können einem das Leben zur Hölle machen.«

Er kennt Hakim schon viele Jahre lang, früher – in seiner Tenniszeit – haben sie zusammen Tennis gespielt, aber jetzt ist er nicht in der Stimmung für männliche Kameraderie. Er zuckt genervt mit den Schultern und steigt in sein Auto.

Der Fall soll vertraulich behandelt werden, aber natürlich wird das nicht eingehalten, natürlich redet man. Warum sonst verstummt das Geplauder, wenn er das Dozentenzimmer betritt, warum sonst stellt eine jüngere Kollegin, mit der er bisher ein durchaus freundliches Verhältnis hatte, ihre Teetasse hin und geht fort und schaut im

Vorbeigehen durch ihn hindurch? Warum erscheinen nur zwei Studenten zum ersten Baudelaire-Seminar?

Die Gerüchteküche, denkt er, die Tag und Nacht brodelt und den Ruf von Menschen vernichtet. Die Gemeinschaft der Gerechten hält ihre Sitzungen in Winkeln ab, verständigt sich per Telefon, hinter verschlossenen Türen. Hämisches Geflüster. Schadenfreude. Zuerst das Urteil, dann der Prozeß.

Er legt großen Wert darauf, daß er in den Korridoren der Universitätsgebäude mit hoch erhobenem Haupt geht.

Er spricht mit dem Rechtsanwalt, der ihn bei seiner Scheidung vertreten hat. »Zunächst wollen wir klären«, sagt der Rechtsanwalt, »wie berechtigt sind denn die Vorwürfe?«

»Durchaus berechtigt. Ich hatte eine Affäre mit der jungen Frau.«

»War es etwas Ernstes?«

»Wenn es etwas Ernstes war, wird es dadurch besser oder schlimmer? Ab einem gewissen Alter sind alle Affären ernst. Wie Herzanfälle.«

»Aus taktischen Erwägungen heraus würde ich Ihnen vorschlagen, eine Frau mit Ihrer Vertretung zu beauftragen.« Er nennt zwei Namen. »Streben Sie einen privaten Vergleich an. Sie verpflichten sich zu etwas, vielleicht lassen Sie sich für gewisse Zeit beurlauben, und im Gegenzug überredet die Universität die junge Frau oder ihre Familie, die Anklage fallen zu lassen. Das ist das Beste, was Sie hoffen können. Akzeptieren Sie eine Verwarnung. Halten Sie den Schaden so gering wie möglich, warten Sie, bis der Skandal verflogen ist.«

»Wozu soll ich mich verpflichten?«

»Zu Sensibilisierungskursen, gemeinnütziger Arbeit, sozialer Beratung. Was Sie aushandeln können.«

»Soziale Beratung? Ich habe Beratung nötig?«

»Verstehen Sie mich nicht falsch. Ich will nur sagen, daß unter den Möglichkeiten, die Ihnen angeboten werden, auch soziale Beratung sein könnte.«

»Um mich wieder in Ordnung zu bringen? Mich zu heilen? Um mich von unangemessenen Bedürfnissen zu heilen?«

Der Rechtsanwalt zuckt mit den Schultern. »So ähnlich.«

Im Campus findet gerade eine Aktionswoche gegen Vergewaltigung statt. Women Against Rape (Frauen gegen Vergewaltigung), WAR, organisiert eine vierundzwanzigstündige Mahnwache als Akt der Solidarität mit den »Opfern der jüngsten Zeit«. Ein Flugblatt wird unter seiner Tür durchgeschoben: »FRAUEN ERHEBEN IHRE STIMME«. Mit Bleistift ist unten darauf eine Botschaft gekritzelt: »DEINE TAGE SIND VORBEI, CASANOVA.«

Er geht mit Rosalind, seiner Ex-Frau, essen. Sie sind seit acht Jahren geschieden; langsam, vorsichtig werden sie wieder zu Freunden, sozusagen. Kriegsveteranen. Es ist tröstlich, daß Rosalind noch in der Nähe wohnt; vielleicht empfindet sie ihm gegenüber auch so. Jemand, auf den man zählen kann, wenn das Schlimmste eintrifft: der Sturz im Badezimmer, das Blut im Stuhl.

Sie sprechen von Lucy, einziger Sprößling aus seiner ersten Ehe, die jetzt auf einer Farm in der Provinz Ost-Kap lebt.

»Vielleicht sehe ich sie bald«, sagt er – »ich plane eine Reise.«

»Mitten im Semester?«

»Das Semester ist fast zu Ende. Noch zwei Wochen sind durchzustehen, das ist alles.«

»Hat das was mit den Problemen zu tun, die du hast? Ich höre, daß du Probleme hast.«

»Wo hast du das gehört?«

»Die Leute reden, David. Jeder hat von deiner letzten Affäre gehört, bis ins pikanteste Detail. Niemand außer dir hat Interesse daran, es zu vertuschen. Darf ich dir sagen, was für eine klägliche Figur du dabei abgibst?«

»Nein, du darfst nicht.«

»Ich tu's trotzdem. Kläglich und auch häßlich. Ich weiß nicht, wie du dein Sexproblem löst, und ich will es auch gar nicht wissen, aber so geht das nicht. Du bist jetzt, wie alt? Zweiundfünfzig? Glaubst du, irgendein junges Mädchen hat Spaß daran, mit einem Mann dieses Alters ins Bett zu gehen? Glaubst du, ihr gefällt es, dich zu sehen, wenn du ...? Hast du schon mal daran gedacht?«

Er schweigt.

»Erwarte kein Mitleid von mir, David, und erwarte auch von keinem anderen Mitleid. Kein Mitleid, keine Gnade, nicht heutzutage und in dieser Zeit. Alle werden gegen dich sein, und warum auch nicht? Wirklich, wie konntest du nur?«

Der alte Ton hat sich eingeschlichen, der Ton aus den letzten Jahren ihrer Ehe: leidenschaftlich anklagend. Sogar Rosalind muß das mitbekommen. Aber vielleicht hat sie ja recht. Vielleicht haben die Jungen einen Anspruch darauf, mit dem Anblick der Älteren, wenn sie die Leidenschaft gepackt hat, verschont zu werden. Dafür gibt es ja schließlich Huren: um sich der Ekstasen der nicht Liebenswerten anzunehmen.

»Jedenfalls wirst du Lucy besuchen, sagst du«, fährt Rosalind fort.

»Ja, ich dachte, daß ich nach der Untersuchung hinfahre und einige Zeit bei ihr bleibe.«

»Untersuchung?«

»Nächste Woche tagt ein Untersuchungsausschuß.«

»Das ist sehr schnell. Und nach deinem Besuch bei Lucy?«

»Ich weiß nicht. Ich bin nicht sicher, ob ich an die Universität zurückkehren darf. Ich bin nicht sicher, ob ich das will.«

Rosalind schüttelt den Kopf. »Ein unrühmliches Ende deiner Karriere, findest du nicht? Ich frage nicht, ob das, was du von dem Mädchen bekommen hast, diesen Preis wert war. Was wirst du dann mit deiner Zeit anfangen? Was ist mit deiner Pension?«

»Ich werde irgendeinen Vergleich mit ihnen schließen. Sie können mich nicht ohne Abfindung entlassen.«

»Nein? Sei da nicht so sicher. Wie alt ist sie – deine Angebetete?«

»Zwanzig. Erwachsen. Alt genug, um zu wissen, was sie will.«

»Man erzählt, daß sie Schlaftabletten genommen hat. Stimmt das?«

»Ich weiß nichts von Schlaftabletten. Das klingt für mich wie reine Erfindung. Wer hat dir von Schlaftabletten erzählt?«

Sie geht nicht auf die Frage ein. »War sie verliebt in dich? Hast du sie sitzenlassen?«

»Nein. Keins von beiden.«

»Warum dann diese Beschuldigung?«

»Wer weiß? Sie hat sich mir nicht anvertraut. Hinter

den Kulissen wurden irgendwelche Kämpfe ausgefochten, in die ich nicht eingeweiht war. Es gab einen eifersüchtigen Freund. Es gab empörte Eltern. Zum Schluß muß sie zusammengebrochen sein. Für mich kam das völlig überraschend.«

»Du hättest es wissen müssen, David. Du bist zu alt, um dich mit den Kindern anderer Leute einzulassen. Du hättest auf das Schlimmste gefaßt sein müssen. Auf jeden Fall ist das alles sehr erniedrigend. Wirklich.«

»Du hast noch nicht gefragt, ob ich sie liebe. Solltest du das nicht auch fragen?«

»Sehr gut. Liebst du diese junge Frau, die deinen Namen durch den Schmutz zieht?«

»Sie kann nichts dafür. Gib nicht ihr die Schuld.«

»Nicht ihr die Schuld geben! Auf wessen Seite bist du? Natürlich gebe ich ihr die Schuld! Ich gebe dir und ihr die Schuld. Die ganze Angelegenheit ist von Anfang bis Ende skandalös. Skandalös und auch geschmacklos. Und es tut mir nicht leid, das auszusprechen.«

Früher wäre er an dieser Stelle in die Luft gegangen. Aber heute abend nicht. Sie haben sich ein dickes Fell angeschafft, er und Rosalind, in ihrem Umgang miteinander.

Am darauffolgenden Tag ruft ihn Rosalind an. »David, hast du schon den *Argus* von heute gesehen?«

»Nein.«

»Nun, dann mach dich auf was gefaßt. Sie bringen einen Beitrag über dich.«

»Was steht darin?«

»Lies es selbst.«

Der Bericht ist auf Seite drei: »Professor wegen sexuellen Mißbrauchs angeklagt« ist die Überschrift. Er überfliegt die ersten Zeilen. »... wird vor eine Disziplinarkomission zitiert auf Grund einer Anklage wegen sexueller Belästigung. CTU äußert sich nicht über den letzten in einer Serie von Skandalen, darunter betrügerische Auszahlung von Stipendien und angebliche Sex-Ringe, die von Studentenheimen aus operieren. Lurie (53), Verfasser eines Buches über den englischen Naturdichter William Wordsworth, war für einen Kommentar nicht erreichbar.«

William Wordsworth (1770–1850), Naturdichter. David Lurie (1945–?), Interpret und unwürdiger Schüler von William Wordsworth. Selig das Kind. So ist es nicht verstoßen in der Welt. Selig das Kind.

6. Kapitel

Die Anhörung findet in einem Versammlungsraum hinter Hakims Büro statt. Er wird hereingebeten und am Ende des Tisches plaziert von Manas Mathabane selbst, Professor der Religionswissenschaft, der den Vorsitz bei dieser Anhörung hat. Links von ihm sitzen Hakim, seine Sekretärin und eine junge Frau, irgendeine Studentin; rechts von ihm sitzen die drei Mitglieder von Mathabanes Ausschuß.

Er ist nicht nervös. Im Gegenteil, er ist selbstsicher. Sein Herz schlägt ebenmäßig, er hat gut geschlafen. Eitelkeit, denkt er, die gefährliche Eitelkeit des Spielers; Eitelkeit und Selbstgerechtigkeit. Er geht mit der falschen Einstellung in die Sache hinein. Aber es kümmert ihn nicht.

Er nickt den Mitgliedern des Ausschusses zu. Zwei von ihnen kennt er: Farodia Rassool und Desmond Swarts, Dekan der technischen Fakultät. Das dritte Mitglied unterrichtet nach den Unterlagen vor ihm an der Wirtschaftshochschule.

»Der hier versammelte Ausschuß, Professor Lurie«, sagt Mathabane zur Eröffnung des Verfahrens, »hat keine exekutive Gewalt. Er kann nur Empfehlungen aussprechen. Sie haben außerdem das Recht, Einspruch gegen seine Zusammensetzung zu erheben. Ich frage Sie also: Gibt es ein Mitglied des Ausschusses, dessen Teilnahme Ihrer Meinung nach wegen Voreingenommenheit Ihnen gegenüber nicht ratsam erscheint?«

»Ich habe keinen Einspruch im rechtlichen Sinn«, erwidert er. »Ich habe Vorbehalte philosophischer Art, aber ich vermute, sie gehören nicht hierher.«

Ein allgemeines Hin- und Herrücken und Füßescharren. »Ich denke, wir sollten uns auf den rechtlichen Sinn beschränken«, sagt Mathabane. »Sie haben keine Einwände gegen die Zusammensetzung des Ausschusses. Haben Sie etwas gegen die Anwesenheit eines studentischen Beobachters von der Koalition Gegen Diskriminierung?«

»Ich habe keine Angst vor dem Ausschuß. Ich habe keine Angst vor dem Beobachter.«

»Gut. Nun zur vorliegenden Sache. Die erste Klägerin ist Frau Melanie Isaacs, eine Studentin im Theaterfach, die eine Aussage gemacht hat, die Sie alle in Kopie vorliegen haben. Muß ich diese Aussage zusammenfassen? Professor Lurie?«

»Verstehe ich richtig, Herr Vorsitzender, daß Frau Isaacs nicht selbst erscheinen wird?«

»Frau Isaacs ist gestern vor dem Ausschuß erschienen. Ich darf Sie noch einmal daran erinnern, das ist kein Gerichtsverfahren, sondern eine Anhörung. Unsere Vorgehensweise ist nicht mit der eines Gerichtes identisch. Ist das für Sie ein Problem?«

»Nein.«

»Eine zweite, in Verbindung mit der ersten stehende Anklage«, fährt Mathabane fort, »kommt vom Kanzler, durch das Studentensekretariat, und betrifft die Korrektheit von Frau Isaacs Unterlagen. Der Vorwurf lautet, daß Frau Isaacs nicht alle Seminare besucht, alle Arbeiten abgeliefert oder Tests geschrieben hat, die Sie ihr bestätigt haben.«

»Das ist alles? Das sind die Anklagepunkte?«

»So ist es.«

Er holt tief Luft. »Ich bin mir sicher, daß die Mitglieder dieses Ausschusses Besseres mit ihrer Zeit anzufangen wissen, als eine Geschichte aufzuwärmen, die unstrittig ist. Ich bekenne mich schuldig im Sinne beider Anklagepunkte. Fällen Sie das Urteil, und lassen Sie das Leben weitergehen.«

Hakim beugt sich zu Mathabane hinüber. Sie sprechen leise miteinander.

»Professor Lurie«, sagt Hakim, »ich muß wiederholen, das ist ein Untersuchungsausschuß. Seine Aufgabe ist, beide Seiten in dem Fall zu hören und eine Empfehlung auszusprechen. Er hat keine Vollmacht, Entscheidungen zu fällen. Ich frage noch einmal, wäre es nicht besser, wenn Sie sich von jemandem vertreten ließen, der unsere Vorgehensweise kennt?«

»Ich brauche keine Vertretung. Ich kann meine Sache sehr gut selbst vertreten. Verstehe ich richtig, daß wir trotz meines Geständnisses mit der Anhörung fortfahren müssen?«

»Wir wollen Ihnen die Möglichkeit geben, Ihren Standpunkt darzulegen.«

»Ich habe meinen Standpunkt dargelegt. Ich bin schuldig.«

»Schuldig in welchem Sinne?«

»Schuldig im Sinne der Anklage.«

»Wir bewegen uns im Kreis, Professor Lurie.«

»Schuldig all dessen, was Frau Isaacs behauptet, und schuldig, falsche Angaben gemacht zu haben.«

Jetzt schaltet sich Farodia Rassool ein. »Sie sagen, daß Sie Frau Isaacs Aussage bestätigen, Professor Lurie, aber haben Sie sie wirklich gelesen?«

»Ich möchte Frau Isaacs Aussage nicht lesen. Ich bestätige sie. Ich wüßte nicht, warum Frau Isaacs lügen sollte.«

»Aber wäre es nicht klüger, die Aussage wirklich zu lesen, bevor man sie bestätigt?«

»Nein. Es gibt Wichtigeres im Leben, als sich klug zu verhalten.«

Farodia Rassool lehnt sich zurück. »Das ist alles sehr edelmütig, Professor Lurie, aber können Sie sich das leisten? Mir scheint, wir haben die Pflicht, Sie vor sich selbst zu beschützen.« Sie lächelt Hakim frostig an.

»Sie sagen, daß Sie keinen juristischen Rat eingeholt haben. Haben Sie sonst jemanden konsultiert – einen Priester, zum Beispiel, oder einen Berater? Wären Sie bereit, eine Beratungsstelle aufzusuchen?«

Die Frage kommt von der jungen Frau von der Wirtschaftshochschule. Er spürt, wie er wütend wird. »Nein, ich habe keine Beratungsstelle aufgesucht, und ich beabsichtige das auch nicht. Ich bin ein erwachsener Mann. Ich bin für Beratung nicht zugänglich. Für mich kommt Beratung zu spät.« Er wendet sich an Mathabane. »Ich habe mein Geständnis abgelegt. Gibt es irgendeinen Grund, weshalb diese Debatte weitergehen sollte?«

Flüsternd besprechen sich Mathabane und Hakim.

»Es wurde vorgeschlagen«, sagt Mathabane, »daß sich der Ausschuß zurückzieht, um Professor Luries Aussage zu diskutieren.«

Ringsum Nicken.

»Professor Lurie, dürfte ich Sie bitten, einen Moment draußen zu warten, Sie und Frau van Wyk, während wir uns beraten?«

Er zieht sich gemeinsam mit der studentischen Beobachterin in Hakims Büro zurück. Zwischen ihnen fällt kein Wort; ganz offensichtlich ist das Mädchen verlegen. »DEINE TAGE SIND VORBEI, CASANOVA.« Was hält sie jetzt beim persönlichen Zusammentreffen von Casanova?

Sie werden wieder hineingerufen. Die Atmosphäre im Raum ist nicht gut – säuerlich, scheint ihm.

»Also«, sagt Mathabane, »um die Sache wiederaufzunehmen: Professor Lurie, Sie akzeptieren, daß die gegen Sie vorgebrachten Anklagepunkte der Wahrheit entsprechen?«

»Ich akzeptiere alles, was Frau Isaacs vorgebracht hat.«

»Dr. Rassool, Sie möchten etwas sagen?«

»Ja. Ich möchte einen Einwand gegen diese Antworten von Professor Lurie vorbringen, die ich für im Grunde genommen ausweichend ansehe. Professor Lurie sagt, er akzeptiert die Anklagepunkte. Aber wenn wir ihn darauf festzunageln versuchen, was er nun wirklich akzeptiert, bekommen wir nur subtilen Spott. Das deutet für mich darauf hin, daß er die Anklagepunkte nur pro forma akzeptiert. Bei einem Fall mit derartigen Untertönen hat die Öffentlichkeit das Recht ...«

Das kann er nicht durchgehen lassen. »Hier gibt es keine Untertöne«, faucht er sie an.

»Hat die Öffentlichkeit das Recht zu erfahren«, fährt sie fort und hebt ihre Stimme mit geübter Leichtigkeit und schneidet ihm das Wort ab, »was im einzelnen Professor Lurie zugibt und wofür er demzufolge disziplinarisch zur Verantwortung gezogen wird.«

Mathabane: »Wenn er zur Verantwortung gezogen wird.«

»Wenn er zur Verantwortung gezogen wird. Wir erfüllen unsere Pflicht nicht, wenn wir uns nicht völlig im klaren sind und wenn wir in unseren Empfehlungen nicht glasklar zum Ausdruck bringen, wofür Professor Lurie disziplinarisch zur Verantwortung gezogen wird.«

»Ich glaube, daß wir uns völlig im klaren sind, Dr. Rassool. Die Frage ist, ob das auch auf Professor Lurie zutrifft.«

»Genau. Sie haben genau das ausgedrückt, was ich sagen wollte.«

Es wäre klüger, den Mund zu halten, doch er tut es nicht. »Was in mir vorgeht, ist meine Angelegenheit, nicht deine, Farodia«, sagt er. »Offen gesagt, will man von mir anscheinend keine Antwort, sondern eine Beichte. Nun, ich lege keine Beichte ab. Ich mache eine Aussage, wie es mein Recht ist. Schuldig im Sinne der Anklage. Das ist meine Aussage. Soweit bin ich bereit zu gehen.«

»Herr Vorsitzender, ich protestiere. Die Angelegenheit ist keine bloße Formalität. Professor Lurie erklärt sich für schuldig, doch ich frage mich, nimmt er seine Schuld an oder tut er nur pro forma, was verlangt wird, in der Hoffnung, daß der Fall unter Papierkram begraben und vergessen wird? Wenn er es nur pro forma tut, dann plädiere ich dafür, daß wir die härteste Strafe verhängen.«

»Ich darf Sie noch einmal daran erinnern, Dr. Rassool«, sagt Mathabane, »daß wir nicht befugt sind, Strafen zu verhängen.«

»Dann sollten wir die härteste Strafe empfehlen. Daß Professor Lurie mit sofortiger Wirkung entlassen wird und alle Vergünstigungen und Privilegien verliert.«

»David?« Die Stimme kommt von Desmond Swarts, der bisher noch nichts gesagt hat. »David, bist du sicher, daß du dich in der Situation richtig verhältst?« Swarts wendet sich an den Vorsitzenden. »Herr Vorsitzender, wie ich schon gesagt habe, als Professor Lurie nicht im Zimmer war, ich glaube wirklich, daß wir als Angehörige der Universitätsgemeinschaft nicht in kalt formalistischer Art gegen einen Kollegen vorgehen sollten. David, bist du sicher, daß du keinen Aufschub möchtest, um Zeit zum Nachdenken und vielleicht zur Beratung zu gewinnen?«

»Warum? Worüber sollte ich nachdenken?«

»Über den Ernst deiner Lage, den du wahrscheinlich nicht richtig einschätzt. Um es deutlich zu sagen: du bist drauf und dran, deine Arbeit zu verlieren. Das ist keine Kleinigkeit in dieser Zeit.«

»Was soll ich dann deiner Meinung nach tun? Den spöttischen Ton, wie es Dr. Rassool nennt, fallenlassen? Tränen der Reue vergießen? Was reicht aus, um mich zu retten?«

»Es wird dir vielleicht schwerfallen, das zu glauben, David, aber wir hier an diesem Tisch sind nicht deine Feinde. Wir haben unsere schwachen Momente, alle von uns, wir sind auch nur Menschen. Dein Fall ist nicht einmalig. Wir würden gern eine Möglichkeit finden, daß du deine Karriere fortsetzen kannst.«

Hakim schließt sich mühelos an. »Wir möchten dir helfen, David, einen Weg aus dieser Situation zu finden, die ein Alptraum sein muß.«

Sie sind seine Freunde. Sie wollen ihm über seine Schwäche hinweghelfen, ihn aus seinem Alptraum aufwecken. Sie wollen nicht, daß er auf der Straße bettelt. Sie wollen ihn wieder in den Seminarraum bringen.

»In diesem Chor des guten Willens«, sagt er, »höre ich keine Frauenstimme.«

Schweigen.

»Nun gut«, sagt er, »lassen Sie mich beichten. Die Geschichte beginnt eines Abends, das Datum habe ich vergessen, aber es liegt nicht lange zurück. Ich ging durch den alten Collegepark, und zufälligerweise tat das auch die betreffende junge Frau, Melanie Isaacs. Unsere Wege kreuzten sich. Wir sprachen miteinander, und in diesem Augenblick geschah etwas, das ich, weil ich kein Dichter bin, nicht zu beschreiben versuchen will. Möge es genügen, wenn ich sage, daß Eros ins Spiel kam. Danach war ich ein anderer Mensch.«

»Wie meinen Sie das, ein anderer Mensch?« fragt die Wirtschaftsfrau vorsichtig.

»Ich war nicht mehr ich selbst. Ich war nicht länger ein fünfzigjähriger geschiedener Mann, der nichts mit sich anzufangen wußte. Ich wurde Diener des Eros.«

»Wollen Sie uns das als Verteidigung anbieten? Unwiderstehlicher Drang?«

»Das ist keine Verteidigung. Sie wollen eine Beichte, ich liefere Ihnen eine Beichte. Und was den Drang angeht, so war er weit entfernt davon, unwiderstehlich zu sein. In der Vergangenheit habe ich oft ähnlichem Drang widerstanden, muß ich zu meiner Schande gestehen.«

»Glaubst du nicht«, sagt Swarts, »daß das akademische Leben, wie es nun einmal ist, gewisse Opfer verlangt? Daß wir uns zum Wohl des Ganzen gewisse Dinge versagen müssen?«

»Denkst du daran, den Austausch von Intimitäten zwischen den Generationen zu verbieten?«

»Nein, nicht unbedingt. Aber als Lehrer haben wir eine Machtposition. Vielleicht ein Verbot, Machtbeziehungen mit sexuellen Beziehungen zu vermischen. Was meinem Empfinden nach auf diesen Fall zutraf. Oder äußerste Vorsicht.«

Farodia Rassool schaltet sich ein. »Wir bewegen uns

wieder im Kreis, Herr Vorsitzender. Ja, er sagt, daß er schuldig ist; aber wenn wir Genauigkeit im Detail wollen, läuft sein Geständnis plötzlich nicht mehr auf den Mißbrauch einer jungen Frau hinaus, sondern auf einen Drang, dem er nicht widerstehen konnte, und von dem Schmerz, den er verursacht hat, ist keine Rede, und auch nicht von der langen Geschichte der sexuellen Ausbeutung, in die das einzuordnen ist. Deshalb sage ich, daß ein Fortführen der Debatte mit Professor Lurie sinnlos ist. Wir müssen sein Geständnis für bare Münze nehmen und unsere Empfehlung danach richten.«

Mißbrauch: auf das Wort hat er gewartet. Mit einer vor Selbstgerechtigkeit bebenden Stimme gesprochen. Was sieht sie, wenn sie ihn anschaut, das ihren Zorn so unvermindert anhalten läßt? Einen Hai unter den hilflosen kleinen Fischlein? Oder hat sie ein anderes Bild vor Augen: ein großer, kräftiger Mann, der sich über eine Mädchenfrau hermacht, eine Pranke, die ihre Schreie erstickt? Wie absurd! Dann fällt ihm ein: gestern waren sie hier im selben Raum versammelt, und sie saß vor ihnen - Melanie, die ihm kaum bis zur Schulter reicht. Ungleich: wie kann er das leugnen?

»Ich neige zu Dr. Rassools Meinung«, sagt die Wirtschaftsfrau. »Wenn Professor Lurie nicht noch etwas hinzufügen möchte, denke ich, wir sollten zu einem Entschluß kommen.«

»Bevor wir das tun, Herr Vorsitzender«, sagt Swarts, »möchte ich Professor Lurie ein letztes Mal eindringlich bitten. Gibt es nicht eine Art Erklärung, die er zu unterschreiben bereit wäre?«

»Warum? Warum ist es so wichtig, daß ich eine Erklärung unterschreibe?«

»Weil es helfen würde, eine inzwischen äußerst heiße Situation abzukühlen. Wir alle hätten es vorgezogen, diesen Fall außerhalb des grellen Lichts der Medien zu verhandeln. Aber es war nicht möglich. Er hat viel Aufmerksamkeit erregt, er hat Untertöne bekommen, die wir nicht mehr steuern können. Alles schaut auf die Universität, um zu sehen, wie wir damit umgehen. Wenn ich dich höre, David, entsteht bei mir der Eindruck, du kommst dir ungerecht behandelt vor. Das ist völlig falsch. Wir in diesem Ausschuß sehen unsere Aufgabe darin, einen Kompromiß auszuhandeln, der dir gestattet, deine Stelle zu behalten. Deshalb frage ich, ob es nicht eine Art öffentlicher Erklärung gibt, mit der du leben könntest und die uns erlauben würde, etwas anderes als die äußerste Sanktion, nämlich unehrenhafte Entlassung, vorzuschlagen.«

»Du meinst, ob ich mich demütige und um Gnade bitte?«

Swarts seufzt. »David, es ist nicht hilfreich, wenn du unsere Bemühungen verspottest. Erkläre dich wenigstens einverstanden mit einem Aufschub, damit du deine Position überdenken kannst.«

»Was soll denn der Inhalt der Erklärung sein?«

»Ein Eingeständnis, unrecht gehandelt zu haben.«

»Das habe ich eingestanden. Freiwillig. Ich bin schuldig im Sinne der gegen mich vorgebrachten Anklagen.«

»Versuch keine Spielchen mit uns, David. Es ist ein Unterschied, ob man sich im Sinne einer Anklage schuldig bekennt oder ob man zugibt, sich falsch verhalten zu haben, und das weißt du.«

»Und das würde euch genügen: ein Eingeständnis, daß ich mich falsch verhalten habe?«

»Nein«, sagt Farodia Rassool. »Damit wären wir wieder am Anfang. *Zuerst* muß Professor Lurie seine Erklärung machen. *Dann* können wir entscheiden, ob wir sie als strafmildernd annehmen können. Wir verhandeln nicht zuerst darüber, was in seiner Erklärung stehen sollte. Die Erklärung sollte von ihm kommen, in seinen Worten. Dann können wir sehen, ob sie von Herzen kommt.«

»Und Sie trauen es sich zu, das herauszulesen, aus den Worten, die ich benutze – herauszulesen, ob es von Herzen kommt?«

»Wir werden sehen, welche Einstellung Sie zum Ausdruck bringen. Wir werden sehen, ob Sie Reue zum Ausdruck bringen.«

»Gut. Ich habe meine Stellung gegenüber Frau Isaacs ausgenutzt. Das war verkehrt, und ich bereue es. Genügt Ihnen das?«

»Die Frage ist nicht, ob es *mir* genügt, Professor Lurie, die Frage ist, ob es *Ihnen* genügt. Drückt es Ihre wahren Gefühle aus?«

Er schüttelt den Kopf. »Ich habe die Worte für Sie gesagt, jetzt wollen Sie mehr, Sie wollen, daß ich ihre Wahrhaftigkeit beweise. Das ist grotesk. Das geht über das vom Gesetz Vorgeschriebene hinaus. Mir reicht es. Wir wollen uns wieder strikt an die Vorschriften halten. Ich bekenne mich schuldig. So weit bin ich bereit zu gehen.«

»Gut«, sagt Mathabane als Vorsitzender. »Wenn es keine weiteren Fragen an Professor Lurie gibt, dann danke ich ihm, daß er hier erschienen ist, und entlasse ihn.«

Sie erkennen ihn nicht gleich. Er ist schon halb die Treppe hinunter, bevor er den Ruf hört: *Das ist er!* Darauf Getrappel.

Sie holen ihn am Fuß der Treppe ein; einer packt ihn sogar am Jackett, um ihn aufzuhalten.

»Können wir einen Moment mit Ihnen sprechen, Professor Lurie?« sagt eine Stimme.

Er reagiert nicht und eilt weiter in die belebte Eingangshalle, wo man sich umdreht und den hochgewachsenen Mann anstarrt, der vor seinen Verfolgern davonläuft.

Jemand schneidet ihm den Weg ab. »Warten Sie!« sagt sie. Er wendet das Gesicht ab, streckt eine Hand vor. Es blitzt.

Eine junge Frau taucht hinter ihm auf und tritt vor ihn hin. Ihr mit Bernsteinperlen durchflochtenes Haar hängt zu beiden Seiten ihres Gesichtes herunter. Sie lächelt, zeigt sogar weiße Zähne. »Können wir Sie kurz aufhalten und mit Ihnen sprechen?« fragt sie.

»Worüber?«

Ein Recorder wird ihm plötzlich entgegengehalten. Er schiebt ihn weg.

»Darüber, wie es war«, sagt die junge Frau.

»Wie was war?«

Die Kamera blitzt wieder.

»Sie wissen schon, die Anhörung.«

»Darüber darf ich nichts sagen.«

»Okay, worüber dürfen Sie etwas sagen?«

»Ich wüßte nichts, worüber ich etwas sagen möchte.«

Die Herumstehenden und die Neugierigen haben sich um ihn geschart. Wenn er fort will, muß er sich einen Weg durch sie bahnen.

»Tut es Ihnen leid?« fragt die junge Frau. Der Recorder wird näher zu ihm geschoben. »Bereuen Sie, was Sie getan haben?«

»Nein«, sagt er. »Die Erfahrung hat mich bereichert.«

Das Lächeln bleibt auf dem Gesicht des Mädchens. »Würden Sie es also wieder tun?«

»Ich glaube nicht, daß ich noch eine Gelegenheit dazu habe.«

»Aber wenn Sie eine Gelegenheit dazu hätten?«

»Das ist keine echte Frage.«

Sie will mehr, mehr Worte für den Bauch der kleinen Maschine, weiß aber momentan nicht, wie sie ihm weitere Indiskretionen entlocken kann.

»Was war mit der Erfahrung?« hört er jemanden gedämpft fragen.

»Er wurde durch sie bereichert.«

Gekicher.

»Frag ihn, ob er sich entschuldigt hat«, ruft jemand dem Mädchen zu.

»Habe ich schon.«

Bekenntnisse, Entschuldigungen – warum diese Gier nach Erniedrigung? Es wird still. Der Kreis um ihn gleicht Jägern, die ein seltenes Wild gestellt haben und nun nicht wissen, wie sie es erlegen sollen.

Das Foto erscheint in der nächsten Ausgabe der Studentenzeitung mit der Bildunterschrift »Wer ist jetzt der Dumme?« Es zeigt ihn, die Augen gen Himmel gewandt, eine Hand nach der Kamera ausgestreckt. Die Pose ist schon an und für sich lächerlich genug, aber was das Bild zur Kostbarkeit macht, ist der umgedrehte Papierkorb, den ein junger Mann breit grinsend über seinen Kopf hält. Durch einen Trick der Perspektive sieht es so aus, als sitze der Korb auf seinem Kopf wie ein Hut, den früher der schlechteste Schüler aufgesetzt bekam. Welche Chance hat er gegen ein solches Bild?

»Ausschuß schweigt sich über Urteil aus«, lautet die Überschrift. »Der Disziplinarausschuß, der Anklagen wegen Belästigung und Verfehlung im Amt gegen den Professor der Kommunikationswissenschaften David Lurie untersucht, schwieg sich gestern über das gefällte Urteil aus. Der Vorsitzende Manas Mathabane gab nur bekannt, daß die Untersuchungsergebnisse dem Rektor zur Beschlußfassung zugeleitet wurden.

In einem verbalen Schlagabtausch mit Mitgliedern von WAR sagte Lurie (53) nach der Anhörung, für ihn seien seine Erlebnisse mit Studentinnen »bereichernd« gewesen.

Die Probleme kamen ans Tageslicht, als Studentinnen seiner Seminare Beschwerden über Lurie, einen Experten auf dem Gebiet der romantischen Dichtkunst, vorbrachten.«

Mathabane ruft ihn zu Hause an. »Der Ausschuß hat seine Empfehlung weitergegeben, David, und der Rektor hat mich gebeten, noch ein letztes Mal mit dir zu sprechen. Er ist bereit, nicht zu äußersten Maßnahmen zu greifen, sagt er, unter der Bedingung, daß du selbst eine Erklärung abgibst, die sowohl von unserem Standpunkt als auch von deinem befriedigend ist.«

»Manas, das haben wir doch schon durch. Ich ...«

»Warte. Laß mich ausreden. Ich habe den Entwurf für eine Erklärung vor mir, die unseren Ansprüchen genügen würde. Sie ist ziemlich kurz. Darf ich sie dir vorlesen?«

»Lies sie vor.«

Mathabane liest: »Ich erkenne ohne Vorbehalte an, daß die Menschenrechte der Klägerin ernsthaft verletzt wurden und daß ich die Autorität, die mir von der Universität übertragen wurde, mißbraucht habe. Ich entschuldige mich aufrichtig bei beiden Parteien und werde jede angemessene Strafe annehmen, die verhängt werden sollte.«

»›Jede angemessene Strafe‹ – was heißt das?«

»Wie ich es verstehe, wirst du nicht entlassen. Aller Wahrscheinlichkeit nach wird man dich für einige Zeit beurlauben. Ob du dann wieder mit Lehraufgaben betraut werden wirst, wird von dir selbst abhangen, und von der Entscheidung deines Dekans und deines geschäftsführenden Direktors.«

»Das ist alles? Das wäre das Ganze?«

»So habe ich es verstanden. Wenn du zu verstehen gibst, daß du die Erklärung unterschreibst, die als Bitte um Strafmilderung eingestuft wird, dann ist der Rektor bereit, sie in diesem Geist anzunehmen.«

»In welchem Geist?«

»Einem Geist der Reue.«

»Manas, wir haben das Thema Reue doch gestern schon behandelt. Ich habe euch gesagt, was ich davon halte. Das mache ich nicht. Ich bin vor einem amtlich eingesetzten Untersuchungsausschuß erschienen, vor einer juristischen Einrichtung. Vor diesem säkularen Tribunal habe ich mich schuldig bekannt, ein säkulares Geständnis abgelegt. Dieses Geständnis muß ausreichen. Reue ist weder Fisch noch Fleisch. Reue gehört zu einer anderen Gedankenwelt, zu einem anderen Universum.«

»Du bringst Dinge durcheinander, David. Dir wird nicht der Befehl erteilt zu bereuen. Was in deinem Inneren vor sich geht, ist dunkel für uns als Mitglieder eines säkularen Tribunals, wie du es nennst, falls nicht als Mitmenschen. Man verlangt von dir, eine Erklärung abzugeben.«

»Ich soll eine Entschuldigung liefern, die ich vielleicht nicht ernst meine?«

»Das Kriterium ist nicht, ob du es ernst meinst. Das geht nur dein eigenes Gewissen etwas an, wie ich meine. Das Kriterium ist, ob du bereit bist, deinen Fehler öffentlich zuzugeben und Schritte zur Wiedergutmachung zu unternehmen.«

»Jetzt betreiben wir wirklich Haarspalterei. Ihr habt mich angeklagt, und ich habe mich im Sinne der Anklage schuldig bekannt. Das ist alles, was ihr von mir braucht.«

»Nein. Wir wollen mehr. Nicht viel mehr, aber mehr. Ich hoffe, daß du so weit gehen und uns das geben kannst.«

»Tut mir leid, das kann ich nicht.«

»David, ich kann dich nicht länger vor dir selbst beschützen. Ich habe es satt, und alle anderen Mitglieder des Ausschusses auch. Willst du Zeit zum Überlegen?«

»Nein.«

»Gut. Dann kann ich nur sagen, du wirst vom Rektor hören.«

7. Kapitel

Da er sich einmal zur Abreise entschlossen hat, gibt es wenig, was ihn aufhalten kann. Er räumt den Kühlschrank aus, schließt das Haus zu, und mittags ist er auf der Autobahn. Eine Übernachtung in Oudtshoorn, ein Aufbruch in aller Frühe – am Vormittag nähert er sich seinem Ziel, der Stadt Salem an der Grahamstown–Kenton-Straße in der Provinz Ost-Kap.

Die kleine Farm seiner Tochter liegt am Ende einer kurvenreichen unbefestigten Straße, einige Meilen von der Stadt entfernt: fünf Hektar Land, das meiste davon zum Ackerbau geeignet, ein Windrad, Ställe und Nebengebäude und ein flaches, geräumiges Farmhaus, gelb getüncht, mit verzinktem Blechdach und einer überdachten Veranda. Die Grenze des Anwesens vorn bildet ein Drahtzaun, davor Kapuzinerkresse und Geranien; sonst gibt es dort nur Staub und Kies.

Auf der Zufahrt parkt ein alter VW Kombi; er stellt seinen Wagen dahinter ab. Aus dem Schatten der Veranda tritt Lucy ins Sonnenlicht hinaus. Einen Augenblick lang erkennt er sie nicht wieder. Ein Jahr ist vergangen, und sie hat zugenommen. Ihre Hüften und ihre Brust sind jetzt (er sucht nach dem besten Wort) üppig. Barfuß, so kommt sie ihn begrüßen und breitet die Arme aus, umarmt ihn, küßt ihn auf die Wange.

Was für eine nette junge Frau, denkt er, als er sie drückt; was für eine nette Begrüßung am Ende einer langen Reise!

Das Haus, das groß, dunkel und selbst am Mittag kühl ist, stammt aus der Zeit, als große Familien und Wagenladungen von Gästen die Regel waren. Vor sechs Jahren ist Lucy hier eingezogen als Mitglied einer Kommune, einer Meute junger Leute, die in Grahamstown mit Lederwaren und sonnengehärteten Töpferwaren handelte und zwischen Maispflanzen Hanf anbaute. Als die Kommune sich auflöste und der traurige Rest nach New Bethesda zog, blieb Lucy mit ihrer Freundin Helen auf dem Anwesen. Sie habe sich in den Ort verliebt, sagte sie; sie wolle ihn ordentlich bewirtschaften. Er half ihr beim Erwerb des Anwesens. Jetzt ist sie hier, geblümtes Kleid, barfuß und so, in einem Haus, das nach gebackenem Brot riecht, kein Kind mehr, das sich als Bäuerin verkleidet, sondern eine richtige Landfrau, eine *boervrou.*

»Ich bringe dich in Helens Zimmer unter«, sagt sie. »Das hat Morgensonne. Du kannst dir nicht vorstellen, wie kalt es diesen Winter am Morgen gewesen ist.«

»Wie geht's Helen?« fragt er. Helen ist eine dicke Frau mit traurigem Gesichtsausdruck, tiefer Stimme und schlechter Haut, älter als Lucy. Er konnte nie begreifen, was Lucy an ihr findet; insgeheim wünscht er, Lucy möge eine bessere finden oder von ihr gefunden werden.

»Helen ist seit April wieder in Johannesburg. Ich bin seitdem allein, abgesehen von der Farmhilfe.«

»Das hast du mir nicht erzählt. Hast du keine Angst, so ganz allein?«

Lucy zuckt die Schultern. »Da sind die Hunde. Hunde bedeuten noch was. Je mehr Hunde, desto größer die Abschreckung. Und ich glaube kaum, daß es im Fall eines Einbruchs etwas nützen würde, wenn zwei Personen im Haus wären statt nur einer.«

»Das ist sehr philosophisch.«

»Ja. Wenn alles andere versagt, dann hilft nur philosophieren.«

»Aber du hast doch eine Waffe.«

»Ich habe ein Gewehr. Ich zeig's dir. Ein Nachbar hat es mir verkauft. Ich habe es noch nie benutzt, aber ich habe es.«

»Gut. Ein bewaffneter Philosoph. Das finde ich gut.«

Hunde und ein Gewehr; Brot im Ofen, das Feld bestellt. Seltsam, daß er und ihre Mutter, Stadtmenschen, Intellektuelle, diesen alten Menschenschlag, diese robuste junge Siedlerin hervorgebracht haben sollen. Aber vielleicht hatte ja die Geschichte einen größeren Anteil an ihrer Entstehung als sie beide.

Sie bietet ihm Tee an. Er hat Hunger und schlingt zwei dicke Brotscheiben mit Kaktusfeigenmarmelade, auch selbstgemacht, herunter. Während er ißt, spürt er ihren Blick auf sich ruhen. Er muß vorsichtig sein – nichts ist für ein Kind so unangenehm wie die körperlichen Verrichtungen der Eltern.

Ihre Fingernägel sind nicht besonders sauber. Landschmutz – wahrscheinlich ehrenwert.

Er packt in Helens Zimmer seinen Koffer aus. Die Schubladen sind leer, in dem riesigen alten Kleiderschrank hängt nur ein blauer Overall. Wenn Helen fort ist, dann nicht nur für kurze Zeit.

Lucy führt ihn auf dem Anwesen herum. Sie ermahnt ihn, kein Wasser zu verschwenden und den septischen Tank nicht zu verunreinigen. Er weiß Bescheid, hört aber pflichtschuldig zu. Dann zeigt sie ihm die Hundepension. Als er das letzte Mal zu Besuch war, gab es nur einen Zwinger. Jetzt gibt es fünf, solide gebaut, mit Betonböden, verzinkten Stangen und Streben und starkem Maschendraht, beschattet von jungen Fieberbäumen. Die Hunde gebärden sich aufgeregt bei ihrem Anblick: Dobermänner, Schäferhunde, Ridgebacks, Bullterrier, Rottweiler. »Alles Wachhunde«, sagt sie. »Gebrauchshunde, zum kurzen Aufenthalt – vierzehn Tage, eine Woche, manchmal nur ein Wochenende. Die Familienhunde kommen gewöhnlich während der Sommerferien.«

»Und Katzen? Nimmst du keine Katzen auf?«

»Lach nicht. Ich denke daran, auch noch eine Katzenpension zu eröffnen. Ich bin nur noch nicht eingerichtet auf Katzen.«

»Hast du noch deinen Stand auf dem Markt?«

»Ja, Samstag vormittags. Ich nehme dich mit.«

So verdient sie ihren Lebensunterhalt – durch die Hundepension und durch den Verkauf von Blumen und Gemüse. Nichts könnte einfacher sein.

»Langweilen sich die Hunde nicht?« Er zeigt auf eine Hündin, eine gelbbraune Bulldogge allein im Käfig, die sie mit den Kopf auf den Pfoten verdrießlich beobachtet und sich nicht einmal die Mühe macht, aufzustehen.

»Katy? Die hat man im Stich gelassen. Die Besitzer sind abgehauen. Die Rechnung ist seit Monaten nicht bezahlt. Ich weiß nicht, was ich mit ihr machen soll. Muß wahrscheinlich versuchen, ein Zuhause für sie zu finden. Sie schmollt, aber sonst ist sie in Ordnung. Sie wird jeden Tag ausgeführt. Von mir oder Petrus. Das gehört dazu.«

»Petrus?«

»Du wirst ihn kennenlernen. Petrus ist mein neuer Mitarbeiter. Seit März sogar Miteigentümer. Ein ganzer Kerl.«

Er schlendert mit ihr am Wasserreservoir mit den

Lehmwänden vorbei, wo eine Entenfamilie friedlich entlangwatschelt, vorbei an Bienenhäusern und durch den Garten: Blumenbeete und Wintergemüse – Blumenkohl, Kartoffeln, rote Rüben, Mangold, Zwiebeln. Sie besuchen die Pumpe und das Speicherbecken am Rand des Anwesens. In den vergangenen zwei Jahren ist genug Regen gefallen, und der Grundwasserspiegel ist gestiegen.

Sie redet ungezwungen über diese Dinge. Ein Grenzfarmer der neuen Art. Früher waren es Rinder und Mais, heute Hunde und Narzissen. Je mehr sich die Dinge ändern, desto mehr bleibt alles beim alten. Die Geschichte wiederholt sich, wenn auch in bescheidenerer Art. Vielleicht hat die Geschichte dazugelernt.

Sie laufen in einer Bewässerungsrinne zurück. Lucys nackte Zehen packen die rote Erde und lassen deutliche Fußabdrücke zurück. Eine robuste Frau, in ihrem neuen Leben fest verankert. Gut! Wenn es das ist, was er hinterläßt – diese Tochter, diese Frau – dann braucht er sich nicht zu schämen.

»Du brauchst dich nicht um mich zu kümmern«, sagt er, wieder im Haus. »Ich habe meine Bücher mitgebracht. Ich brauche nur einen Tisch und einen Stuhl.«

»Arbeitest du an etwas Bestimmtem«, fragt sie vorsichtig. Seine Arbeit ist kein Thema, über das sie sich oft unterhalten.

»Ich habe Pläne. Etwas über die letzten Jahre von Byron. Kein Buch, oder nicht die Art Buch, die ich früher geschrieben habe. Eher etwas für die Bühne. Text und Musik. Figuren, die sprechen und singen.«

»Ich wußte gar nicht, daß du noch Ambitionen in dieser Richtung hast.«

»Ich dachte, daß ich mir damit einen Wunsch erfüllen

würde. Aber dahinter steckt mehr. Man möchte etwas hinterlassen. Oder wenigstens geht das Männern so. Für eine Frau ist das einfacher.«

»Warum ist es für eine Frau einfacher?«

»Ich meine, es ist für eine Frau einfacher, etwas Lebendiges zu schaffen.«

»Zählt es nicht, wenn man Vater ist?«

»Vater sein ... Ich empfinde nun einmal, daß die Vaterschaft im Vergleich zur Mutterschaft eine ziemlich abstrakte Sache ist. Aber warten wir ab, was kommt. Wenn wirklich etwas kommt, dann wirst du die erste sein, die davon hört. Die erste und vielleicht die letzte.«

»Willst du die Musik selber komponieren?«

»Die Musik werde ich zum größten Teil ausleihen. Ich habe keine Gewissensbisse, Anleihen zu machen. Am Anfang dachte ich, es wäre ein Thema, das eine ziemlich üppige Orchesterbesetzung verlangte. Wie Strauss etwa. Was meine Fähigkeiten überstiegen hätte. Jetzt neige ich zum Gegenteil, zu einer sparsamen Begleitung – Violine, Cello, Oboe oder vielleicht Fagott. Aber alles existiert vorläufig nur als Idee. Ich habe noch keine Note geschrieben – ich bin abgelenkt worden. Du mußt von meinen Schwierigkeiten gehört haben.«

»Roz hat etwas am Telefon erwähnt.«

»Wir wollen jetzt nicht darüber sprechen. Ein andermal.«

»Hast du dich für immer von der Universität verabschiedet?«

»Ich bin ausgeschieden. Man hat es mir nahegelegt.«

»Wirst du die Universität vermissen?«

»Ob ich sie vermissen werde? Ich weiß nicht. Ich habe als Lehrer keine Bäume ausgerissen. Ich mußte feststellen, daß ich bei meinen Studenten immer weniger angekommen bin. Was ich zu sagen hatte, wollten sie nicht hören. Daher werde ich die Universität vielleicht nicht vermissen. Vielleicht genieße ich meine wiedergewonnene Freiheit.«

Ein Mann steht in der Tür, ein großer Mann im blauen Overall, mit Gummistiefeln und einer Wollmütze. »Petrus, komm rein, ich möchte dich mit meinem Vater bekannt machen«, sagt Lucy.

Petrus tritt seine Stiefel ab. Sie geben sich die Hand. Ein zerfurchtes, wettergegerbtes Gesicht; schlaue Augen. Vierzig? Fünfundvierzig?

Petrus wendet sich an Lucy. »Das Spray«, sagt er: »Ich wollte das Spray holen.«

»Es ist im Kombi. Warte hier, ich hole es.«

Er bleibt mit Petrus zurück. »Sie kümmern sich also um die Hunde«, sagt er, um das Schweigen zu brechen.

»Ich kümmere mich um die Hunde, und ich arbeite im Garten. Ja.« Petrus lächelt breit. »Ich bin der Gärtner und der Hunde-Mann.« Er denkt kurz nach. »Der Hunde-Mann«, wiederholt er und läßt das Wort auf der Zunge zergehen.

»Ich bin gerade aus Kapstadt gekommen. Manchmal mache ich mir Sorgen um meine Tochter, so ganz allein hier. Es ist sehr abgelegen.«

»Ja«, sagt Petrus, »es ist gefährlich.« Er macht eine Pause. »Heute ist alles gefährlich. Aber hier geht es, glaube ich.« Und er lächelt wieder.

Lucy kommt mit einem Fläschchen zurück. »Du kennst ja das Verhältnis: einen Teelöffel auf zehn Liter Wasser.«

»Ja, ich weiß.« Und Petrus duckt sich und geht durch die niedrige Tür hinaus.

»Petrus scheint ein guter Mann zu sein«, bemerkt er.

»Er ist ganz in Ordnung.«

»Wohnt er auf dem Anwesen?«

»Er wohnt mit seiner Frau im ehemaligen Stall. Ich habe Strom hineinlegen lassen. Es ist ganz bequem. Er hat noch eine Frau in Adelaide, und Kinder, einige davon sind schon erwachsen. Ab und zu geht er fort und bleibt dort eine Weile.«

Er läßt Lucy ihre Arbeit verrichten und macht einen Spaziergang bis zur Kenton-Straße. Ein kühler Wintertag, die Sonne taucht schon hinter rote Hügel, die mit spärlichem, ausgebleichten Gras gesprenkelt sind. Armes Land, armer Boden, denkt er. Ausgelaugt. Taugt nur für Ziegen. Hat Lucy wirklich vor, ihr Leben hier zu verbringen? Er hofft, daß es nur eine Phase ist.

Eine Schar Kinder gehen auf dem Heimweg von der Schule an ihm vorbei. Er grüßt sie; sie grüßen zurück. So ist's Brauch auf dem Land. Kapstadt weicht schon in die Vergangenheit zurück.

Ohne Vorwarnung überfällt ihn eine Erinnerung an das Mädchen: an ihre schönen kleinen Brüste mit den festen Brustwarzen, an ihren glatten flachen Bauch. Eine Woge des Verlangens durchströmt ihn. Offenbar ist »es« (was es auch gewesen sein mochte) noch nicht vorbei.

Er kehrt ins Haus zurück und packt fertig aus. Lange her, daß er das letzte Mal mit einer Frau zusammen gewohnt hat. Er wird auf seine Manieren achtgeben müssen; er wird ordentlich sein müssen.

Üppig ist ein freundliches Wort für Lucy. Bald wird sie wirklich dick sein. Läßt sich gehen, wie es geschieht, wenn man vom Spielfeld der Liebe abtritt. *Qu'est devenu ce front poli, ces cheveux blonds, sourcils voûtés?*

Das Abendessen ist einfach: Suppe und Brot, danach

Süßkartoffeln. Eigentlich mag er Süßkartoffeln nicht, aber Lucy bereitet sie mit Zitronenschale und Butter und Piment zu, wodurch sie genießbar werden, mehr als genießbar.

»Wirst du eine Weile bleiben?« fragt sie.

»Eine Woche? Sagen wir eine Woche? Kannst du mich denn so lange ertragen?«

»Du kannst so lange bleiben, wie du willst. Ich befürchte nur, daß du dich langweilen wirst.«

»Ich werde mich nicht langweilen.«

»Und nach der Woche, wo willst du dann hin?«

»Das weiß ich noch nicht. Vielleicht begebe ich mich auf eine Wanderung, eine lange Wanderung.«

»Du kannst jedenfalls gern bleiben.«

»Das ist nett von dir, meine Liebe, daß du das sagst, aber ich möchte, daß wir Freunde bleiben. Lange Besuche sind nicht gut für die Freundschaft.«

»Und wenn wir es nun nicht als Besuch bezeichnen? Wenn wir es Zuflucht nennen? Würdest du eine Zuflucht auf unbestimmte Zeit akzeptieren?«

»Du meinst Asyl? So schlimm ist es nun auch wieder nicht, Lucy. Ich bin kein Flüchtling.«

»Roz hat gesagt, die Atmosphäre war sehr unangenehm.«

»Ich habe es mir selbst zuzuschreiben. Man hat mir einen Kompromiß angeboten, den ich nicht akzeptieren wollte.«

»Was für einen Kompromiß?«

»Umerziehung. Reformierung des Charakters. Das Schlüsselwort war *soziale Beratung*.«

»Und bist du denn so perfekt, daß du nicht ein bißchen Beratung gebrauchen könntest?«

»Das erinnert mich zu sehr an Maos China. Widerruf, Selbstkritik, öffentliche Entschuldigung. Ich bin altmodisch, ich würde es vorziehen, an eine Wand gestellt und erschossen zu werden. Es hinter mich zu bringen.«

»Erschossen? Weil man eine Affäre mit einer Studentin hat? Das ist ein bißchen extrem, meinst du nicht auch, David? Das muß doch ständig passieren. Es passierte auf jeden Fall, als ich Studentin war. Wenn sie jeden Fall verfolgen würden, würde der Berufsstand dezimiert.«

Er zuckt mit den Schultern. »Wir haben puritanische Zeiten. Das Privatleben interessiert die Öffentlichkeit. Lüsternheit ist respektabel, Lüsternheit und Sentimentalität. Sie wollten ein Schauspiel: an die Brust schlagen, Reue, wenn möglich Tränen. Eigentlich eine Fernsehshow. Den Gefallen habe ich ihnen nicht getan.«

Er wollte noch hinzufügen: »In Wahrheit hätten sie mich am liebsten kastrieren lassen«, aber er kann das nicht sagen, nicht zu seiner Tochter. Eigentlich wirkt seine ganze Tirade, jetzt, wo er sie mit den Ohren eines anderen Menschen hört, melodramatisch, übertrieben.

»Du hast also deine Position vertreten, und sie ihre. War es so?«

»Mehr oder weniger.«

»Du solltest nicht so unnachgiebig sein, David. Es ist nicht heroisch, unnachgiebig zu sein. Hast du noch Zeit, es dir zu überlegen?«

»Nein, das Urteil ist endgültig.«

»Kein Einspruch möglich?«

»Nein, kein Einspruch. Ich beschwere mich nicht. Man kann sich nicht für schuldig erklären, wenn man der moralischen Verworfenheit bezichtigt wird, und eine Sympathiekundgebung dafür erwarten. Nicht, wenn man ein gewisses Alter überschritten hat. Ab einem gewissen Alter findet man einfach keinen Anklang mehr, und damit hat sich's. Man muß sich einfach zusammenreißen und den Rest des Lebens hinter sich bringen. Seine Zeit absitzen.«

»Das ist schade. Bleib hier, so lange du willst. Mit welcher Begründung auch immer.«

Er geht zeitig zu Bett. Mitten in der Nacht wird er geweckt durch aufgeregtes Gebell. Besonders ein Hund bellt unablässig, mechanisch, ohne nachzulassen; die anderen fallen ein, beruhigen sich, dann, weil sie sich nicht geschlagen geben wollen, fallen sie erneut ein.

»Geht das jede Nacht so?« fragt er Lucy am Morgen.

»Man gewöhnt sich daran. Tut mir leid.«

Er schüttelt den Kopf.

8. Kapitel

Er hat vergessen, wie kalt die Wintermorgen im Hochland der Provinz Ost-Kap sein können. Er hat nicht die richtigen Sachen mitgebracht – er muß sich einen Pullover von Lucy borgen.

Die Hände in den Taschen vergraben, wandert er zwischen den Blumenbeeten herum. Von hier aus nicht zu sehen, donnert ein Auto auf der Kenton-Straße vorüber, und das Geräusch klingt noch lange in der stillen Luft nach. Gänse fliegen in einer Staffel hoch über seinem Kopf. Was soll er mit seiner Zeit anfangen?

»Möchtest du einen Spaziergang machen?« sagt Lucy hinter ihm. Sie nehmen drei von den Hunden mit, zwei junge Dobermänner, die Lucy an der Leine führt, und die Bulldogge, die verlassene Hündin.

Mit angelegten Ohren versucht die Hündin, sich zu entleeren. Nichts kommt.

»Sie hat Probleme«, sagt Lucy. »Ich werde ihr was geben müssen.«

Die Hündin strengt sich weiter an, läßt die Zunge heraushängen und schaut unruhig in die Runde, als sei es ihr peinlich, beobachtet zu werden.

Sie verlassen die Straße und wandern durch Buschland, dann durch dünnen Pinienwald.

»Das Mädchen, mit dem du dich eingelassen hast«, sagt Lucy – »war es etwas Ernsthaftes?«

»Hat dir Rosalind nicht die Geschichte erzählt?«

»Keine Einzelheiten.«

»Sie kam aus dieser Gegend hier. Aus George. Sie war in einem meiner Seminare. Als Studentin nur mittelmäßig, aber sehr attraktiv. Ob es etwas Ernsthaftes war? Ich weiß nicht. Es hat auf jeden Fall ernsthafte Konsequenzen gehabt.«

»Aber jetzt ist es vorbei? Du sehnst dich nicht mehr nach ihr?«

Ist es vorbei? Hat er noch Sehnsucht? »Wir haben keinen Kontakt mehr«, sagt er.

»Warum hat sie dich denunziert?«

»Sie hat es mir nicht verraten; ich hatte keine Gelegenheit, sie zu fragen. Sie war in einer schwierigen Lage. Da war ein junger Mann, ein Freund oder Ex-Freund, der sie tyrannisierte. Da war die Belastung durch das Studium. Und dann bekamen ihre Eltern Wind davon und tauchten in Kapstadt auf. Ich vermute, der Druck wurde zu stark.«

»Und da warst du.«

»Ja, da war ich. Ich war wohl auch nicht einfach.«

Sie sind an einem Tor angekommen, mit einem Schild, das verkündet: »SAPPI Industries – unbefugtes Betreten bei Strafe verboten.« Sie drehen um.

Lucy sagt: »Jedenfalls hast du dafür bezahlt. Vielleicht wird sie im Rückblick nicht allzu hart über dich urteilen. Frauen können erstaunlich großmütig sein.«

Schweigen. Will ihm Lucy, seine Tochter, etwas über Frauen erzählen?

»Hast du mal daran gedacht, wieder zu heiraten?« fragt Lucy.

»Jemanden meiner eigenen Generation, meinst du? Ich bin zur Ehe nicht geschaffen, Lucy. Du hast das selbst miterlebt.«

»Ja. Aber ...«

»Aber was? Aber es ist ungehörig, weiter Kindern nachzustellen?«

»Das wollte ich nicht sagen. Nur daß es mit zunehmender Zeit immer schwieriger und nicht etwa leichter für dich wird.«

Nie vorher hat er mit Lucy über sein Intimleben gesprochen. Es fällt ihm nicht leicht. Aber wenn er nicht mit ihr sprechen kann, mit wem dann?

»Erinnerst du dich an Blake?« sagt er. »Morde eher ein Kind in der Wiege, als ungestilltes Verlangen zu nähren«?

»Warum zitierst du das?«

»Ungestilltes Verlangen kann sich in etwas Häßliches verkehren, bei Alt und Jung gleichermaßen.«

»Daraus folgt?«

»Jede Frau, der ich nahe war, hat mich etwas über mich selbst gelehrt. Insoweit haben sie einen besseren Menschen aus mir gemacht.«

»Hoffentlich nimmst du nicht die Kehrseite davon in Anspruch. Daß der Umgang mit dir deine Frauen zu besseren Menschen gemacht hat.«

Er sieht sie scharf an. Sie lächelt. »War nur ein Scherz«, sagt sie.

Sie gehen auf dem Rückweg über die geteerte Straße. An der Abfahrt zur Farm gibt es ein gemaltes Schild, das er bisher nicht bemerkt hat: »SCHNITTBLUMEN. FARNPALMEN«, mit einem Pfeil: »1 KM«.

»Farnpalmen?« sagt er. »Ich dachte, Farnpalmen sind verboten.«

»Es ist verboten, sie in der Natur auszugraben. Ich züchte sie aus Samen. Ich zeige sie dir.«

Sie gehen weiter, die jungen Hunde zerren an der

Leine und wollen frei sein, die Hündin trottet keuchend hinterher.

»Und du? Stellst du dir so dein Leben vor?« Er macht eine Geste in Richtung Garten, in Richtung Haus, dessen Dach das Sonnenlicht reflektiert.

»Es reicht«, antwortet Lucy leise.

Es ist Samstag, Markttag. Lucy weckt ihn wie ausgemacht um fünf mit Kaffee. Gegen die Kälte gut vermummt gehen sie zu Petrus hinaus in den Garten, der dort beim Licht einer Halogenlampe schon Blumen schneidet.

Er bietet Petrus an, ihn abzulösen, aber seine Finger sind bald so kalt, daß er die Sträuße nicht binden kann. Er gibt Petrus den Bindfaden zurück und wickelt statt dessen ein und verpackt.

Gegen sieben, als der Himmel über den Bergen allmählich hell wird und die Hunde sich zu regen beginnen, haben sie es geschafft. Der Kombi ist beladen mit Kisten voller Blumen, Säcken mit Kartoffeln, Zwiebeln, Kohl. Lucy fährt, Petrus bleibt daheim. Die Heizung funktioniert nicht; angestrengt durch die beschlagene Windschutzscheibe starrend, biegt sie auf die Straße nach Grahamstown. Er sitzt neben ihr und ißt die Sandwiches, die sie gemacht hat. Seine Nase tropft, er hofft, daß sie es nicht sieht.

Na also: ein neues Abenteuer. Seine Tochter, die er einst zur Schule gefahren hat, zum Ballettunterricht, in den Zirkus und zur Eisbahn, nimmt ihn auf einen Ausflug mit, zeigt ihm das Leben, zeigt ihm diese andere, unbekannte Welt.

Auf dem Donkin-Platz bauen Standinhaber schon Markttische auf und legen ihre Waren aus. Es riecht nach verbranntem Fleisch. Über der Stadt hängt ein kalter Nebel; die Leute reiben sich die Hände, stampfen mit den Füßen, fluchen. Man gibt sich betont herzlich, doch Lucy hält sich zu seiner Erleichterung abseits.

Offensichtlich sind sie im Marktbereich für Agrarprodukte. Links von ihnen verkaufen drei afrikanische Frauen Milch, *masa*, Butter und aus einem mit einem nassen Tuch abgedeckten Eimer auch Suppenknochen. Rechts von ihnen ist ein altes Afrikaaner-Ehepaar, die Lucy mit Tante Miems und Oom Koos begrüßt, und ein kleiner Helfer mit Balaklava-Mütze, der nicht älter als zehn sein kann. Wie Lucy haben sie Kartoffeln und Zwiebeln zu verkaufen, aber dazu noch Marmelade, Eingemachtes, getrocknete Früchte, Päckchen mit Bucco-Tee, Honigstrauch-Tee, Kräuter.

Lucy hat zwei Klapphocker mitgebracht. Sie trinken Kaffee aus einer Thermosflasche und warten auf die ersten Kunden.

Vor zwei Wochen war er in einem Seminarraum und erklärte der gelangweilten Jugend des Landes den Unterschied zwischen *drink* (trinken) und *drink up* (austrinken), *burned* (brannte) und *burnt* (verbrannt). Die perfektivische Aktionsart, die eine Handlung anzeigt, die bis zu ihrer Vollendung durchgeführt wird. Wie weit weg scheint das jetzt! Ich lebe, ich habe gelebt, ich lebte.

Lucys Kartoffeln, in einen großen Korb geschüttet, sind sauber gewaschen. An denen von Koos und Miem klebt noch Erde. Im Lauf des Vormittags nimmt Lucy fast fünfhundert Rand ein. Ihre Blumen verkaufen sich gut; um elf senkt sie die Preise, und die letzten Waren werden verkauft. Auch am Milch-und-Fleisch-Stand wird fleißig verkauft; aber bei den alten Eheleuten, die hölzern und ohne ein Lächeln nebeneinandersitzen, läuft es nicht so gut.

Viele von Lucys Kunden kennen sie mit Namen: Frauen mittleren Alters meistens, die sich ein wenig benehmen, als hätten sie Besitzansprüche auf sie, als wäre Lucys Erfolg auch der ihre. Sie stellt ihn jedesmal vor: »Das ist mein Vater, David Lurie, auf Besuch von Kapstadt.« »Sie müssen sehr stolz auf Ihre Tochter sein, Mr. Lurie«, sagen sie. »Ja, sehr stolz«, antwortet er.

»Bev leitet das Tierheim«, sagt Lucy, nach einer der Vorstellungen. »Manchmal helfe ich ihr. Wir schauen auf dem Rückweg bei ihr rein, wenn es dir recht ist.«

Ihm hat Bev Shaw nicht gefallen, eine pummelige, emsige kleine Frau mit dunklen Sommersprossen, kurzem drahtigen Haar und keinem Hals. Er mag Frauen nicht, die sich keine Mühe geben, attraktiv zu sein. Diese abwehrende Haltung hat er schon früher Lucys Freunden gegenüber gehabt. Darauf braucht er nicht stolz zu sein – ein Vorurteil, das sich bei ihm festgesetzt hat, dauerhaft festgesetzt. Sein Kopf ist zur Zufluchtsstätte alter Gedanken geworden, nutzloser, armseliger Gedanken, die sonst keine Bleibe haben. Er sollte sie hinauswerfen, das Haus auskehren. Aber er macht sich nicht die Mühe, oder er gibt sich nicht genug Mühe.

Der Tierschutzbund, einst ein rühriger Verein in Grahamstown, mußte seine Aktivitäten einstellen. Doch eine Handvoll Freiwilliger unter Leitung von Bev Shaw betreibt noch eine Tierklinik auf dem alten Gelände.

Er hat nichts gegen die Tierfreunde, mit denen Lucy verkehrt hat, seit er sich erinnern kann. Ohne sie wäre die Welt zweifellos ein schlechterer Ort. Als Bev Shaw ihre

Tür öffnet, macht er also ein freundliches Gesicht, obwohl er eigentlich abgestoßen ist, weil ihnen zur Begrüßung der Geruch von Katzenpisse und Hunderäude und Desinfektionsmitteln entgegenschlägt.

Das Haus ist genau, wie er es sich vorgestellt hat: billige Möbel, überall Nippes (Porzellanschäferinnen, Kuhglokken, ein Fliegenwedel aus Straußenfedern), das Gejammer eines Radios, das Gezwitscher von Vögeln im Käfig, Katzen, wohin man den Fuß setzt. Es gibt nicht nur Bev Shaw, da ist auch noch Bill Shaw, genauso gedrungen, der am Küchentisch sitzt und Tee trinkt, mit einem Gesicht, rot wie eine Rübe, und silbernem Haar und einem Pullover mit einem weiten Kragen. »Setzen Sie sich, setzen Sie sich, Dave«, sagt Bill. »Trinken Sie eine Tasse Tee, machen Sie es sich bequem.«

Der Vormittag ist lang gewesen, er ist müde, das letzte, worauf er Lust hat, ist, mit diesen Leuten zu plaudern. Er wirft Lucy einen Blick zu. »Wir bleiben nicht, Bill«, sagt sie. »Ich hole nur Medikamente ab.«

Durch ein Fenster blickt er in den Hinterhof der Shaws: ein Apfelbaum, der wurmstichige Äpfel fallen läßt, wild wucherndes Unkraut, ein mit verzinktem Blech abgeteilter Bereich, Holzpaletten, alte Autoreifen, wo Hühner scharren, und in einer Ecke döst etwas, was ungewöhnlicherweise wie eine Waldducker-Antilope aussieht.

»Was meinst du?« fragt Lucy hinterher im Auto.

»Ich möchte nicht unhöflich sein. Das ist bestimmt eine ganz eigene Welt. Haben Sie keine Kinder?«

»Nein, keine Kinder. Unterschätze Bev nicht. Sie ist nicht einfältig. Sie tut enorm viel Gutes. Seit Jahren schon geht sie in die Siedlung D, zunächst für den Tierschutz, jetzt aus eigenem Antrieb.«

»Das muß ein aussichtsloser Kampf sein.«

»Stimmt. Dafür gibt es keine Mittel mehr. Auf der Prioritätenliste der Nation sind die Tiere nirgends zu finden.«

»Sie muß doch verzweifeln. Du auch.«

»Ja. Nein. Ist das wichtig? Die Tiere, denen sie hilft, sind nicht verzweifelt. Sie sind ungeheuer erleichtert.«

»Das ist doch großartig. Tut mir leid, mein Kind, ich kann mich einfach nicht überwinden, mich für das Thema zu interessieren. Es ist bewundernswert, was du tust, was sie tut, aber für mich sind Tierschützer ein wenig wie gewisse Christen. Alle sind so voll guten Mutes und bester Absicht, daß es einen nach einer Weile juckt, loszuziehen, um ein bißchen zu vergewaltigen und zu plündern. Oder einer Katze einen Tritt zu verpassen.«

Sein Ausbruch überrascht ihn. Er hat keine schlechte Laune, überhaupt nicht.

»Du denkst, daß ich mich für bedeutendere Dinge engagieren sollte«, sagt Lucy. Sie sind jetzt auf der Landstraße; sie fährt, ohne ihn anzusehen. »Du denkst, weil ich deine Tochter bin, sollte ich etwas Besseres mit meinem Leben anfangen.«

Er schüttelt schon den Kopf. »Nein ... nein ... nein«, murmelt er.

»Du denkst, ich sollte Stilleben malen oder Russisch lernen. Du hältst nichts von Freunden wie Bev und Bill Shaw, weil sie mich nicht zu einem höheren Leben führen.«

»Das ist nicht wahr, Lucy.«

»Aber es ist wahr. Sie werden mich nicht zu einem höheren Leben führen, und der Grund dafür ist, daß es kein höheres Leben gibt. Es gibt nur dieses Leben hier.

Was wir mit den Tieren teilen. Dieses Beispiel versuchen Leute wie Bev zu geben. Diesem Beispiel versuche ich zu folgen. Einige unserer menschlichen Vorrechte mit den Tieren zu teilen. Ich möchte nicht als Hund oder Schwein wiedergeboren werden und so leben müssen, wie Hunde und Schweine unter uns leben.«

»Lucy, mein Schatz, sei nicht böse. Ja, ich gebe dir recht, es gibt nur dieses Leben hier. Und was die Tiere angeht, wir sollten unbedingt freundlich zu ihnen sein. Aber wir sollten nicht die Perspektive verlieren. Wir gehören einer anderen Schöpfungskategorie an als die Tiere. Nicht unbedingt einer höheren, nur einer anderen. Wenn wir also freundlich sein wollen, dann bitte aus schlichter Großzügigkeit, nicht weil wir uns schuldig fühlen oder Vergeltung fürchten.«

Lucy holt Luft. Sie will offenbar auf seine Predigt antworten, tut es aber dann nicht. Sie kommen schweigend beim Haus an.

9. Kapitel

Er sitzt im vorderen Zimmer und sieht sich im Fernsehen Fußball an. Es steht Null zu Null; keine Mannschaft scheint daran interessiert, zu gewinnen.

Kommentiert wird das Spiel abwechselnd in Sotho und in Xhosa, Sprachen, von denen er kein Wort versteht. Er dreht den Ton zu einem Gemurmel herunter. Samstagnachmittag in Südafrika: eine Zeit, die den Männern und ihren Vergnügungen vorbehalten ist. Er nickt ein.

Als er aufwacht, sitzt Petrus mit einer Bierflasche in der Hand neben ihm auf dem Sofa. Er hat den Ton wieder lauter gestellt.

»Bushbucks«, sagt Petrus. »Meine Mannschaft. Bushbucks und Sundowns.«

Sundowns haben eine Ecke. Es gibt ein Gedränge vor dem Tor. Petrus stöhnt und umklammert mit den Händen den Kopf. Als sich der Staub verzieht, liegt der Torwart auf der Erde und hat den Ball unter sich begraben. »Er ist gut! Er ist gut!« sagt Petrus. »Er ist ein guter Torwart. Sie müssen ihn behalten.«

Das Spiel endet torlos. Petrus schaltet um. Boxen: zwei Männchen, so klein, daß sie dem Schiedsrichter kaum bis zur Brust reichen, umkreisen einander, springen vor, bearbeiten sich mit den Fäusten.

Er steht auf und schlendert in den hinteren Teil des Hauses. Lucy liegt auf dem Bett und liest. »Was liest du?«

fragt er. Sie sieht ihn fragend an, dann entfernt sie das Ohropax. »Was liest du?« wiederholt er; und dann: »Es funktioniert nicht, was? Soll ich abreisen?«

Sie lächelt, legt ihr Buch beiseite. *Das Geheimnis des Edwin Drood* – nicht, was er erwartet hätte. »Setz dich«, sagt sie.

Er sitzt auf dem Bett, streichelt gedankenverloren ihren bloßen Fuß. Ein guter Fuß, wohlgeformt. Guter Knochenbau, wie ihre Mutter. Eine Frau in der Blüte ihrer Jahre, attraktiv trotz der Fülle, trotz der wenig schmeichelhaften Kleider.

»Aus meiner Sicht, David, funktioniert es ausgezeichnet. Ich bin froh, daß du hier bist. Man braucht eine Weile, bis man sich an den Gang des Lebens auf dem Lande gewöhnt hat, das ist alles. Wenn du erst einmal eine Beschäftigung gefunden hast, langweilst du dich nicht mehr so.«

Er nickt zerstreut. Attraktiv, denkt er, aber für die Männerwelt verloren. Muß er sich selbst Vorwürfe machen, oder wäre es ohnehin so gekommen? Vom Tag ihrer Geburt an hat er für seine Tochter nichts als die spontanste, vorbehaltloseste Liebe empfunden. Unmöglich, daß sie das nicht bemerkt hat. Ist sie zu groß gewesen, diese Liebe? Ist sie eine Last gewesen? Hat es sie niedergedrückt? Hat sie ihr eine dunklere Bedeutung unterlegt?

Er macht sich Gedanken, wie es für Lucy mit den Menschen ist, die sie liebt, und wie es für diese mit Lucy ist. Er hat sich nie davor gescheut, einen Gedanken auf seiner gewundenen Bahn zu verfolgen, und er scheut sich auch jetzt nicht. Hat er eine leidenschaftliche Frau gezeugt? Was steht ihr im Reich der Sinne zur Verfügung und was nicht? Sind er und sie in der Lage, auch darüber zu reden? Lucy hat kein behütetes Leben gehabt. Warum sollten sie nicht offen miteinander sein, warum sollten sie eine Grenze ziehen in Zeiten, wo das keiner tut?

»Wenn ich erst einmal eine Beschäftigung gefunden habe«, sagt er, als er seine Gedanken gesammelt hat. »Was schlägst du vor?«

»Du könntest bei den Hunden helfen. Du könntest das Fleisch für die Hunde zerkleinern. Das ist mir immer schwergefallen. Dann gibt es noch Petrus. Petrus ist eifrig dabei, seinen eigenen Grund und Boden zu bewirtschaften. Du könntest ihm dabei helfen.«

»Petrus helfen. Das gefällt mir. Mir gefällt die historische Pikanterie daran. Wird er mir für meine Arbeit Lohn zahlen, was glaubst du?«

»Frag ihn. Ich bin sicher, er wird's tun. Er hat Anfang des Jahres eine Beihilfe für den Erwerb von Grund und Boden bekommen, genug, um mir über einen Hektar Land abzukaufen. Hab ich dir das nicht erzählt? Die Grundstücksgrenze geht durch das Wasserreservoir. Das gehört uns gemeinsam. Alles von dort bis zum Zaun gehört ihm. Er hat eine Kuh, die im Frühling kalben wird. Er hat zwei Frauen, oder eine Frau und eine Freundin. Wenn er es geschickt anfängt, könnte er eine zweite Beihilfe bekommen, um ein Haus zu bauen; dann kann er aus dem Stall ausziehen. Nach den Maßstäben der Provinz Ost-Kap ist er ein vermögender Mann. Bitte ihn, dich zu bezahlen. Er kann es sich leisten. Ich bin mir nicht sicher, ob ich ihn mir noch leisten kann.«

»Gut, ich kümmere mich um das Fleisch für die Hunde, ich biete Petrus an, Schachtarbeiten für ihn zu machen. Was noch?«

»Du kannst in der Tierklinik helfen. Sie suchen verzweifelt Freiwillige.«

»Du meinst, ich soll Bev Shaw helfen.«

»Ja.«

»Ich glaube nicht, daß wir uns verstehen.«

»Du brauchst dich nicht mit ihr zu verstehen. Du mußt ihr nur helfen. Erwarte aber keine Bezahlung. Du mußt es machen, weil du ein gutes Herz hast.«

»Ich habe da Zweifel, Lucy. Es hört sich verdächtig nach Sozialdienst an. Es hört sich an, als versuche einer, für vergangene Untaten zu büßen.«

»Was deine Motive angeht, David, so kann ich dir versichern, daß die Tiere in der Klinik sich nicht dafür interessieren. Sie werden nicht danach fragen, und es ist ihnen egal.«

»Gut. Ich mache es. Aber nur, solange ich kein besserer Mensch werden muß. Ich bin nicht bereit, mich bessern zu lassen. Ich will mir treu bleiben. Auf dieser Grundlage mache ich es.« Seine Hand ruht noch immer auf ihrem Fuß; jetzt packt er fest ihr Fußgelenk. »Verstanden?«

Sie schenkt ihm, was er nur ein süßes Lächeln nennen kann. »Du bist also entschlossen, weiter schlecht zu sein. Verrückt, verrucht und kreuzgefährlich. Ich verspreche, keiner wird dich ändern wollen.«

Sie neckt ihn, wie es ihre Mutter früher immer tat. Ihr Intellekt ist womöglich noch schärfer. Er hat sich immer zu intelligenten Frauen hingezogen gefühlt. Intelligenz und Schönheit. Beim besten Willen konnte er bei Meláni keine Intelligenz finden. Aber viel Schönheit.

Wieder durchläuft es ihn: ein leichter Schauer der Sinnlichkeit. Er merkt, daß Lucy ihn beobachtet. Offenbar kann er es nicht verbergen. Interessant.

Er steht auf und geht in den Hof hinaus. Die jüngeren Hunde sind froh, ihn zu sehen – sie trotten in ihren Käfigen hin und her und jaulen ungeduldig. Aber die alte Bulldogge rührt sich kaum.

Er geht in ihren Käfig hinein und schließt die Tür hinter sich. Sie hebt den Kopf, sieht ihn an, läßt den Kopf wieder sinken; ihre alten Zitzen hängen schlaff herab.

Er hockt sich hin, krault sie hinter den Ohren. »Man hat uns sitzenlassen, was?« murmelt er.

Er streckt sich neben ihr auf dem nackten Beton aus. Über ihm ist der blaßblaue Himmel. Seine Glieder entspannen sich.

So findet ihn Lucy. Er muß eingeschlafen sein – er kommt erst wieder zu sich, als sie mit dem Wasserkanister im Käfig ist und die Hündin aufgestanden ist und ihre Füße beschnüffelt.

»Du freundest dich wohl an mit ihr?« sagt Lucy.

»Es ist nicht leicht, sich mit ihr anzufreunden.«

»Arme alte Katy, sie trauert. Keiner will sie, und sie weiß das. Das Ironische daran ist, daß sie hier überall in der Gegend Nachkommen haben muß, und die würden sie gern bei sich aufnehmen. Aber es steht nicht in ihrer Macht, sie einzuladen. Sie gehören zum Inventar, sie gehören zum Alarmsystem. Sie ehren uns, indem sie uns wie Götter behandeln, und unsere Reaktion darauf ist, daß wir sie wie Gegenstände behandeln.«

Sie verlassen den Käfig. Die Hündin läßt sich fallen, schließt die Augen.

»Die Kirchenväter haben eine lange Debatte über sie geführt und sind zum Schluß gekommen, daß sie keine richtige Seele haben«, bemerkt er. »Bei ihnen ist die Seele an den Körper gebunden und stirbt mit ihnen.«

Lucy zuckt mit den Schultern. »Ich bin mir nicht sicher, daß ich eine Seele habe. Ich würde eine Seele nicht erkennen, wenn mir eine begegnete.«

»Das stimmt nicht. Du bist eine Seele. Wir alle sind Seelen. Wir sind Seelen schon vor unserer Geburt.«

Sie sieht ihn seltsam an.

»Was wirst du also mit ihr machen?« fragt er.

»Mit Katy? Ich behalte sie, wenn's sein muß.«

»Schläferst du Tiere nie ein?«

»Nein, ich nicht. Bev macht es. Das will sonst keiner machen, deshalb hat sie es sich aufgehalst. Es nimmt sie schrecklich mit. Du unterschätzt sie. Sie ist interessanter, als du glaubst. Selbst nach deinen Maßstäben.«

Seine Maßstäbe – welche sind das? Daß untersetzte kleine Frauen mit häßlichen Stimmen es verdienen, nicht beachtet zu werden? Ein Schatten des Kummers fällt über ihn – Kummer um Katy, allein in ihrem Käfig, um sich selbst, um alle Menschen. Er seufzt tief und unterdrückt den Seufzer nicht. »Verzeih mir, Lucy«, sagt er.

»Ich soll dir verzeihen? Was denn?« Sie lächelt ein wenig spöttisch.

»Daß ich einer der beiden Sterblichen bin, die berufen waren, dich in die Welt zu geleiten, und daß ich letztlich kein besserer Führer gewesen bin. Aber ich werde Bev Shaw helfen. Wenn ich sie nicht Bev nennen muß. Das ist ein einfältiger Name. Er erinnert mich an Kühe. Wann soll ich anfangen?«

»Ich werde sie anrufen.«

10. Kapitel

Auf dem Schild draußen an der Klinik steht: TIERSCHUTZBUND E.V. 1529. Darunter eine Zeile mit den Öffnungszeiten, doch die ist überklebt. An der Tür eine Schlange wartender Leute, einige mit Tieren. Sobald er aus dem Auto aussteigt, umringen ihn Kinder, betteln um Geld oder starren ihn bloß an. Er bahnt sich den Weg durch das Gewühl und durch eine plötzliche Kakophonie, als zwei Hunde, von den Eigentümern zurückgehalten, sich anknurren und um sich schnappen.

Das kleine, kahle Wartezimmer ist vollgestopft. Er muß über jemandes Beine steigen, um hineinzukommen.

»Mrs. Shaw?« fragt er.

Eine alte Frau weist mit dem Kopf auf einen Eingang, den ein Plastikvorhang abschirmt. An einem kurzen Strick hält die Frau eine Ziege; das Tier blickt sich nervös um, beäugt die Hunde, seine Hufe klicken auf dem harten Fußboden.

Im Raum dahinter, der durchdringend nach Urin stinkt, arbeitet Bev Shaw an einem niedrigen Tisch mit Stahlplatte. Mit einer Stiftlampe schaut sie einem jungen Hund, der wie eine Kreuzung zwischen Ridgeback und Schakal aussieht, ins Maul. Auf dem Tisch kniet ein barfüßiges Kind, offenbar der Besitzer, hat den Kopf des Hundes unter den Arm geklemmt und versucht, die Kiefer auseinanderzuhalten. Aus der Hundekehle dringt ein tiefes, gurgelndes Knurren; die kräftigen Hinterläufe sind angespannt. Ungeschickt mischt er sich in das Handgemenge ein, drückt die Hinterbeine des Hundes zusammen und zwingt ihn so zum Sitzen.

»Danke«, sagt Bev Shaw. Sie ist rot im Gesicht. »Da ist ein Abszeß durch einen impaktierten Zahn. Wir haben keine Antibiotika, deshalb – halt ihn fest, *boytjie!* –, deshalb müssen wir den Abszeß mit der Lanzette öffnen und das Beste hoffen.«

Sie sondiert mit einer Lanzette im Maul herum. Der Hund reißt sich mit einem gewaltigen Ruck los von ihm, reißt sich fast vom Jungen los. Er packt das Tier, als es scharrt, um von Tisch herunterzukommen; einen Moment starren ihn seine Augen an, voller Wut und Angst.

»Auf die Seite mit ihm – so«, sagt Bev Shaw. Sie redet beruhigend auf den Hund ein und zieht ihm gekonnt die Beine weg, legt ihn auf die Seite. »Der Gurt«, sagt sie. Er legt dem Tier einen Gurt um den Leib, und sie schnallt ihn zu. »Gut«, sagt Bev Shaw. »Denken Sie tröstliche Gedanken, denken Sie starke Gedanken. Sie können riechen, was man denkt.«

Er drückt den Hund mit seinem ganzen Gewicht nieder. Das Kind hat eine Hand mit einem Lumpen umwickelt und öffnet jetzt vorsichtig wieder das Maul. Die Augen des Hundes rollen entsetzt. Sie können riechen, was man denkt – was für ein Unsinn! »Ist ja gut, ist ja gut!« murmelt er. Bev Shaw sondiert wieder mit der Lanzette. Der Hund würgt, wird steif, entspannt sich dann.

»Gut«, sagt sie, »jetzt müssen wir der Natur ihren Lauf lassen.« Sie löst den Gurt, spricht mit dem Kind in einer Sprache, die wie holpriges Xhosa klingt. Der Hund, wieder auf den Beinen, kauert unter dem Tisch. Auf dem

Behandlungstisch sind Blut- und Speichelspritzer; Bev wischt sie weg. Das Kind lockt den Hund hinaus.

»Vielen Dank, Mr. Lurie. Sie haben eine gute Ausstrahlung. Ich spüre, daß Sie Tiere gern haben.«

»Habe ich Tiere gern? Ich esse sie, daher muß ich sie wohl gern haben, einige Teile von ihnen.«

Ihr Haar besteht aus einer Unmenge kleiner Lockchen. Macht sie die Löckchen selber, mit einem Lockenstab? Unwahrscheinlich – es würde jeden Tag Stunden dauern. Das muß Natur sein. Eine solche Haarstruktur hat er noch nie aus der Nähe gesehen. Die Äderchen auf ihren Ohren bilden ein filigranes violettes Netz. So auch die Äderchen auf der Nase. Und dann ein Kinn, das direkt aus der Brust wächst, wie bei einer Kropftaube. Das alles zusammen ist bemerkenswert unattraktiv.

Sie denkt über seine Worte nach, deren Ton ihr entgangen zu sein scheint.

»Ja, wir verzehren in diesem Land eine Menge Tiere«, sagt sie. »Das tut uns offenbar nicht besonders gut. Ich weiß nicht, wie wir das ihnen gegenüber rechtfertigen können.« Dann: »Wollen wir uns den nächsten vornehmen?«

Rechtfertigen? Wann? Am Tag des Jüngsten Gerichts? Er würde gern mehr hören, aber jetzt ist keine Zeit dazu.

Die Ziege, ein ausgewachsener Bock, kann kaum laufen. Die eine Hälfte seines Hodensacks, gelb und dunkelrot, ist angeschwollen wie ein Ballon; die andere Hälfte ist ein blutverkrusteter und schmutziger Klumpen. Er ist von Hunden angefallen worden, sagt die alte Frau. Aber er wirkt ziemlich munter, fröhlich, kämpferisch. Während Bev Shaw ihn untersucht, läßt er eine kurze Salve von Pillen auf den Boden fallen. Die Frau, die bei seinem Kopf steht und ihn bei den Hörnern gepackt hält, tut so, als zanke sie ihn aus.

Bev Shaw berührt seinen Hodensack mit einem Tupfer. Der Ziegenbock schlägt aus. »Können Sie seine Beine fesseln?« fragt sie und deutet an, wie. Er fesselt das rechte Hinterbein an das rechte Vorderbein. Der Ziegenbock versucht wieder auszuschlagen und schwankt. Sie tupft behutsam die Wunde aus. Der Bock zittert, läßt ein Meckern hören – ein häßlicher Laut, tief und heiser.

Als der Schmutz herunter ist, sieht er, daß die Wunde vor weißen Maden wimmelt, die ihre blinden Köpfe in die Luft winden. Er schaudert. »Schmeißfliegen«, sagt Bev Shaw. »Mindestens eine Woche alt.« Sie schürzt die Lippen. »Sie hätten ihn schon viel eher bringen sollen«, sagt sie zu der Frau. »Ja«, sagt die Frau. »Jede Nacht kommen die Hunde. Es ist wirklich zu schlimm. Für einen Bock wie ihn zahlst du fünfhundert Rand.«

Bev Shaw richtet sich auf. »Ich weiß nicht, was wir tun können. Ich habe nicht die Erfahrung, um eine operative Entfernung zu versuchen. Sie kann auf Dr. Oosthuizen warten, der donnerstags kommt, aber der alte Bursche ist dann sowieso unfruchtbar, und will sie das? Und dann kommt die Frage nach Antibiotika. Ist sie bereit, Geld für Antibiotika auszugeben?«

Sie kniet sich wieder neben den Ziegenbock, schmiegt sich an seinen Hals, streicht mit ihrem Haar den Hals aufwärts. Der Ziegenbock zittert, steht aber still. Sie bedeutet der Frau, die Hörner loszulassen. Die Frau gehorcht. Die Ziege rührt sich nicht.

Sie flüstert. »Was meinst du, mein Freund?« hört er sie sagen. »Was meinst du? Ist es genug?«

Der Ziegenbock steht stockstill, wie hypnotisiert. Bev

Shaw streichelt ihn weiter mit ihrem Kopf. Sie scheint selbst in Trance versunken.

Sie faßt sich und steht auf. »Es ist leider zu spät«, sagt sie zu der Frau. »Ich kann ihn nicht gesund machen. Sie können auf den Doktor am Donnerstag warten, oder Sie können ihn hier bei mir lassen. Ich kann ihm ein stilles Ende bereiten. Er läßt mich das für ihn tun. Soll ich? Soll ich ihn hierbehalten?«

Die Frau ist unschlüssig, schüttelt dann den Kopf. Sie fängt an, den Ziegenbock zur Tür zu zerren.

»Sie können ihn hinterher wiederhaben«, sagt Bev Shaw. »Ich helfe ihm nur durch, das ist alles.« Obwohl sie versucht, ihre Stimme unter Kontrolle zu behalten, hört er die Niederlage heraus. Auch der Ziegenbock hört es – er schlägt gegen die Fessel aus, bockt und stürzt vornüber, und die obszöne Geschwulst zittert hinter ihm. Die Frau löst die Fessel und wirft sie beiseite. Dann sind sie fort.

»Worum ging es denn jetzt?« fragt er.

Bev Shaw verbirgt ihr Gesicht, schneuzt sich die Nase. »Es ist nichts. Ich habe genug Letal für schlimme Fälle vorrätig, aber wir können die Eigentümer nicht zwingen. Es ist ihr Tier, sie möchten es auf ihre Weise schlachten. Schade! So ein guter alter Bursche, so tapfer und wacker und zutraulich!«

Letal – der Name eines Arzneimittels? Er würde es den Pharmafirmen zutrauen. Plötzliche Dunkelheit, von den Wassern des Lethe.

»Vielleicht versteht er mehr, als Sie meinen«, sagt er. Zu seinem Erstaunen versucht er, sie zu trösten. »Vielleicht hat er alles schon durchgemacht. Wurde sozusagen mit diesem Wissen geboren. Schließlich haben wir hier Afrika. Ziegen hat es hier von Anfang an gegeben. Man muß ihnen nicht sagen, wozu es Stahl gibt und Feuer. Sie wissen, wie der Tod zu einer Ziege kommt. Sie sind von Geburt an darauf gefaßt.«

»Meinen Sie?« sagt sie. »Ich weiß nicht. Ich glaube nicht, daß wir bereit zum Sterben sind, keiner von uns ist es, ohne begleitet zu werden.«

Allmählich fügt sich alles zusammen. Er bekommt eine Ahnung von der Aufgabe, die sich diese häßliche kleine Frau gestellt hat. Dieses finstere Gebäude ist kein Ort des Heilens - ihre Behandlung ist dafür zu laienhaft –, sondern eine letzte Zuflucht. Ihm fällt die Geschichte ein von – wer war es doch gleich? Der heilige Hubertus? Der einem Hirsch Zuflucht gewährte, der in seine Kapelle gepoltert kam, keuchend und toll vor Angst, auf der Flucht vor den Hunden der Jäger. Bev Shaw, keine Tierärztin, sondern eine Priesterin, voller New-Age-Gehabe, die absurderweise versucht, das Los der leidenden Tiere Afrikas zu lindern. Lucy hatte geglaubt, er würde sie interessant finden. Aber Lucy täuscht sich. Interessant ist nicht das richtige Wort dafür.

Er bleibt den ganzen Nachmittag in der Praxis und hilft, soweit er kann. Als der letzte Fall für diesen Tag versorgt ist, führt ihn Bev Shaw im Hof herum. In der Voliere ist nur ein Vogel, ein junger Fischadler mit einem geschienten Flügel. Sonst sind nur Hunde da – nicht Lucys gepflegte Rassehunde, sondern eine Meute struppiger Mischlingshunde, die zwei Zwinger bis zum Bersten füllen, die bellen, jaulen, winseln, vor Erregung hochspringen.

Er hilft ihr, Trockenfutter zu verteilen und die Wassertröge zu füllen. Sie leeren zwei Säcke zu zehn Kilogramm.

»Wie bezahlen Sie das Futter?« fragt er.

»Wir kaufen es beim Großhandel. Wir sammeln in der Öffentlichkeit, wir bekommen Spenden. Wir bieten einen freien Kastrationsdienst an und bekommen dafür einen Zuschuß.«

»Wer nimmt die Kastrationen vor?«

»Dr. Oosthuizen, unser Tierarzt. Aber er kommt nur einen Nachmittag pro Woche.«

Er sieht den Hunden beim Fressen zu. Es überrascht ihn, daß es so wenig Streit gibt. Die Kleinen und Schwachen halten sich zurück, fügen sich in ihr Los, warten, bis sie an der Reihe sind.

»Das Problem ist, es gibt einfach zu viele von ihnen«, sagt Bev Shaw. »Sie verstehen das natürlich nicht, und wir haben keine Möglichkeit, es ihnen zu sagen. Zu viele nach unseren Maßstäben, aber nicht nach ihren. Sie würden sich einfach vermehren und vermehren, wenn man sie ließe, bis sie die Erde anfüllten. Sie finden es nicht schlimm, viele Nachkommen zu haben. Je mehr, desto lustiger. Mit den Katzen ist es das gleiche.«

»Und Ratten.«

»Und Ratten. Da fällt mir ein: Suchen Sie sich nach Flöhen ab, wenn Sie nach Hause kommen.«

Einer der Hunde, satt, die Augen glänzend vor Wohlbehagen, schnuppert durch den Maschendraht an seinen Fingern, beleckt sie.

»Sie halten viel von Gleichheit, nicht wahr«, bemerkt er. »Keine Klassen. Keiner ist zu hochwohlgeboren, um einen anderen hinten zu beschnüffeln.« Er hockt sich hin und gestattet dem Hund, sein Gesicht, seinen Atem zu schnuppern. Das Tier hat einen Ausdruck, den er für intelligent hält, obwohl es wahrscheinlich nichts dergleichen ist. »Werden sie alle sterben?«

»Die, die keiner will. Wir schläfern sie ein.«

»Und das ist Ihre Aufgabe.«

»Ja.«

»Und es macht Ihnen nichts aus?«

»Es macht mir etwas aus, es macht mir sehr viel aus. Ich möchte nicht, daß es jemand für mich tut, dem es nichts ausmacht. Und Sie?«

Er schweigt. Dann: »Wissen Sie, warum meine Tochter mich zu Ihnen geschickt hat?«

»Sie hat mir gesagt, daß Sie in Schwierigkeiten sind.«

»Nicht nur in Schwierigkeiten. In Schande, so würde man das wahrscheinlich nennen.«

Er beobachtet sie genau. Sie wirkt verlegen; aber vielleicht bildet er sich das nur ein.

»Wenn Sie das nun wissen, haben Sie trotzdem noch Verwendung für mich?« fragt er.

»Wenn Sie bereit sind ...« Sie öffnet die Hände, preßt sie wieder zusammen, öffnet sie wieder. Sie weiß nicht, was sie sagen soll, und er hilft ihr nicht.

Bisher hat er sich jeweils nur kurz bei seiner Tochter aufgehalten. Jetzt wohnt er mit ihr zusammen, lebt er mit ihr zusammen. Er muß aufpassen, daß sich nicht alte Angewohnheiten wieder einschleichen, die Angewohnheiten von Eltern: das Toilettenpapier auf den Halter zu schieben, das Licht auszuschalten, die Katze vom Sofa zu jagen. Trainiere fürs Alter, ermahnt er sich. Trainiere, dich einzufügen. Trainiere fürs Altersheim.

Er gibt vor, müde zu sein, und zieht sich nach dem Abendbrot in sein Zimmer zurück und hört dort schwach die Geräusche, die davon zeugen, daß Lucy ihr eigenes Leben lebt: Schubladen werden geöffnet und zugeschoben, das Radio, das Gemurmel einer Unterhaltung am Telefon. Ruft sie in Johannesburg an und spricht mit Helen? Sorgt sein Aufenthalt hier dafür, daß sie getrennt bleiben? Würden sie es wagen, miteinander ins Bett zu gehen, während er im Haus ist? Wenn das Bett in der Nacht knarrte, wäre ihnen das peinlich? So peinlich, daß sie aufhören würden? Aber was weiß er schon darüber, was Frauen zusammen machen? Vielleicht haben es Frauen nicht nötig, das Bett knarren zu lassen. Und was weiß er speziell über diese beiden, Lucy und Helen? Vielleicht schlafen sie nur zusammen, wie es Kinder tun, kuscheln, schmusen miteinander, kichern, leben wie in der Mädchenzeit – mehr Schwestern als Liebende. Das Bett teilen, die Badewanne teilen, Pfefferkuchen backen, die Sachen der anderen anprobieren. Sapphische Liebe: eine Ausrede fürs Dickwerden.

Die Wahrheit ist, er stellt sich seine Tochter nicht gern in heißer Leidenschaft mit einer anderen Frau vor, und noch dazu mit einer unattraktiven Frau. Aber wäre er glücklicher damit, wenn das geliebte Wesen ein Mann wäre? Was wünscht er sich wirklich für Lucy? Doch nicht, daß sie ewig ein Kind bliebe, ewig unschuldig, ewig die Seine – das gewiß nicht. Aber er ist Vater, das ist sein Schicksal, und mit zunehmendem Alter wendet sich der Vater immer stärker der Tochter zu, das ist nun mal so. Sie wird seine zweite Rettung, die wiedergeborene Braut seiner Jugend. Kein Wunder, daß in Märchen Königinnen ihre Töchter in den Tod zu hetzen versuchen!

Er seufzt. Arme Lucy! Arme Töchter! Was für ein Los, was für eine Bürde! Und Söhne – auch sie müssen ihre Sorgen haben, aber darüber weiß er weniger Bescheid.

Er wünschte, er könnte schlafen. Aber ihm ist kalt, und

er ist überhaupt nicht müde. Er steht auf, hängt sich eine Jacke über die Schultern, legt sich wieder ins Bett. Er liest Byrons Briefe von 1820. Byron – fett, mit zweiunddreißig in den mittleren Jahren – wohnt bei den Guicciolis in Ravenna, bei Teresa, seiner selbstgefälligen, kurzbeinigen Geliebten, und ihrem aalglatten, boshaften Mann. Sommerhitze, Tee am späten Nachmittag, Provinzklatsch, kaum verstecktes Gähnen. »Die Frauen sitzen im Kreis, und die Männer spielen das langweilige Faro«, schreibt Byron. Im ehebrecherischen Verhältnis wird alle Langeweile der Ehe wiederentdeckt. »Ich habe die Dreißig immer als Grenze für jedes echte und starke Vergnügen bei den Leidenschaften betrachtet.«

Er seufzt wieder. Wie kurz der Sommer vor dem Herbst, dann kommt schon der Winter! Er liest bis über Mitternacht hinaus, kann aber trotzdem nicht einschlafen.

11. Kapitel

Es ist Mittwoch. Er steht früh auf, aber Lucy ist noch vor ihm aufgestanden. Er trifft sie, wie sie die wilden Gänse auf dem Wasserreservoir beobachtet.

»Sind die nicht schön«, sagt sie. »Sie kommen jedes Jahr wieder. Dieselben drei. Ich bin so glücklich, daß sie mich besuchen. Daß ich die Auserwählte bin.«

Drei. Das wäre vielleicht eine Lösung. Er und Lucy und Melanie. Oder er und Melanie und Soraya.

Sie frühstücken zusammen, dann führen sie die zwei Dobermänner aus.

»Glaubst du, daß du hier leben könntest, in diesem Teil der Welt?« fragt Lucy völlig unvermittelt.

»Warum? Brauchst du einen neuen Hunde-Mann?«

»Nein, daran habe ich nicht gedacht. Aber du könntest doch bestimmt eine Stelle an der Universität von Rhodes bekommen – du hast doch bestimmt Kontakte dorthin – oder an der von Port Elizabeth.«

»Das glaube ich nicht, Lucy. Ich bin nicht mehr vermittelbar. Der Skandal wird mir nachfolgen, wird an mir klebenbleiben. Nein, wenn ich eine Arbeit finden sollte, dann kann es nur etwas Unbedeutendes sein, wie Hauptbuchhalter, wenn es das noch gibt, oder Pfleger in einer Hundepension.«

»Wenn du die Lästerzungen zum Schweigen bringen willst, solltest du dich dann nicht verteidigen? Schießt das Gerede nicht einfach ins Kraut, wenn du wegläufst?«

Als Kind war Lucy still und zurückhaltend gewesen, hatte ihn beobachtet, doch nie über ihn geurteilt, soweit er wußte. Jetzt mit Mitte Zwanzig hat sie sich zu lösen begonnen. Die Hunde, die Gärtnerei, die astrologischen Bücher, die reizlosen Kleider – in alldem erkennt er eine Unabhängigkeitserklärung, überlegt, absichtsvoll. Auch in der Abwendung von den Männern. Sie schafft sich ihr eigenes Leben. Tritt aus seinem Schatten heraus. Gut! Er begrüßt das!

»Findest du, daß ich das getan habe?« sagt er. »Daß ich vom Schauplatz des Verbrechens geflohen bin?«

»Nun, du hast dich zurückgezogen. Praktisch gesehen, wo ist da der Unterschied?«

»Du vergißt die Hauptsache, meine Liebe. Die Argumente, die ich deiner Meinung nach ins Feld führen soll, können nicht mehr vorgebracht werden, basta. Nicht heutzutage. Wenn ich es versuchte, würde man mich nicht anhören.«

»Das stimmt nicht. Selbst wenn du, wie du behauptest, ein moralischer Dinosaurier bist, gibt es eine Neugier, die hören möchte, was der Dinosaurier zu sagen hat. Ich zum Beispiel bin neugierig. Was sind deine Argumente? Laß hören.«

Er zögert. Möchte sie wirklich, daß er noch mehr Intimitäten breittritt?

»Meine Argumentation stützt sich auf das Recht zu begehren«, sagt er. »Auf den Gott, der selbst die kleinen Vögel erzittern läßt.«

Er sieht sich wieder im Zimmer des Mädchens, in ihrem Schlafzimmer, und draußen regnet es in Strömen, und die Heizung in der Ecke riecht nach Paraffin, er kniet über ihr und schält sie aus den Sachen, während ihre

Arme herabfallen wie die Arme einer Toten. *Ich war Diener des Eros* – das möchte er sagen, aber hat er die Unverschämtheit dazu? *Ein Gott handelte durch mich.* Welche Eitelkeit! Doch keine Lüge, nicht gänzlich. An der ganzen unglückseligen Geschichte war etwas Großzügiges, das sich mit aller Macht entfalten wollte. Wenn er bloß gewußt hätte, daß nur so wenig Zeit blieb!

Er versucht es noch einmal, langsamer. »Als du klein warst, als wir noch in Kenilworth wohnten, hatten die Nachbarsleute einen Hund, einen Golden Retriever. Ich weiß nicht, ob du dich daran erinnerst.«

»Dunkel.«

»Es war ein Rüde. Wenn eine Hündin in der Nähe war, wurde er erregt und war nicht zu bändigen, und mit Pawlowscher Regelmäßigkeit schlugen ihn die Eigentümer. Das ging so lange, bis der arme Hund nicht mehr wußte, was er tun sollte. Wenn er Wind von einer Hündin bekam, jagte er mit angelegten Ohren und eingekniffenem Schwanz im Garten herum, winselte und versuchte, sich zu verstecken.«

Er macht eine Pause. »Ich verstehe nicht, was du damit sagen willst«, sagt Lucy. Ja, was will er damit eigentlich sagen?

»An dem Schauspiel war etwas so Schändliches, daß es mich zur Verzweiflung brachte. Mir scheint, man kann einen Hund bestrafen für eine Missetat wie die, an einem Pantoffel herumzukauen. Ein Hund begreift, daß es gerecht ist: ein Schlag für ein Kauen am Pantoffel. Aber der Trieb ist etwas anderes. Kein Tier wird es als gerecht empfinden, wenn es dafür bestraft wird, daß es seinen Instinkten folgt.«

»Männlichen Wesen muß es also erlaubt sein, unkontrolliert ihren Instinkten zu folgen? Ist das die Moral davon?«

»Nein, das ist nicht die Moral davon. Das Schändliche an dem Schauspiel in Kenilworth war, daß der arme Hund angefangen hatte, seine eigene Natur zu hassen. Er brauchte nicht mehr geschlagen zu werden. Er war soweit, sich selbst zu bestrafen. An diesem Punkt wäre es besser gewesen, ihn zu erschießen.«

»Oder ihn kastrieren zu lassen.«

»Vielleicht. Aber im Grunde glaube ich, er hätte sich lieber erschießen lassen. Das wäre ihm lieber gewesen als die angebotenen Lösungen: zum einen seine Natur zu verleugnen, zum anderen den Rest seiner Tage damit zu verbringen, im Wohnzimmer herumzutappen, zu seufzen, die Katze zu beschnuppern und zu verfetten.«

»Hast du immer so empfunden, David?«

»Nein, nicht immer. Manchmal habe ich das Gegenteil empfunden. Daß der Trieb eine Bürde ist, auf die wir ohne weiteres verzichten könnten.«

»Ich muß sagen«, äußert Lucy, »das ist eine Auffassung, zu der ich selbst neige.«

Er wartet darauf, daß sie weiterredet, doch sie tut es nicht. »Um zum Thema zurückzukehren«, sagt sie, »du bist jedenfalls erst einmal ausgestoßen. Deine Kollegen können aufatmen, während der Sündenbock in der Wüste umherirrt.«

Eine Feststellung? Eine Frage? Glaubt sie, daß er nur ein Sündenbock ist?

»Ich glaube nicht, daß es mit der Suche nach einem Sündenbock am besten beschrieben ist«, sagt er vorsichtig. »Die Sache mit dem Sündenbock funktionierte wirklich, als noch religiöse Kraft dahinterstand. Man lud dem Ziegenbock die Sünden der Stadt auf und trieb ihn hinaus, und die Stadt war gereinigt. Es funktionierte, weil alle, einschließlich der Götter, wußten, wie das Ritual zu verstehen war. Dann starben die Götter, und plötzlich mußte man die Stadt ohne göttliche Hilfe reinigen. Statt Symbolen waren richtige Taten gefragt. Der Zensor war geboren, im römischen Sinn. Wachsamkeit hieß die Parole: die Wachsamkeit aller allen gegenüber. Reinigung wurde ersetzt durch Säuberungsaktionen.«

Es reißt ihn mit sich fort; er doziert. »Und nun, wo ich der Stadt den Rücken gekehrt habe, was tue ich in der Wüste?« schließt er. »Ich verarzte Hunde. Betätige mich als rechte Hand für eine Frau, die sich auf Sterilisationen und Euthanasie spezialisiert hat.«

Lucy lacht. »Bev? Du glaubst, Bev gehöre zum Unterdrückungssystem? Bev hat großen Respekt vor dir! Du bist Professor. Sie hat vorher noch nie einen Professor alten Stils kennengelernt. Sie hat Angst, daß sie in deiner Gegenwart grammatische Fehler macht.«

Drei Männer kommen ihnen auf dem Weg entgegen, oder zwei Männer und ein Junge. Sie gehen schnell, mit den langen Schritten der Landbevölkerung. Der Hund neben Lucy wird langsamer, das Fell sträubt sich ihm.

»Haben wir Grund zur Sorge?« fragt er leise.

»Ich weiß nicht.«

Sie nimmt die Dobermänner an die kürzere Leine. Die Männer sind heran. Ein Nicken, ein Gruß, und sie sind vorüber.

»Wer sind sie?« fragt er.

»Ich hab sie noch nie gesehen.«

Sie kommen an der Plantagengrenze an und kehren um. Die Fremden sind nicht mehr zu sehen.

Als sie sich dem Haus nähern, hören sie die Hunde in ihren Käfigen aufgeregt bellen. Lucy beschleunigt den Schritt.

Da sind die drei und warten auf sie. Die zwei Männer etwas abseits, während der Junge an den Käfigen die Hunde anzischt und plötzliche Drohgebärden macht. Die Hunde bellen wütend und schnappen. Der Hund an Lucys Seite versucht, sich loszureißen. Sogar die alte Bulldogge, die er adoptiert zu haben scheint, knurrt leise.

»Petrus!« ruft Lucy. Aber Petrus ist weit und breit nicht zu sehen. »Laß die Hunde in Ruhe!« schreit sie. *»Hamba!«*

Der Junge schlendert davon und gesellt sich wieder zu seinen Begleitern. Er hat ein flaches, ausdrucksloses Gesicht und Schweinsäuglein; bekleidet ist er mit einem geblümten Hemd, ausgebeulten Hosen, einem kleinen gelben Baumwollhut. Seine Begleiter tragen Overalls. Der größere von beiden ist hübsch, auffallend hübsch, mit einer hohen Stirn, plastischen Wangenknochen, weiten, geblähten Nasenflügeln.

Bei Lucys Annäherung beruhigen sich die Hunde. Sie öffnet den dritten Käfig und läßt die Dobermänner hinein. Eine tapfere Geste, denkt er bei sich; aber ist sie klug?

Zu den Männern sagt sie: »Was wollt ihr?«

Der Junge spricht. »Wir müssen telefonieren.«

»Warum müßt ihr telefonieren?«

»Seine Schwester« – er macht eine unbestimmte Geste nach hinten – »hat einen Unfall.«

»Einen Unfall?«

»Ja, sehr schlimm.«

»Was für einen Unfall?«

»Ein Baby.«

»Seine Schwester bekommt ein Baby?«

»Ja.«

»Wo kommt ihr her?«

»Aus Erasmuskraal.«

Er wechselt Blicke mit Lucy. Erasmuskraal, im Wald auf Konzessionsland gelegen, ist ein Flecken ohne elektrischen Strom, ohne Telefon. Die Geschichte klingt glaubhaft.

»Warum habt ihr nicht vom Forstamt aus telefoniert?«

»Da ist keiner.«

»Bleib hier draußen«, sagt Lucy leise zu ihm; und dann fragt sie den Jungen: »Wer von euch will telefonieren?«

Er zeigt auf den großen, hübschen Mann.

»Kommen Sie rein«, sagt sie. Sie schließt die Hintertür auf und geht hinein. Der große Mann folgt ihr. Nach einer Weile drängt sich der zweite Mann an ihm vorbei und geht auch ins Haus.

Da stimmt etwas nicht, weiß er sofort. »Lucy, komm raus!« ruft er, einen Moment unschlüssig, ob er auch hineingehen oder hier warten soll, wo er den Jungen im Auge behalten kann.

Im Haus ist alles still. »Lucy!« ruft er wieder und will gerade hinein, als der Türriegel klickend vorgeschoben wird.

»Petrus!« ruft er, so laut er kann.

Der Junge dreht sich um und rennt los in Richtung Vordertür. Er läßt die Leine der Bulldogge los. »Faß ihn!« schreit er. Der Hund trottet schwerfällig dem Jungen nach.

Vor dem Haus holt er ihn ein. Der Junge hat eine Bohnenstange aufgelesen und benutzt sie, um den Hund auf Abstand zu halten. »Sch... sch... sch!« keucht er und stößt mit der Stange. Leise knurrend weicht der Hund nach links und rechts aus.

Er verläßt die beiden und eilt zur Küchentür zurück. die unterste Türhälfte ist nicht verriegelt – ein paar Tritte, und sie springt auf. Auf allen vieren kriecht er in die Küche.

Er bekommt einen Schlag über den Schädel. Er hat noch Zeit zu denken: *Wenn ich noch bei Bewußtsein bin, ist alles gut*, ehe seine Glieder zu Wasser werden und er zusammenbricht.

Er spürt, wie er über den Boden der Küche geschleift wird. Dann ist alles schwarz um ihn.

Er liegt mit dem Gesicht nach unten auf kalten Fliesen. Er versucht aufzustehen, aber seine Beine können sich irgendwie nicht bewegen. Er schließt die Augen wieder.

Er befindet sich in der Toilette, der Toilette von Lucys Haus. Benommen kommt er auf die Füße. Die Tür ist abgeschlossen, der Schlüssel ist fort.

Er läßt sich auf dem Toilettensitz nieder und versucht, sich zu erholen. Das Haus ist still; die Hunde bellen, aber eher pflichtgemäß als rasend.

»Lucy!« krächzt er, und dann, lauter: »Lucy!«

Er versucht, gegen die Tür zu treten, aber er ist noch nicht wieder bei Kräften, und es ist sowieso zu eng und die Tür zu alt und solide.

Nun ist er da, der Tag der Bewährung. Ohne Vorwarnung, ohne Fanfarenstoß ist er da, und er steckt mitten drin. In seiner Brust hämmert das Herz so heftig, daß es auf seine dumpfe Art ebenfalls Bescheid wissen muß. Wie werden sie die Bewährung bestehen, er und sein Herz?

Sein Kind ist in der Hand von Fremden. In einer Minute, in einer Stunde, wird es zu spät sein; was ihr auch zustößt, wird dann in Stein gemeißelt sein, wird der Vergangenheit angehören. Aber *jetzt* ist es noch nicht zu spät. *Jetzt* muß er etwas tun.

Obwohl er sich anstrengt, etwas zu hören, dringt kein Laut aus dem Haus zu ihm. Doch wenn sein Kind riefe, wie gedämpft auch immer, dann würde er es gewiß hören!

Er hämmert an die Tür. »Lucy!« schreit er. »Lucy! Melde dich!«

Die Tür geht auf und wirft ihn fast um. Vor ihm steht der zweite Mann, der kleinere, und hat eine leere Literflasche am Hals gepackt. »Die Schlüssel«, sagt der Mann.

»Nein.«

Der Mann versetzt ihm einen Stoß. Er stolpert rückwärts, setzt sich schwer hin. Der Mann hebt die Flasche. Sein Gesicht ist ruhig, ohne eine Spur von Wut. Er erledigt nur etwas; er bringt jemanden dazu, einen Gegenstand herauszurücken. Wenn das erfordert, daß er ihm die Flasche über den Schädel haut, dann tut er es, so oft es nötig ist, wenn nötig, zerbricht er die Flasche auch.

»Nimm sie«, sagt er. »Nimm alles. Laßt nur meine Tochter in Ruhe.«

Wortlos nimmt der Mann die Schlüssel und schließt ihn wieder ein.

Ihn fröstelt. Ein gefährliches Trio. Warum hat er es nicht rechtzeitig erkannt? Aber sie haben ihm nichts getan, noch nicht. Reicht ihnen möglicherweise, was das Haus zu bieten hat? Tun sie Lucy möglicherweise auch nichts?

Hinter dem Haus sind Stimmen zu hören. Das Hundegebell wird lauter, erregter. Er stellt sich auf den Toilettensitz und schaut durch das Gitter vor dem Fenster.

Mit Lucys Gewehr und einem prall gefüllten Müllsack

verschwindet gerade der zweite Mann um die Hausecke. Eine Autotür schlägt zu. Er kennt den Laut: sein Auto. Der Mann taucht mit leeren Händen wieder auf. Einen Moment lang schauen sie sich direkt in die Augen. »Hai!« sagt der Mann und lächelt grimmig, ruft irgend etwas. Plötzliches Gelächter. Kurz darauf tritt der Junge zu ihm, und sie stehen unter dem Fenster, betrachten ihren Gefangenen und beraten sein Schicksal.

Er spricht Italienisch, er spricht Französisch, aber Italienisch und Französisch werden ihn hier im dunkelsten Afrika nicht retten. Er ist hilflos, eine Schießbudenfigur, eine Gestalt aus einem Cartoon, ein Missionar in Soutane und Tropenhelm, der mit gefalteten Händen und gen Himmel gewandten Augen wartet, während die Wilden in ihrem eigenen Kauderwelsch plappern, ehe sie ihn in ihren Kochkessel werfen. Missionsarbeit – was hat sie hinterlassen, dieses gewaltige Läuterungswerk? Er kann nichts erkennen.

Jetzt kommt der große Mann vorn um die Ecke und hat das Gewehr in der Hand. Mit geübter Leichtigkeit lädt er das Gewehr und steckt die Mündung in den Hundekäfig. Der größte der Schäferhunde, geifernd vor Wut, schnappt danach. Ein lauter Knall; Blut und Gehirnmasse spritzen durch den Käfig. Für einen Moment verstummt das Gebell. Der Mann drückt noch zweimal ab. Ein Hund, mitten in die Brust getroffen, stirbt sofort; ein anderer, mit einer klaffenden Halswunde, setzt sich schwer, legt die Ohren an und folgt mit den Blicken den Bewegungen dieses Wesens, das sich nicht einmal die Mühe macht, ihm einen Gnadenschuß zu verpassen.

Es wird plötzlich still. Die übriggebliebenen Hunde,

die sich nirgendwo verstecken können, ziehen sich in den hinteren Teil des Käfigs zurück, drehen sich im Kreis, winseln leise. Der Mann knallt einen nach dem anderen ab und läßt sich zwischen den Schüssen Zeit.

Schritte kommen den Gang entlang, und die Tür zur Toilette wird wieder aufgestoßen. Der zweite Mann steht vor ihm; hinter ihm entdeckt er den Jungen im geblumten Hemd, der aus einem Becher Eis ißt. Er versucht sich mit der Schulter einen Weg hinaus zu bahnen, kommt am Mann vorbei und stürzt dann schwer. Sie müssen ihm ein Bein gestellt haben, wie sie es beim Fußball machen.

Während er der Länge nach auf dem Boden liegt, wird er von Kopf bis Fuß mit einer Flüssigkeit bespritzt. Seine Augen brennen, er versucht, sie auszuwischen. Er erkennt den Geruch: Brennspiritus. Er versucht hochzukommen und wird in die Toilette zurückgestoßen. Das Kratzen eines Streichholzes, und augenblicklich ist er in eine kühle blaue Flamme gehüllt.

Er hatte sich geirrt! Man läßt ihn und seine Tochter nicht glimpflich davonkommen! Er kann brennen, er kann sterben; und wenn er sterben kann, dann auch Lucy, vor allem Lucy!

Er schlägt sich wie ein Irrer ins Gesicht; sein Haar knistert, als es Feuer fängt, er wirft sich herum, stößt unartikuliertes Gebrüll aus, dem keine Worte zugrunde liegen, nur Angst. Er versucht aufzustehen und wird wieder niedergezwungen. Einen Moment lang kann er wieder sehen, und er erkennt, dicht vor seinem Gesicht, blaue Overalls und einen Schuh. Die Schuhspitze ist nach oben gebogen; Grashalme kleben an der Sohle.

Auf seinem Handrücken tanzt lautlos eine Flamme. Er kommt mühsam auf die Knie und steckt die Hand in die

Toilettenschüssel. Hinter ihm schließt sich die Tür, und der Schlüssel wird umgedreht.

Er hängt über der Toilettenschüssel, spritzt sich Wasser ins Gesicht, schöpft es über den Kopf. Es riecht ekelhaft nach versengtem Haar. Er steht auf, klopft die letzten Flammen auf seinen Sachen aus.

Mit feuchten Papierknäueln badet er sein Gesicht. Die Augen brennen ihm, ein Augenlid schwillt schon zu. Er fährt mit der Hand über den Kopf, und an seinen Fingerspitzen bleibt schwarzer Ruß kleben. Abgesehen von einem Fleck über einem Ohr hat er offenbar keine Haare mehr; seine ganze Kopfhaut schmerzt. Alles schmerzt, alles ist verbrannt. Gebrannt, verbrannt.

»Lucy!« schreit er. »Bist du da?«

Er malt sich aus, wie sich Lucy gegen die zwei in den blauen Overalls wehrt, gegen sie ankämpft. Er windet sich, versucht, das Bild auszulöschen.

Er hört seinen Wagen starten und das Knirschen von Reifen auf Kies. Ist es vorbei? Fahren sie, kaum zu glauben, wirklich fort?

»Lucy!« schreit er, immer wieder, bis er einen Anflug von Wahnsinn in seiner Stimme hört.

Endlich dreht sich Gott sei Dank der Schlüssel im Schloß. Als er die Tür geöffnet hat, hat ihm Lucy den Rücken zugekehrt. Sie hat einen Bademantel an, sie ist barfuß, ihre Haare sind naß.

Er geht hinter ihr her durch die Küche, wo der Kühlschrank offensteht und Nahrungsmittel über den ganzen Fußboden verstreut sind. Sie steht an der Hintertür und betrachtet das Blutbad im Hundezwinger. »Meine Lieblinge, meine Lieblinge!« hört er sie murmeln.

Sie öffnet den ersten Käfig und geht hinein. Der Hund

mit der Halswunde atmet irgendwie noch immer. Sie beugt sich über ihn, spricht mit ihm. Schwach wedelt er mit dem Schwanz.

»Lucy!« ruft er wieder, und nun erst sieht sie ihn an. Ein Stirnrunzeln erscheint auf ihrem Gesicht. »Was haben die denn bloß mit dir gemacht?« sagt sie.

»Mein liebes, liebes Kind!« sagt er. Er folgt ihr in den Käfig und versucht, sie in die Arme zu nehmen. Sanft, aber bestimmt entwindet sie sich ihm.

Im Wohnzimmer herrscht heilloses Durcheinander, in seinem Zimmer ebenfalls. Sachen sind verschwunden: sein Jackett, seine guten Schuhe, und damit fängt es erst an.

Er betrachtet sich im Spiegel. Braune Asche, mehr ist nicht von seinem Haar geblieben, bedeckt seine Kopfhaut und seine Stirn. Darunter ist die Kopfhaut hochrot. Er berührt die Haut – sie tut weh und sondert Feuchtigkeit ab. Ein Augenlid schwillt allmählich zu; seine Brauen sind fort, auch die Wimpern.

Er geht zum Bad, aber die Tür ist verschlossen. »Komm nicht rein«, sagt Lucys Stimme.

»Ist dir was passiert? Bist du verletzt?«

Dumme Fragen; sie antwortet nicht.

Er versucht, die Asche unter dem Wasserhahn in der Küche abzuwaschen, indem er sich ein Glas Wasser nach dem anderen über den Kopf gießt. Wasser rinnt ihm den Rücken hinunter; er beginnt, vor Kälte zu zittern.

Es passiert jeden Tag, jede Stunde, jede Minute, sagt er sich, in jedem Winkel des Landes. Schätze dich glücklich, daß du mit dem Leben davongekommen bist. Schätze dich glücklich, daß du in diesem Moment nicht Gefangener im davonrasenden Auto bist oder mit einer Kugel im

Kopf unten in einer Schlucht liegst. Schätze auch Lucy glücklich. Vor allem Lucy.

Es ist gefährlich, etwas zu besitzen: ein Auto, Schuhe, eine Schachtel Zigaretten. Es reicht nicht für alle, es gibt nicht genug Autos, Schuhe, Zigaretten. Zu viele Menschen, zuwenig Sachen. Was es gibt, muß in Umlauf gebracht werden, damit jeder die Chance hat, einen Tag lang glücklich zu sein. Das ist die Theorie; halte dich an die Theorie und an das Tröstliche der Theorie. Nicht menschliche Bosheit, nur ein gewaltiges Umverteilungssystem, für dessen Funktionieren Mitleid und Schrecken keine Rolle spielen. So muß man das Leben in diesem Land sehen – von der schematischen Seite. Autos, Schuhe; auch Frauen. Es muß eine Nische im System geben für Frauen und was mit ihnen geschieht.

Lucy ist hinter ihn getreten. Sie hat jetzt Hosen an und einen Regenmantel; ihr Haar ist zurückgekämmt, das Gesicht sauber und völlig ausdruckslos. Er schaut ihr in die Augen. »Mein liebes, liebes ...«, sagt er, und plötzlich aufsteigende Tränen ersticken seine Stimme.

Sie rührt keinen Finger, um ihn zu trösten. »Dein Kopf sieht furchtbar aus«, bemerkt sie. »Im Badezimmerschränkchen ist Babyöl. Tu was drauf. Ist dein Auto fort?«

»Ja. Ich glaube, sie sind in Richtung Port Elizabeth gefahren. Ich muß die Polizei anrufen.«

»Geht nicht. Das Telefon ist kaputt.«

Sie läßt ihn allein. Er sitzt auf dem Bett und wartet. Obwohl er eine Decke um sich gewickelt hat, fröstelt ihn immer noch. Eins seiner Handgelenke ist geschwollen, und er spürt darin einen pochenden Schmerz. Er kann sich nicht erinnern, wie er es verletzt hat. Es wird schon dunkel. Der ganze Nachmittag scheint blitzschnell vergangen.

Lucy kommt zurück. »Sie haben beim Kombi die Luft abgelassen«, sagt sie. »Ich gehe zu Ettinger rüber. Es dauert nicht lange.« Sie macht eine Pause. »David, wenn die Leute fragen, würdest du dich bitte an deine Geschichte halten, an das, was dir zugestoßen ist?«

Er versteht nicht.

»Du erzählst, was dir zugestoßen ist, ich erzähle, was mir zugestoßen ist«, wiederholt sie.

»Du machst einen Fehler«, sagt er mit einer Stimme, die sich bald auf ein Krächzen reduziert.

»Nein«, sagt sie.

»Mein Kind, mein Kind!« sagt er und streckt die Arme nach ihr aus. Als sie nicht zu ihm kommt, legt er die Decke weg, steht auf und nimmt sie in die Arme. In seiner Umarmung ist sie stocksteif und gibt nichts preis.

12. Kapitel

Ettinger ist ein mürrischer Alter, der Englisch mit stark deutschem Akzent spricht. Seine Frau ist tot, seine Kinder sind nach Deutschland zurückgekehrt, nur er ist in Afrika geblieben. Er kommt in seinem Pickup mit Dreilitermaschine, Lucy neben sich, und wartet mit laufendem Motor.

»Ja, ich trenne mich nie von meiner Beretta«, bemerkt er, als sie dann auf der Straße nach Grahamstown unterwegs sind. Er klopft auf das Pistolenhalfter an seiner Hüfte. »Das beste ist, man rettet sich selbst, weil dich die Polizei nicht retten wird, nicht mehr, das steht fest.«

Hat Ettinger recht? Wenn er eine Waffe gehabt hätte, hätte er Lucy dann gerettet? Er bezweifelt es. Wenn er bewaffnet gewesen wäre, wäre er wahrscheinlich jetzt tot, er und Lucy – alle beide.

Seine Hände zittern ganz sachte, stellt er fest. Lucy hat die Arme über der Brust gefaltet. Geschieht das, weil auch sie zittert?

Er hat erwartet, daß Ettinger sie zur Polizeiwache bringt. Aber es stellt sich heraus, Lucy hat ihn gebeten, sie zum Krankenhaus zu fahren.

»Meinet- oder deinetwegen?« fragt er sie.

»Deinetwegen.«

»Sollte ich nicht auch zur Polizei?«

»Du kannst ihnen nichts erzählen, was ich ihnen nicht erzählen kann«, erwidert sie. »Oder?«

Im Krankenhaus geht sie mit großen Schritten vor ihm

durch die Tür mit der Aufschrift UNFALLSTATION, füllt das Formular für ihn aus und bringt ihn in das Wartezimmer. Sie ist ganz stark, ganz zielstrebig, während sein Zittern den gesamten Körper erfaßt zu haben scheint.

»Wenn sie mit dir fertig sind, warte hier«, weist sie ihn an. »Ich komme dich abholen.«

»Und was ist mit dir?«

Sie zuckt mit den Schultern. Wenn sie zittert, ist es nicht zu sehen.

Er sucht sich einen Platz neben zwei drallen Mädchen, vielleicht Schwestern, eine von ihnen hält ein stöhnendes Kind, und einem Mann mit einem blutigen Notverband über der Hand. Er ist der zwölfte in der Warteschlange. Die Uhr an der Wand zeigt 5.45. Er schließt sein gesundes Auge und gleitet in einen ohnmachtsähnlichen Zustand, in dem er die beiden Schwestern weiter miteinander flüstern hört, *chuchotantes*. Als er das Auge wieder aufmacht, ist es auf der Uhr immer noch 5.45. Ist sie kaputt? Nein – der Minutenzeiger schnellt vorwärts und kommt bei 5.46 zum Stehen.

Zwei Stunden vergehen, ehe ihn eine Schwester aufruft, und wieder muß er warten, ehe er an die Reihe kommt bei der einzigen Ärztin im Dienst, einer jungen Inderin.

Die Verbrennungen der Kopfhaut sind nicht schlimm, sagt sie, doch er muß sich vor Infektionen hüten. Sie widmet seinem Auge mehr Zeit. Das obere und das untere Lid sind zusammengeklebt; sie zu trennen erweist sich als außerordentlich schmerzhaft.

»Sie haben Glück«, bemerkt sie nach der Untersuchung. »Das Auge selbst ist nicht verletzt. Wenn sie Benzin benutzt hätten, wäre das anders ausgegangen.«

Er taucht mit verbundenem Kopf wieder auf, sein Auge ist abgedeckt, ein Eisbeutel ist an seinem Handgelenk festgemacht. Zu seiner Überraschung findet er im Wartezimmer Bill Shaw vor. Bill, der einen Kopf kürzer ist als er, packt ihn bei den Schultern. »Schrecklich, ganz schrecklich«, sagt er. »Lucy ist bei uns. Sie wollte Sie selber abholen, aber Bev wollte davon nichts wissen. Wie geht's Ihnen?«

»Mir geht's gut. Leichte Verbrennungen, nichts Schlimmes. Tut mir leid, daß wir Ihnen den Abend verdorben haben.«

»Unsinn!« sagt Bill Shaw. »Wozu sind Freunde sonst da? Sie hätten dasselbe getan.«

Die Worte, ohne Ironie gesprochen, gehen ihm nicht aus dem Sinn. Bill Shaw glaubt, wenn er, Bill Shaw, eins über den Schädel bekommen hätte und angezündet worden wäre, dann wäre er, David Lurie, ins Krankenhaus gefahren und hätte gewartet, ohne auch nur eine Zeitung zum Lesen, um ihn nach Hause zu bringen. Bill Shaw glaubt, weil er mal eine Tasse Tee mit David Lurie getrunken hat, David Lurie sei sein Freund und sie beide wären verpflichtet, einander zu helfen. Hat Bill Shaw nun recht oder nicht? Hat Bill Shaw, der in Hankey geboren wurde, keine hundert Kilometer von hier, und in einer Eisenwarenhandlung arbeitet, so wenig von der Welt gesehen, daß er nicht weiß, es gibt Menschen, die sich schwertun, Freundschaften zu schließen, deren Haltung Männerfreundschaften gegenüber von Skepsis zerfressen ist? *Freund*, von gotisch *frijon*, lieben. Besiegelt das Teetrinken in den Augen von Bill Shaw einen Liebesbund? Doch wenn Bill und Bev Shaw nicht wären, und der alte Ettinger, wenn es nicht irgendwelche Bindungen gäbe, wo wäre er dann jetzt? Auf der geplünderten Farm mit dem kaputten Telefon, umgeben von den toten Hunden.

»Eine schreckliche Sache«, sagt Bill Shaw im Auto wieder. »Scheußlich. Schlimm genug, wenn man es in der Zeitung liest, aber wenn es einem Bekannten zustößt« – er schüttelt den Kopf –, »dann wird es einem erst so richtig klar. Es ist, als sei man wieder im Krieg.«

Er gibt sich nicht die Mühe, etwas zu erwidern. Der Tag ist noch nicht gestorben, sondern lebt noch. Krieg, Scheußlichkeit: jedes Wort, mit dem man diesen Tag zu fassen versucht, schlingt der Tag in seinen schwarzen Schlund hinunter.

Bev Shaw empfängt sie an der Tür. Lucy hat ein Beruhigungsmittel genommen, verkündet sie, und hat sich hingelegt; man sollte sie am besten in Ruhe lassen.

»Ist sie bei der Polizei gewesen?«

»Ja, Ihr Auto ist zur Fahndung ausgeschrieben.«

»Und sie ist beim Arzt gewesen?«

»Alles erledigt. Wie steht's mit Ihnen? Lucy sagt, Sie haben schwere Verbrennungen.«

»Ich habe Verbrennungen, aber sie sind nicht so schlimm, wie sie aussehen.«

»Dann sollten Sie etwas essen und sich ausruhen.«

»Ich habe keinen Hunger.«

Sie läßt ihm ein Bad in ihre große, altmodische, gußeiserne Wanne ein. Er streckt seinen blassen Körper der Länge nach im dampfenden Wasser aus und versucht, sich zu entspannen. Aber als es Zeit ist, hinauszusteigen, rutscht er aus und fällt beinahe; er ist schwach wie ein Baby, und ihm ist auch schwindlig. Er muß Bill Shaw rufen und die Schmach erdulden, sich aus der Wanne helfen zu lassen, sich beim Abtrocknen und Anziehen eines geborgten Schlafanzugs helfen zu lassen. Später hört er Bill und Bev gedämpft sprechen und weiß, daß sie über ihn reden.

Im Krankenhaus hat man ihm ein Röhrchen Schmerztabletten mitgegeben, ein Päckchen Brandbinden und ein kleines Aluminium-Gestell, um seinen Kopf darauf zu legen. Bev Shaw macht ihm ein Sofa zurecht, das nach Katzen riecht; mit erstaunlicher Leichtigkeit schläft er ein. Mitten in der Nacht wacht er in einem Zustand äußerster Klarheit auf. Er hat eine Vision gehabt: Lucy hat zu ihm gesprochen; ihre Worte – »Komm zu mir, rette mich!« – klingen ihm noch in den Ohren. In der Vision steht sie, die Hände ausgestreckt, das nasse Haar zurückgekämmt, in einem weißen Lichtkreis da.

Er steht auf, stolpert gegen einen Stuhl, wirft ihn um. Das Licht geht an, und Bev Shaw steht im Nachthemd vor ihm. »Ich muß mit Lucy sprechen«, murmelt er – sein Mund ist trocken, die Zunge dick.

Die Tür zu Lucys Zimmer öffnet sich. Lucy ist ganz und gar nicht wie in seiner Vision. Ihr Gesicht ist verschwollen vom Schlaf, sie bindet sich den Gürtel eines Morgenmantels zu, der deutlich nicht der ihre ist.

»Entschuldige, ich hatte einen Traum«, sagt er. Das Wort *Vision* ist plötzlich zu altmodisch, zu seltsam. »Ich dachte, du hättest mich gerufen.«

Lucy schüttelt den Kopf. »Nein. Geh wieder schlafen.«

Sie hat natürlich recht. Es ist drei Uhr früh. Aber es ist ihm nicht entgangen, daß sie zum zweiten Mal an einem Tag mit ihm wie mit einem Kind gesprochen hat – mit einem Kind oder einem alten Mann.

Er versucht, wieder einzuschlafen, kann es aber nicht. Es muß eine Nebenwirkung der Tabletten sein, sagt er sich: keine Vision, nicht mal ein Traum, nur eine durch Chemikalien ausgelöste Halluzination. Trotzdem bleibt ihm die Gestalt der Frau im Lichtkreis vor Augen. »Rette mich!« ruft seine Tochter, ihre Worte sind klar, eindringlich, direkt. Ist es möglich, daß Lucys Seele wirklich ihren Körper verlassen hat und zu ihm gekommen ist? Können Menschen, die nicht an Seelen glauben, trotzdem welche besitzen, und können ihre Seelen ein unabhängiges Leben führen?

Es sind noch Stunden bis zum Sonnenaufgang. Sein Handgelenk tut weh, die Augen brennen ihm, seine Kopfhaut ist wund und juckt. Vorsichtig schaltet er die Lampe an und steht auf. Eingewickelt in eine Decke stößt er Lucys Tür auf und tritt ein. Ein Stuhl steht am Bett; er setzt sich darauf. Seine Sinne sagen ihm, daß sie wach ist.

Was macht er da? Er wacht bei seinem kleinen Mädchen, beschützt sie vor Schaden, vertreibt die bösen Geister. Nach einer langen Weile spürt er, wie sie sich allmählich entspannt. Mit leisem »Blopp« öffnen sich ihre Lippen, dann das allersanfteste Schnarchen.

Es ist Morgen. Bev Shaw bereitet ihm ein Frühstück mit Cornflakes und Tee, dann verschwindet sie in Lucys Zimmer.

»Wie geht es ihr?« fragt er, als sie zurückkommt.

Bev Shaw antwortet nur mit einem knappen Kopfschütteln. Geht dich nichts an, scheint sie zu sagen. Menstruation, Gebären, Vergewaltigung und ihre Nachwirkungen – Dinge des Blutes; Bürde einer Frau, Domäne der Frauen.

Nicht zum ersten Mal fragt er sich, ob Frauen nicht glücklicher wären, wenn sie in Frauengemeinschaften lebten und Besuche von Männern nur gestatteten, wenn es ihnen paßte. Vielleicht irrt er sich, wenn er Lucy für lesbisch hält. Vielleicht ist sie nur lieber in weiblicher Gesellschaft. Oder vielleicht ist das alles, was über Lesbierinnen zu sagen ist: Frauen, die Männer nicht brauchen.

Kein Wunder, daß sie so leidenschaftlich gegen Vergewaltigung sind, sie und Helen. Vergewaltigung, Gott des Chaos und der Vermischung, Verletzer der Privatsphäre. Eine lesbische Frau zu vergewaltigen ist schlimmer, als eine Jungfrau zu vergewaltigen – eine tiefere Verletzung. Wußten sie, was sie taten, diese Männer? Hatte es sich herumgesprochen?

Um neun, nachdem Bill Shaw zur Arbeit gegangen ist, klopft er an Lucys Tür. Sie liegt mit dem Gesicht zur Wand. Er setzt sich neben sie und berührt ihre Wange. Sie ist tränenfeucht.

»Es ist nicht leicht, darüber zu reden«, sagt er, »aber bist du beim Arzt gewesen?«

Sie setzt sich hin und schneuzt sich. »Ich war gestern bei meinem Hausarzt.«

»Und er kümmert sich um alle Eventualitäten?«

»Sie«, sagt sie. »Sie, nicht er. Nein« – und jetzt klang ihre Stimme brüchig vor Ärger –, »wie soll sie auch? Wie soll ein Arzt sich um alle Eventualitäten kümmern? Überleg doch mal!«

Er steht auf. Wenn sie gereizt sein will, dann kann er auch gereizt sein. »Tut mir leid, daß ich gefragt habe«, sagt er. »Was für Pläne haben wir für heute?«

»Pläne? Zurück zur Farm und aufräumen.«

»Und dann?«

»Dann weiter wie bisher.«

»Auf der Farm?«

»Natürlich. Auf der Farm.«

»Sei vernünftig, Lucy. Alles hat sich geändert. Wir können nicht einfach dort weitermachen, wo wir aufgehört haben.«

»Warum nicht?«

»Weil das keine gute Idee ist. Weil es nicht sicher ist.«

»Es war nie sicher, und es ist keine Idee, gut oder schlecht. Ich gehe nicht wegen einer Idee zurück. Ich gehe einfach zurück.«

In ihrem geborgten Nachthemd sitzt sie da und bietet ihm die Stirn, der Hals ist steif, die Augen glitzern. Nicht Vaters kleines Mädchen, nicht mehr.

13. Kapitel

Bevor sie losfahren, muß bei ihm noch der Verband gewechselt werden. In dem engen kleinen Badezimmer wickelt Bev Shaw die Binden ab. Das Auge ist noch immer zugeschwollen, und auf seiner Kopfhaut haben sich Blasen gebildet, aber es hätte schlimmer kommen können. Am meisten schmerzt ihn der Rand des rechten Ohrs – das ist der einzige Teil von ihm, wie es die junge Ärztin ausgedrückt hat, der wirklich Feuer gefangen hat.

Mit einer sterilen Lösung wäscht Bev die entblößte rosa Unterhaut auf dem Kopf, dann legt sie mit Hilfe einer Pinzette den ölig-gelben Verband darüber. Vorsichtig salbt sie die Falten des Augenlids und sein Ohr. Beim Arbeiten spricht sie nicht. Ihm fällt der Ziegenbock in der Klinik ein, und er fragt sich, ob er unter ihren Händen den gleichen Frieden empfunden hat.

»So«, sagt sie schließlich und tritt zurück.

Er betrachtet sein Spiegelbild mit der sauberen weißen Kappe und dem abgedeckten Auge. »Picobello«, bemerkt er, doch er denkt: Wie eine Mumie.

Er versucht erneut, das Thema Vergewaltigung zur Sprache zu bringen. »Lucy hat gesagt, daß sie gestern abend bei ihrer Ärztin gewesen ist.«

»Ja.«

»Es besteht die Gefahr einer Schwangerschaft«, drängt er weiter. »Es besteht die Gefahr einer Geschlechtskrankheit. Es besteht die Gefahr von HIV. Sollte sie nicht auch zum Gynäkologen?«

Bev Shaw rutscht unruhig hin und her. »Das müssen Sie Lucy selbst fragen.«

»Ich habe sie gefragt. Ich werde nicht aus ihr schlau.«

»Fragen Sie noch mal.«

Es ist nach elf, aber von Lucy ist nichts zu sehen. Ziellos irrt er durch den Garten. Eine graue Stimmung kommt über ihn. Es ist nicht nur, daß er nicht weiß, was er mit sich anfangen soll. Die gestrigen Ereignisse haben ihn bis ins Mark erschüttert. Das Zittern, die Schwäche sind nur die ersten und oberflächlichsten Zeichen dieser Erschütterung. Ihm ist zumute, als sei in ihm ein lebenswichtiges Organ beschädigt, mißbraucht worden – vielleicht sogar das Herz. Zu erstenmal hat er einen Vorgeschmack davon, wie es sein wird, wenn er ein alter Mann ist, erschöpft bis in die Knochen, ohne Hoffnungen, ohne Wünsche, gleichgültig der Zukunft gegenüber. Zusammengesunken auf einem Plastikstuhl mitten im Gestank von Hühnerfedern und faulenden Äpfeln, spürt er, wie sein Interesse an der Welt Tropfen für Tropfen aus ihm heraussickert. Es kann Wochen dauern, es kann Monate dauern, ehe er ausgeblutet ist, aber er blutet. Wenn das vorbei ist, wird er wie die leere Hülle einer Fliege im Spinnennetz sein, sich spröde anfühlend, leichter als Reisspreu, bereit, fortzufliegen.

Von Lucy kann er keine Hilfe erwarten. Geduldig, stillschweigend, muß sich Lucy selbst den Weg von der Dunkelheit zurück zum Licht bahnen. Bis sie wieder die alte ist, fällt ihm die Aufgabe zu, ihren Alltag zu bewältigen. Aber es ist zu plötzlich gekommen. Es ist eine Last, auf die er nicht vorbereitet ist: die Farm, der Garten, die Hundepension. Lucys Zukunft, seine Zukunft, die Zukunft des Landes insgesamt – es ist alles gleichgültig, will er sagen; soll doch alles vor die Hunde gehen, es kümmert mich nicht. Und den Männern, die sie heimgesucht haben, wünscht er Böses, wo sie auch sind, will aber sonst nicht weiter an sie denken.

Nur eine Nachwirkung, sagt er sich, eine Nachwirkung des Überfalls. Bald schon wird sich der Organismus erholen, und ich, der Geist darin, werde wieder der alte sein. Aber die Wahrheit sieht anders aus, weiß er. Seine Lebensfreude ist erstickt worden. Wie ein Blatt im Fluß, wie eine Pusteblume im Wind hat er angefangen, seinem Ende entgegenzutreiben. Er sieht es ganz klar, und es erfüllt ihn mit (das Wort will nicht weichen) Verzweiflung. Das Lebensblut verläßt seinen Körper, und an seiner Stelle kommt die Verzweiflung, Verzweiflung, die wie ein Gas ist, geruchlos, geschmacklos, ohne Nährkraft. Man atmet es ein, die Glieder entspannen sich, alles ist gleichgültig, sogar in dem Moment, wenn der Stahl die Kehle berührt.

Es klingelt an der Tür – zwei junge Polizisten in schmucken neuen Uniformen, bereit, mit ihren Untersuchungen zu beginnen. Lucy taucht aus ihrem Zimmer auf, sieht verhärmt aus, hat noch dieselben Sachen an wie gestern. Sie will kein Frühstück. Bev fährt sie hinaus auf die Farm, und die Polizisten folgen in ihrem Fahrzeug.

Die Kadaver der Hunde liegen im Käfig, wo sie erschossen wurden. Die Bulldogge Katy ist noch da – sie bekommen sie kurz zu Gesicht, wie sie beim Stall herumschleicht und sich abseits hält. Petrus ist nirgends zu sehen.

Im Haus nehmen die beiden Polizisten ihre Mützen ab und klemmen sie unter den Arm. Er hält sich zurück und überläßt es Lucy, ihnen die Sache so zu erzählen, wie sie will. Sie hören respektvoll zu, schreiben jedes Wort mit, der Stift jagt nervös über die Seiten des Notizblocks. Sie gehören zu ihrer Generation, sind in ihrer Gegenwart aber trotzdem verlegen, als wäre sie ein verseuchtes Wesen und als könnte ihre Verseuchung auf sie übergehen, sie beflecken.

Es waren drei Männer, berichtet sie, oder zwei Männer und ein Junge. Sie verschafften sich mit einem Trick Zugang zum Haus, sie stahlen (sie zählt die Gegenstände auf) Geld, Kleidung, einen Fernseher, einen CD-Player, ein Gewehr mit Munition. Als ihr Vater Widerstand leistete, griffen sie ihn an, übergossen ihn mit Spiritus, versuchten, ihn anzuzünden. Dann erschossen sie die Hunde und fuhren in seinem Auto fort. Sie beschreibt die Männer und wie sie bekleidet waren; sie beschreibt das Auto.

Während Lucy spricht, blickt sie ihn die ganze Zeit unverwandt an, als schöpfe sie Kraft bei ihm oder als fordere sie ihn heraus, ihr zu widersprechen. Als einer der Polizisten fragt: »Wie lang hat der ganze Vorfall gedauert?«, sagt sie: »Zwanzig Minuten, dreißig Minuten.« Das stimmt nicht, wie er weiß, wie sie weiß. Es hat viel länger gedauert. Wieviel länger? Soviel länger, wie die Männer brauchten, um ihre Sache mit der Dame des Hauses zu erledigen.

Trotzdem mischt er sich nicht ein. *Es ist völlig gleichgültig:* er hört kaum hin, als Lucy ihre Geschichte zu Ende erzählt. Worte formen sich, die seit gestern abend an den Rändern der Erinnerung geschwebt haben. *Zwei alte Damen eingesperrt in Klos / Von Montag bis Sonnabend saßen sie da / Und keiner, der sie dort sitzen sah.* Im Klo eingeschlossen, während seine Tochter mißbraucht wurde. Ein Singsang aus seiner Kindheit war zurückgekehrt, um höhnisch mit dem Finger zu zeigen. *Mein Gott, was ist denn da bloß los?* Lucys Geheimnis; seine Schande.

Vorsichtig gehen die Polizisten durchs Haus und inspizieren es. Kein Blut, keine umgeworfenen Möbel. Das Durcheinander in der Küche ist beseitigt (von Lucy? wann?). Hinter der Toilettentür zwei abgebrannte Streichhölzer, die sie nicht einmal bemerken.

In Lucys Zimmer ist das Doppelbett ohne Bettwäsche. *Der Ort des Verbrechens*, denkt er bei sich; und als könnten sie den Gedanken lesen, wenden die Polizisten die Augen ab und gehen weiter.

Ein stilles Haus an einem Wintervormittag, nicht mehr und nicht weniger.

»Ein Detektiv kommt, um Fingerabdrücke abzunehmen«, sagen sie beim Abschied. »Versuchen Sie, nichts anzufassen. Wenn Ihnen noch etwas einfällt, was gestohlen wurde, rufen Sie uns auf der Wache an.«

Sie sind kaum fort, als die Männer kommen, die das Telefon reparieren sollen, dann der alte Ettinger. Über den abwesenden Petrus bemerkt Ettinger dunkel: »Nicht einem von ihnen kann man trauen.« Er wird einen Boy schicken, sagt er, der den Kombi repariert.

Früher hat er erlebt, wie Lucy einen Wutanfall bekommen hat, wenn das Wort *Boy* benutzt wurde. Jetzt reagiert sie nicht.

Er bringt Ettinger zur Tür.

»Arme Lucy«, bemerkt Ettinger. »Das muß schlimm für sie gewesen sein. Aber es hätte noch schlimmer kommen können.«

»Ja? Wieso?«

»Sie hätten Lucy auch mitnehmen können.«

Das läßt ihn verstummen. Kein Dummkopf, dieser Ettinger.

Schließlich sind er und Lucy allein. »Ich begrabe die

Hunde, wenn du mir zeigst, wo«, bietet er an. »Was wirst du den Besitzern sagen?«

»Ich sage ihnen die Wahrheit.«

»Wird deine Versicherung dafür aufkommen?«

»Ich weiß nicht. Ich weiß nicht, ob Versicherungsverträge für Schäden durch Massaker aufkommen. Das muß ich herausfinden.«

Eine Pause. »Warum erzählst du nicht die ganze Geschichte, Lucy?«

»Ich habe die ganze Geschichte erzählt. Die ganze Geschichte ist, was ich erzählt habe.«

Er schüttelt zweifelnd den Kopf. »Sicher hast du deine Gründe, aber bist du sicher, daß es insgesamt betrachtet klug ist, so vorzugehen?«

Sie antwortet nicht, und er bedrängt sie im Moment nicht weiter. Aber seine Gedanken wandern zu den drei Eindringlingen, den drei Angreifern, Männern, die er wahrscheinlich nie wieder zu Gesicht bekommen wird, die aber nun für immer Teil seines Lebens und des seiner Tochter sein werden. Die Männer werden die Zeitungen kontrollieren, hören, was man sich erzählt. Sie werden lesen, daß man sie wegen Raub und Körperverletzung sucht, weiter nichts. Es wird ihnen dämmern, daß über den Körper der Frau Schweigen gebreitet wird wie eine Decke. *Schämt sich zu sehr*, werden sie zueinander sagen, *schämt sich zu sehr, um es zu erzählen*, und sie werden genüßlich feixen, wenn sie an ihre Heldentat denken. Ist Lucy bereit, ihnen diesen Sieg zu lassen?

Er gräbt das Loch, wo Lucy es ihm angibt, dicht bei der Grundstücksgrenze. Ein Grab für sechs ausgewachsene Hunde – selbst in der kürzlich umgepflügten Erde braucht er dafür fast eine Stunde, und als er damit fertig ist, tut ihm der Rücken weh, tun ihm die Arme weh, schmerzt sein Handgelenk wieder. Er fährt die Tierleichen in einer Schubkarre hin. Der Hund mit dem Loch im Hals bleckt immer noch die blutigen Zähne. Wie wenn man auf Fische im Faß schießt, denkt er. Verachtenswert, aber wahrscheinlich aufregend in einem Land, in dem Hunde so gezuchtet werden, daß sie beim bloßen Geruch eines Schwarzen knurren. Die befriedigende Arbeit eines Nachmittags, berauschend wie jede Rache. Er kippt die Hunde einen nach dem anderen in das Loch, dann schüttet er es wieder zu.

Als er zurückkommt, ist Lucy dabei, in der modrigriechenden kleinen Kammer, die sie für Vorräte nutzt, ein Campingbett aufzustellen.

»Für wen ist das?« fragt er.

»Für mich.«

»Und das Gästezimmer?«

»Die Deckenbalken sind fort.«

»Und das große Zimmer hinten?«

»Der Tiefkühlschrank ist zu laut.«

Das stimmt nicht. Der Tiefkühlschrank im Hinterzimmer summt kaum. Der Grund, weshalb Lucy dort nicht schlafen will, ist der Inhalt des Tiefkühlschranks: Innereien, Knochen, Schlachtfleisch für Hunde, die es nicht mehr brauchen.

»Nimm mein Zimmer«, sagt er. »Ich schlafe hier.« Und er macht sich sofort daran, seine Sachen auszuräumen.

Aber will er wirklich in diese Zelle umziehen, mit den Kisten voll leerer Konservengläser in einer Ecke und dem winzigen, nach Süden blickenden Fenster? Wenn die Geister von Lucys Vergewaltigern sich noch in ihrem Schlafzimmer herumtreiben, dann sollten sie ganz bestimmt verjagt werden, und es sollte ihnen nicht gestattet sein, sich dort einzunisten. Also bringt er seine Sachen in Lucys Zimmer.

Der Abend bricht herein. Sie haben keinen Hunger, doch sie essen. Essen ist ein Ritual, und Rituale erleichtern alles.

So freundlich wie er kann, bringt er wieder seine Frage an. »Lucy, mein Schatz, warum willst du es nicht sagen? Es war ein Verbrechen. Man braucht sich nicht zu schämen, wenn man Opfer eines Verbrechens geworden ist. Du warst nicht freiwillig das Opfer. Du bist unschuldig.«

Lucy sitzt ihm am Tisch gegenüber und holt tief Luft, sammelt sich, dann atmet sie wieder aus und schüttelt den Kopf.

»Darf ich raten?« sagt er. »Willst du mich auf etwas hinweisen?«

»Worauf soll ich dich hinweisen wollen?«

»Darauf, was Frauen von Männern zu erleiden haben.«

»Nichts liegt mir ferner. Das hat nichts mit dir zu tun, David. Du möchtest wissen, warum ich nicht eine bestimmte Anzeige bei der Polizei gemacht habe. Ich will es dir sagen, wenn du bereit bist, nicht wieder auf das Thema zurückzukommen. Der Grund ist der: aus meiner Sicht ist das, was mir zugestoßen ist, eine rein private Angelegenheit. Zu einer anderen Zeit, an einem anderen Ort, könnte das als öffentliche Angelegenheit betrachtet werden. Aber hier und heute nicht. Es ist meine Sache, ganz allein meine.«

»Und dieser Ort wäre?«

»Dieser Ort ist Südafrika.«

»Da bin ich nicht einverstanden. Ich bin nicht einverstanden damit, was du tust. Glaubst du, du könntest dich von Farmern wie Ettinger distanzieren, wenn du einfach hinnimmst, was dir geschehen ist? Glaubst du, was hier geschehen ist, war eine Prüfung – wenn du sie bestehst, bekommst du ein Diplom, und die Zukunft ist gesichert, oder du darfst ein Zeichen an die Türpfosten machen, damit dich die Plage verschont? So funktioniert Vergeltung nicht, Lucy. Vergeltung ist wie eine Feuersbrunst. Je mehr sie verschlingt, desto hungriger wird sie.«

»Hör auf, David! Ich will dieses Gerede von Plagen und Feuersbrünsten nicht hören. Ich versuche nicht, einfach meine Haut zu retten. Wenn du das glaubst, dann liegst du völlig daneben.«

»Dann hilf mir. Ist es eine Art der privaten Erlösung, die du zu erlangen suchst? Hoffst du darauf, daß du die Verbrechen der Vergangenheit sühnen kannst, indem du in der Gegenwart leidest?«

»Nein. Du verstehst mich wieder falsch. Schuld und Erlösung sind abstrakte Begriffe. Ich handele nicht nach abstrakten Begriffen. Bis du nicht den Versuch machst, das zu begreifen, kann ich dir nicht helfen.«

Er will etwas entgegnen, aber sie schneidet ihm das Wort ab. »David, wir haben etwas ausgemacht. Ich möchte dieses Gespräch nicht weiterführen.«

Noch nie waren sie sich so fern und schmerzlich fremd. Er ist erschüttert.

14. Kapitel

Ein neuer Tag. Ettinger ruft an und bietet an, ihnen »inzwischen« ein Gewehr zu leihen. »Vielen Dank«, antwortet er. »Wir überlegen es uns.«

Er holt Lucys Werkzeug hervor und repariert die Küchentür, so gut er kann. Sie sollten eigentlich Gitter anbringen, Sicherheitstüren, eine Umzäunung, wie es Ettinger getan hat. Sie sollten das Farmhaus in eine Festung verwandeln. Lucy sollte sich eine Pistole zulegen und ein Funksprechgerät und Schießunterricht nehmen. Aber wird sie jemals einwilligen? Sie ist hier, weil sie das Land liebt und die alte, ländliche Lebensweise. Wenn diese Lebensweise zum Untergang verurteilt ist, was soll sie dann noch lieben?

Katy wird aus ihrem Versteck gelockt und in der Küche untergebracht. Sie ist eingeschüchtert und ängstlich, folgt Lucy überallhin, bleibt ihr dicht auf den Fersen. Das Leben ist von einem Moment zum anderen nicht mehr so wie früher. Das Haus wirkt fremd, geschändet; sie sind ständig auf der Hut, lauschen auf Geräusche.

Dann taucht Petrus wieder auf. Ein alter Laster kämpft sich stöhnend den ausgefahrenen Weg hoch und hält beim Stall. Petrus klettert aus dem Führerhaus, er steckt in einem Anzug, der zu eng für ihn ist, ihm folgen seine Frau und der Fahrer. Von der Ladefläche holen die beiden Männer Kartons, imprägnierte Holzpfähle, verzinkte Bleche, eine Rolle Plastikrohr und schließlich, mit viel Spektakel, zwei halbwüchsige Schafe, die Petrus an einen Zaunpfahl bindet. Der Laster macht einen weiten Bogen um den Stall und donnert den Weg wieder hinunter. Petrus verschwindet mit seiner Frau im Gebäude. Eine Rauchfahne steigt langsam aus dem Asbestrohr, das als Schornstein dient.

Er beobachtet weiter. Kurz darauf taucht Petrus' Frau auf und schüttet mit einer weit ausholenden, leichten Bewegung einen Schmutzwassereimer aus. Eine hübsche Frau, denkt er bei sich, mit ihrem langen Rock und ihrem nach Landessitte hochgebundenen Kopftuch. Eine hübsche Frau und ein glücklicher Mann. Aber wo sind sie gewesen?

»Petrus ist zurück«, sagt er zu Lucy. »Mit einer Ladung Baumaterial.«

»Gut.«

»Warum hat er dir nicht gesagt, daß er fortfährt? Kommt es dir nicht seltsam vor, daß er ausgerechnet zu dieser Zeit verschwindet?«

»Ich kann Petrus nicht herumkommandieren. Er ist sein eigener Herr.«

Eine unlogische Folgerung, aber er läßt sie durchgehen. Er hat beschlossen, Lucy erst einmal alles durchgehen zu lassen.

Lucy bleibt für sich, zeigt keine Gefühle, interessiert sich für nichts um sie herum. Ihm bleibt es überlassen, unkundig in bäuerlichen Angelegenheiten, wie er ist, die Enten aus ihrem Verschlag zu lassen, das Bewässerungssystem zu bedienen und Wasser in Gräben zu leiten, um den Garten vor dem Vertrocknen zu retten. Lucy bringt Stunde um Stunde damit zu, auf dem Bett zu liegen, vor sich hin zu starren oder alte Zeitschriften durchzublättern, von denen sie einen unbegrenzten Vorrat zu haben scheint. Sie blättert sie schnell und ungeduldig durch, als suche sie in ihnen etwas, was nicht dort ist. *Edwin Drood* nimmt sie nicht mehr zur Hand.

Er entdeckt Petrus beim Wasserreservoir, in seinem Arbeitsoverall. Es wirkt eigenartig, daß der Mann sich noch nicht bei Lucy zurückgemeldet hat. Er schlendert hinüber, tauscht Grüße aus. »Sie müssen es gehört haben, wir hatten hier am Mittwoch in Ihrer Abwesenheit einen großen Raubüberfall.«

»Ja«, sagt Petrus. »Ich habe es gehört. Das ist sehr schlimm, eine sehr schlimme Sache. Aber jetzt sind Sie in Ordnung.«

Ist er in Ordnung? Ist Lucy in Ordnung? War das eine Frage von Petrus? Es klingt nicht wie eine Frage, aber er kann es nicht anders verstehen, nicht anständigerweise. Die Frage ist, wie lautet die Antwort?

»Ich lebe«, sagt er. »Solange man lebt, ist man in Ordnung, schätze ich. Also ja, ich bin in Ordnung.« Er macht eine Pause, wartet, läßt ein Schweigen entstehen, ein Schweigen, das Petrus mit der nächsten Frage ausfüllen sollte: *Und wie geht es Lucy?*

Er irrt sich. »Fährt Lucy morgen auf den Markt?« fragt Petrus.

»Ich weiß nicht.«

»Weil sie ihren Stand verliert, wenn sie nicht hinfährt«, sagt Petrus. »Vielleicht.«

»Petrus möchte wissen, ob du morgen auf den Markt fährst«, teilt er Lucy mit. »Er macht sich Sorgen, daß du deinen Stand verlieren könntest.«

»Warum fahrt ihr beiden nicht hin«, sagt sie. »Mir ist nicht danach.«

»Bist du sicher? Es wäre schade, eine Woche zu verpassen.«

Sie antwortet nicht. Sie würde ihr Gesicht lieber verstecken, und er weiß, warum. Wegen der Schande. Wegen der Schmach. Das haben ihre Besucher erreicht; das haben sie dieser selbstbewußten, modernen jungen Frau angetan. Wie ein Schmutzfleck breitet sich die Geschichte in der ganzen Gegend aus. Nicht Lucys Version, sondern die der Männer – sie sind die Urheber. Wie sie Lucy zurechtgewiesen haben, wie sie ihr gezeigt haben, wofür eine Frau da ist.

Als Einäugiger mit dem weißen Kopfverband hat er seine eigene Scheu, sich in der Öffentlichkeit zu zeigen. Aber Lucy zuliebe unterzieht er sich dem Markttreiben, sitzt neben Petrus am Stand, erträgt das neugierige Starren, antwortet denjenigen von Lucys Freunden höflich, denen es beliebt, ihr Mitgefühl zu äußern. »Ja, wir haben ein Auto verloren«, sagt er. »Und natürlich die Hunde, alle bis auf einen. Nein, meiner Tochter geht es gut, sie fühlt sich nur heute nicht besonders. Nein, wir machen uns keine Hoffnung, die Polizei ist überlastet, wie Sie sicherlich selbst wissen. Ja, ich richte es ihr bestimmt aus.«

Er liest ihre Geschichte, wie sie im *Herald* berichtet wird. *Unbekannte Angreifer* werden die Männer genannt. »Drei unbekannte Angreifer haben Frau Lucy Lourie und ihren älteren Vater auf ihrer kleinen Farm in der Nähe von Salem überfallen und haben sich mit Bekleidung, elektronischen Geräten und einem Gewehr aus dem Staub gemacht. Aus einer bizarren Anwandlung heraus erschossen die Räuber auch sechs Wachhunde, ehe sie in einem 1993er Toyota Corolla, polizeiliches Kennzeichen CA

507644, entkamen. Mr. Lourie, der während des Überfalls leicht verletzt wurde, wurde im Settlers Hospital ambulant behandelt.«

Er ist froh, daß man keine Verbindung herstellt zwischen Ms. Louries älterem Vater und David Lurie, Anhänger des Naturdichters William Wordsworth und bis vor kurzem Professor an der Technischen Universität von Kapstadt.

Was das eigentliche Geschäft angeht, gibt es wenig für ihn zu tun. Petrus ist es, der schnell und tüchtig ihre Waren ausbreitet, der die Preise kennt, das Geld entgegennimmt, das Wechselgeld herausgibt. Eigentlich ist es Petrus, der die Arbeit tut, während er dasitzt und sich die Hände wärmt. Wie in alten Zeiten: *baas en Klaas* (Herr und Knecht). Nur daß er sich nicht anmaßt, Petrus Befehle zu geben. Petrus tut, was getan werden muß, das ist alles.

Trotzdem sind ihre Einnahmen geringer – nicht einmal dreihundert Rand. Der Grund dafür ist Lucys Abwesenheit, daran gibt es keinen Zweifel. Kartons mit Blumen, Säcke mit Gemüse müssen wieder im Kombi verstaut werden. Petrus schüttelt den Kopf. »Nicht gut«, sagt er.

Bisher hat Petrus keine Erklärung für seine Abwesenheit angeboten. Petrus hat das Recht, ganz nach Belieben zu kommen und zu gehen; dieses Recht hat er in Anspruch genommen; es ist seine Sache, wenn er schweigt. Doch es bleiben Fragen. Weiß Petrus, wer die Fremden waren? War irgendeine Bemerkung, die Petrus fallengelassen hatte, dafür verantwortlich, daß sie Lucy aufs Korn genommen hatten, statt zum Beispiel Ettinger? Wußte Petrus vorher, was sie vorhatten?

Früher hätte man Petrus zur Rede stellen können. Früher hätte man ihn zur Rede stellen können bis dahin, daß man die Beherrschung verlor, ihn fortschickte und einen anderen für ihn einstellte. Aber obwohl Petrus Lohn bekommt, ist Petrus genaugenommen kein Lohnarbeiter mehr. Schwer zu sagen, was Petrus nun genaugenommen ist. Das Wort, was es am besten zu treffen scheint, heißt jedoch *Nachbar*. Petrus ist ein Nachbar, der zur Zeit zufällig seine Arbeitskraft verkauft, weil ihm das so paßt. Er verkauft seine Arbeitskraft auf der Basis eines Vertrags, eines ungeschriebenen Vertrags, und dieser Vertrag enthält keine Klausel, daß er wegen eines Verdachts entlassen werden kann. Sie leben in einer neuen Welt, er und Lucy und Petrus. Petrus weiß das, und er weiß das, und Petrus weiß, daß er es weiß.

Dessenungeachtet fühlt er sich wohl in Petrus' Gegenwart, ist sogar bereit, wie vorsichtig auch immer, ihn zu mögen. Petrus ist ein Mann seiner eigenen Generation. Ohne Zweifel hat er eine Menge durchgemacht, ohne Zweifel hat er etwas zu erzählen. Er hätte nichts dagegen, sich eines Tages Petrus' Geschichte anzuhören. Aber lieber nicht aufs Englische reduziert. Er ist immer mehr davon überzeugt, daß Englisch ein ungeeignetes Medium für die Wahrheit Südafrikas ist. Teile des Codes der englischen Sprache, ganze Sätze, haben sich verdunkelt, haben ihre gedankliche Artikulation verloren, ihre Verständlichkeit, ihre Klarheit. Wie ein Dinosaurier, der den Geist aufgibt und im Schlamm versinkt, ist die Sprache erstarrt. In die Form des Englischen gepreßt, würde Petrus' Geschichte arthritisch wirken, längst vergangen.

Was ihm an Petrus gefällt, ist sein Gesicht, sein Gesicht und seine Hände. Wenn es so etwas wie ehrliche schwere Arbeit gibt, dann ist Petrus davon gezeichnet. Ein Mann voller Geduld und Tatkraft, der sich nicht unterkriegen läßt. Ein Bauer, ein *paysan*, ein Landmann. Ein Pläneschmied und Ränkeschmied und bestimmt auch ein Lügner, wie Bauern überall. Ehrliche Arbeit und ehrliche Bauernschläue.

Er hat seine eigenen Vermutungen, was Petrus auf lange Sicht vorhat. Petrus wird sich nicht damit zufriedengeben, ewig seine anderthalb Hektar Land zu pflügen. Lucy mag ja ausdauernder gewesen sein als ihre Hippie- und Zigeunerfreunde, aber für Petrus ist Lucy immer noch nicht ernst zu nehmen – eine Amateurbäuerin, eher eine, die sich für das bäuerliche Leben begeistert, als eine echte Bäuerin. Petrus würde gern Lucys Land übernehmen. Danach hätte er auch gern Ettingers Land, oder genug davon, um eine Herde darauf zu halten. Ettinger wird eine härtere Nuß für ihn sein. Lucy ist nur vorübergehend hier; Ettinger ist auch Bauer, ein Mann der Scholle, zäh, eingewurzelt. Aber Ettinger wird irgendwann sterben, und Ettingers Sohn ist geflohen. In dieser Beziehung ist Ettinger töricht gewesen. Ein guter Bauer sorgt dafür, daß er viele Söhne hat.

Petrus hat ein Bild von der Zukunft, in dem Menschen wie Lucy keinen Platz haben. Aber das muß nicht unbedingt einen Feind aus Petrus machen. Das Leben auf dem Land ist immer so abgelaufen, daß Nachbarn einander spinnefeind waren, einander Ungeziefer, schlechte Ernten, finanziellen Ruin gewünscht haben und doch in einer Krise bereit waren, sich zu helfen.

Die schlimmste, die finsterste Interpretation wäre, daß Petrus die drei Männer angeheuert hätte, um Lucy eine Lehre zu erteilen, und sie mit der Beute bezahlt hätte. Aber er kann das nicht glauben, es wäre zu einfach. Die

Wahrheit, vermutet er, ist in Wirklichkeit viel – er sucht nach dem richtigen Wort – *anthropologischer*; um ihr auf den Grund zu kommen, würde man Monate brauchen, Monate geduldiger, gemächlicher Gespräche mit Dutzenden von Leuten, und die Dienste eines Dolmetschers.

Andererseits glaubt er fest, Petrus hat gewußt, daß etwas im Busch war; er glaubt fest, Petrus hätte Lucy warnen können. Deshalb will er das Thema nicht fallenlassen. Deshalb fängt er Petrus gegenüber immer wieder davon an.

Petrus hat das betonierte Wasserreservoir abgelassen und befreit es jetzt von Algen. Es ist eine unangenehme Arbeit. Trotzdem bietet er seine Hilfe an. Er zwängt die Füße in Lucys Gummistiefel und klettert in das Becken, vorsichtig bewegt er sich auf dem rutschigen Boden. Eine Weile arbeiten er und Petrus zusammen, sie kratzen, schrubben und schaufeln den Schlamm hinaus. Dann hört er plötzlich auf.

»Wissen Sie was, Petrus«, sagt er, »ich kann kaum glauben, daß die Männer, die hierhergekommen sind, Fremde waren. Ich kann kaum glauben, daß sie aus dem Nichts aufgetaucht sind, getan haben, was sie taten, und hinterher wie die Geister verschwunden sind. Und ich kann kaum glauben, daß sie uns einfach deshalb vorgenommen haben, weil wir die ersten Weißen waren, auf die sie an diesem Tag gestoßen sind. Was meinen Sie? Habe ich nicht recht?«

Petrus raucht eine Pfeife, eine altmodische Pfeife mit einem gebogenen Stiel und einem kleinen silbernen Deckel auf dem Kopf. Jetzt streckt er den Rücken, nimmt die Pfeife aus der Tasche seines Overalls, klappt den Deckel hoch, stopft den Tabak tiefer in den Kopf, zieht an der kalten Pfeife. Er starrt nachdenklich über den Beckenrand, über die Hügel, über das offene Land. Seine Miene ist völlig ruhig.

»Die Polizei muß sie finden«, sagt er schließlich. »Die Polizei muß sie finden und sie ins Gefängnis stecken. Das ist Aufgabe der Polizei.«

»Aber die Polizei wird sie ohne Hilfe nicht finden. Diese Männer wußten Bescheid über das Forstamt. Ich bin überzeugt, daß sie von Lucy wußten. Wie hätten sie das wissen können, wenn sie in dieser Gegend völlig fremd gewesen wären?«

Petrus zieht es vor, das nicht als Frage zu verstehen. Er steckt seine Pfeife in die Tasche, nimmt statt des Spatens den Besen zur Hand.

»Es war kein einfacher Diebstahl, Petrus«, läßt er nicht locker. »Sie sind nicht nur gekommen, um zu stehlen. Sie sind nicht nur gekommen, um das mit mir zu machen.« Er berührt den Verband, berührt die Augenklappe. »Sie sind gekommen, um noch etwas anderes zu tun. Sie wissen, was ich meine, oder wenn Sie's nicht wissen, dann können Sie es sich bestimmt denken. Nachdem sie das nun getan haben, können Sie nicht erwarten, daß Lucy ihr Leben ruhig weiterführt wie bisher. Ich bin Lucys Vater. Ich will, daß diese Männer gefaßt, vor Gericht gestellt und verurteilt werden. Habe ich nicht recht? Habe ich nicht recht, wenn ich Gerechtigkeit will?«

Es ist ihm jetzt egal, wie er die Worte aus Petrus herausbekommt, er will sie einfach hören.

»Ja, Sie haben recht.«

Jäher Zorn erfaßt ihn, stark genug, um ihn zu überraschen. Er nimmt seinen Spaten und löst gewaltsam ganze Streifen von Schlamm und Algen vom Beckengrund und schleudert sie über die Schulter, über den Rand. *Du steigerst dich in Wut hinein*, ermahnt er sich: *Hör auf!* Aber in diesem Augenblick würde er Petrus am liebsten bei der Kehle packen. *Wenn es deine Frau statt meiner Tochter gewesen wäre*, würde er gern zu Petrus sagen, *dann würdest du nicht deine Pfeife ausklopfen und die Worte so vorsichtig wählen. Schändung* – dieses Wort würde er Petrus gern entreißen. *Ja, es war eine Schändung*, möchte er Petrus sagen hören; *ja, es war ein Verbrechen.*

Schweigend bringen er und Petrus die Arbeit Seite an Seite zu Ende.

So vergehen seine Tage auf der Farm. Er hilft Petrus, das Bewässerungssystem zu reinigen. Er sorgt dafür, daß der Garten nicht ruiniert wird. Er packt Waren für den Markt ab. Er hilft Bev Shaw in der Klinik. Er kehrt die Fußböden, kocht das Essen, macht alles, was Lucy nicht mehr macht. Er ist von früh bis spät beschäftigt.

Sein Auge heilt erstaunlich schnell, nach nur einer Woche kann er es wieder benutzen. Bei den Verbrennungen dauert es länger. Er behält den Kopfverband und den Verband über dem Ohr. Das ungeschützte Ohr sieht aus wie eine rosa Nacktschnecke; er weiß nicht, wann er sich trauen wird, es den Blicken anderer auszusetzen.

Er kauft sich einen Hut, um sich vor der Sonne zu schützen und bis zu einem gewissen Grad auch um sein Gesicht zu verstecken. Er versucht, sich daran zu gewöhnen, daß er seltsam aussieht, schlimmer als seltsam, abstoßend – eine der bemitleidenswerten Kreaturen, die von Kindern auf der Straße angestarrt werden. »Warum sieht der Mann so komisch aus?« fragen sie ihre Mütter und müssen zum Schweigen gebracht werden.

In die Geschäfte von Salem geht er so selten er kann, nach Grahamstown nur samstags. Ganz plötzlich ist er zum Einsiedler geworden, zum Einsiedler auf dem Land. Das Umherstreifen hat ein Ende. *Lebt auch die Liebe noch immer, glänzt auch des Mondes Licht.* Wer hätte geglaubt, daß es so bald und so plötzlich ein Ende haben würde: das Umherstreifen, die Liebe!

Er hat keinen Grund anzunehmen, daß ihr Mißgeschick die Gerüchteküche in Kapstadt erreicht hat. Trotzdem will er sichergehen, daß Rosalind die Geschichte nicht in entstellter Form hört. Zweimal versucht er, sie anzurufen, ohne Erfolg. Das dritte Mal ruft er bei dem Reisebüro an, wo sie arbeitet. Rosalind ist in Madagaskar, wird ihm mitgeteilt, auf Erkundungstour; man gibt ihm die Faxnummer eines Hotels in Antananarivo.

Er verfaßt einen Bericht: »Lucy und ich hatten Pech. Mein Auto ist gestohlen worden, und es ist auch zu Tätlichkeiten gekommen, bei denen ich etwas ramponiert wurde. Nichts Schlimmes – uns geht es soweit gut, obwohl wir etwas mitgenommen sind. Dachte, ich sollte dir das mitteilen, falls es Gerüchte gibt. Hoffe, daß du eine schöne Zeit hast.« Er zeigt das Blatt Lucy, um ihr Einverständnis zu bekommen, dann gibt er es Lucy mit der Bitte, es abzusenden. An Rosalind im tiefsten Afrika.

Lucys Zustand bessert sich nicht. Sie bleibt die ganze Nacht auf und behauptet, sie könne nicht schlafen; dann findet er sie nachmittags schlafend auf dem Sofa, den Daumen im Mund wie ein Kind. Sie hat das Interesse am Essen verloren – er ist es, der sie zum Essen überreden muß, indem er ihm unbekannte Gerichte kocht, weil sie kein Fleisch anrühren will.

Dazu ist er nicht hergekommen – um hier am Ende

der Welt festzusitzen, Dämonen abzuwehren, seine Tochter zu pflegen, sich um ein sterbendes Unternehmen zu kümmern. Wenn er irgendeinen Grund hatte, herzukommen, dann den, sich zu sammeln, Kräfte zu sammeln. Hier geht ihm Tag für Tag ein Stück von sich selbst verloren.

Auch ihn verschonen die Dämonen nicht. Er hat seine eigenen Alpträume, in denen er sich in einem blutbesudelten Bett wälzt oder keuchend, lautlos schreiend vor dem Mann mit dem Habichtsgesicht, dem Beninmaskengesicht, dem Thot-Kopf flieht. Eines Nachts, halb traumwandelnd, halb verrückt, zieht er sein eigenes Bett ab, dreht sogar die Matratze um, sucht nach Flecken.

Da ist noch das Byron-Projekt. Von seinen aus Kapstadt mitgebrachten Büchern sind nur noch zwei Bände mit Briefen da – der Rest war im Kofferraum des gestohlenen Autos. Die Stadtbibliothek in Grahamstown hat nichts zu bieten außer Auswahlbänden der Gedichte. Aber muß er noch mehr lesen? Was muß er noch mehr wissen darüber, wie Byron und seine Bekannte ihre Zeit im alten Ravenna zubrachten? Kann er nicht mittlerweile einen Byron erfinden, der Byron gerecht wird, und auch eine Teresa?

Er hat ihn, um ehrlich zu sein, seit Monaten vor sich hergeschoben – den Augenblick, an dem er die leere Seite vor sich hat, die erste Note anschlagen muß, sehen muß, was sie taugt. In seinem Kopf existieren schon ein paar Takte der Liebesleute im Duett, die Gesangsstimmen, Sopran und Tenor, die sich wie Schlangen wortlos umeinander und aneinander vorbei winden. Melodie ohne Höhepunkt; das Rascheln der Schlangenschuppen auf Marmortreppen; und im Hintergrund dröhnend der Bariton des gedemütigten Ehemanns. Wird hier das dunkle Trio endlich zum Leben erweckt – nicht in Kapstadt, sondern im alten Kaffraria?

15. Kapitel

Die beiden jungen Schafe sind den ganzen Tag neben dem Stall auf einem nackten Fleck Erde angebunden. Ihr Geblöke, unablässig und monoton, hat angefangen, ihn zu stören. Er schlendert zu Petrus hinüber, der sein Fahrrad umgedreht hat und sich daran zu schaffen macht. »Die Schafe da«, sagt er – »meinen Sie nicht, wir könnten sie irgendwo anbinden, wo sie grasen können?«

»Sie sind für das Fest«, sagt Petrus. »Am Samstag schlachte ich sie für das Fest. Sie müssen mit Lucy kommen.« Er wischt sich die Hände ab. »Ich lade Sie und Lucy zu meinem Fest ein.«

»Am Samstag?«

»Ja, ich gebe ein Fest am Samstag. Ein großes Fest.«

»Danke. Aber selbst wenn die Schafe für das Fest sind, finden Sie nicht auch, daß sie grasen könnten?«

Eine Stunde später sind die Schafe immer noch festgebunden und blöken immer noch kläglich. Petrus ist nirgends zu sehen. Am Ende seiner Geduld angelangt, bindet er sie los und zerrt sie zum Wasserreservoir, wo es reichlich Gras gibt.

Die Schafe trinken ausgiebig und beginnen dann gemächlich zu grasen. Es sind Karakulschafe mit schwarzen Gesichtern, in Größe, Zeichnung und sogar in ihren Bewegungen identisch. Höchstwahrscheinlich Zwillinge, von Geburt an für das Messer des Schlächters bestimmt. Daran ist nichts Besonderes. Wann ist ein Schaf das letztemal an Altersschwäche gestorben? Schafe gehören sich nicht selbst, ihr Leben gehört ihnen nicht. Sie sind da, um genutzt zu werden, jedes Stück von ihnen bis zum letzten Quentchen, ihr Fleisch, um gegessen zu werden, ihre Knochen, um zermahlen und an das Geflügel verfüttert zu werden. Nichts entgeht der Verwertung, außer vielleicht die Gallenblase, die niemand essen will. Descartes hätte daran denken sollen. Die Seele in ihrem Versteck in der dunklen, bitteren Galle.

»Petrus hat uns zu einem Fest eingeladen«, sagt er zu Lucy. »Warum veranstaltet er ein Fest?«

»Wegen der Landüberschreibung, denke ich mir. Sie wird am Ersten des kommenden Monats amtlich bestätigt. Das ist ein großer Tag für ihn. Wir sollten uns wenigstens sehen lassen, ihnen ein Geschenk bringen.«

»Er wird die beiden Schafe schlachten. Wenn du mich fragst, reichen zwei Schafe nicht weit.«

»Petrus ist ein Pfennigfuchser. Früher wäre ein Ochse fällig gewesen.«

»Mir will nicht gefallen, wie er an die Dinge herangeht – bringt die Schlachttiere mit nach Hause, um sie mit den Menschen bekannt zu machen, die sie essen werden.«

»Was wäre dir denn lieber? Wenn das Schlachten in einem Schlachthof erledigt würde, damit du nicht daran denken brauchst?«

»Ja.«

»Wach auf, David. Wir sind auf dem Land. Das ist Afrika.«

Lucy hat sich neuerdings einen bissigen Ton angewöhnt, für den er keinen Grund sieht. Gewöhnlich reagiert er darauf, indem er sich zurückzieht und schweigt. Zeitweise sind die beiden wie Fremde im selben Haus.

Er sagt sich, daß er geduldig sein muß, daß Lucy noch im Schatten des Überfalls lebt, daß Zeit vergehen muß, ehe sie wieder zu sich findet. Aber wenn er sich nun irrt? Was, wenn man nach einem solchen Überfall niemals wieder zu sich findet? Was, wenn ein solcher Überfall zur Folge hat, daß man ein ganz anderer, viel düstererer Mensch wird?

Es gibt eine noch schlimmere Erklärung für Lucys Launenhaftigkeit, und er kann sie nicht aus seinen Gedanken verbannen. »Lucy«, fragt er am selben Tag ganz unvermittelt, »du verheimlichst mir doch nichts? Du hast dir doch nicht etwa bei den Männern was geholt?«

Sie sitzt in Schlafanzug und Morgenmantel auf dem Sofa und spielt mit der Katze. Mittag ist vorbei. Die Katze ist jung, munter, übermütig. Lucy läßt den Mantelgürtel vor ihrer Nase baumeln. Die Katze schlägt danach, schnelle, leichte Schläge mit der Pfote, eins-zwei-drei-vier.

»Männer?« sagt sie. »Welche Männer?« Sie schleudert den Gürtel zur Seite; die Katze springt danach.

Welche Männer? Sein Herz setzt aus. Ist sie verrückt geworden? Will sie sich nicht erinnern?

Aber es hat den Anschein, als ziehe sie ihn nur auf. »David, ich bin kein Kind mehr. Ich bin beim Arzt gewesen, ich habe Untersuchungen hinter mich gebracht, ich habe alles getan, was man vernünftigerweise tun kann. Jetzt kann ich nur noch abwarten.«

»Aha. Und mit abwarten meinst du, warten auf du weißt schon was?«

»Ja.«

»Wie lang wird das dauern?«

Sie zuckt mit den Schultern. »Einen Monat. Drei Monate. Länger. Die Wissenschaft hat noch keine Grenze festgelegt, wie lange man warten muß. Vielleicht für immer.«

Die Katze macht einen Satz nach dem Gürtel, aber das Spiel ist nun vorbei.

Er setzt sich neben seine Tochter; die Katze springt vom Sofa, stolziert davon. Er nimmt Lucys Hand. So dicht neben ihr sitzend, stellt er jetzt fest, daß sie leicht muffig und ungewaschen riecht. »Wenigstens wird es nicht für immer sein, meine Kleine«, sagt er. »Wenigstens wird dir das erspart.«

Die Schafe bleiben den restlichen Tag beim Reservoir, wo er sie angepflockt hat. Am nächsten Morgen sind sie wieder auf dem kahlen Fleck neben dem Stall.

Ihnen bleiben wohl noch zwei Tage, bis Samstag morgen. Das scheint eine elende Art, die letzten zwei Tage seines Lebens zu verbringen. Auf dem Land ist das so Brauch – sagt Lucy dazu. Er hat andere Worte dafür: Gleichgültigkeit, Hartherzigkeit. Wenn das Land über die Stadt urteilen kann, dann kann die Stadt auch über das Land urteilen.

Er hat erwogen, Petrus die Schafe abzukaufen. Aber was wäre damit gewonnen? Petrus wird das Geld nur benutzen, um andere Schlachttiere zu kaufen, und den Rest einstecken. Und was will er denn mit den Schafen anfangen, wenn er sie aus der Sklaverei freigekauft hat? Sie auf der Landstraße freilassen? Sie in die Hundekäfige stecken und mit Heu füttern?

Zwischen ihm und den beiden Karakulschafen hat sich eine Bindung entwickelt, er weiß nicht, wie. Die Bindung beruht nicht auf Zuneigung. Es ist nicht einmal eine Bindung speziell an diese beiden Tiere, die er aus einer

Herde auf der Weide nicht herausfinden könnte. Trotzdem ist ihm ihr Schicksal plötzlich und grundlos wichtig geworden.

Er steht vor ihnen, unter der Sonne, wartet darauf, daß sich das Schwirren in seinem Schädel legt, wartet auf ein Zeichen.

Eine Fliege versucht, in das Ohr des einen Schafs zu kriechen. Das Ohr zuckt. Das Insekt fliegt auf, kreist, kehrt zurück, läßt sich nieder. Das Ohr zuckt wieder.

Er macht einen Schritt nach vorn. Das Schaf weicht ängstlich zurück, soweit es die Kette zuläßt.

Ihm kommt in den Sinn, wie sich Bev Shaw an den alten Ziegenbock mit den lädierten Hoden geschmiegt hat, ihn streichelnd, ihn tröstend und so in sein Leben tretend. Wie gelingt ihr das, diese Gemeinschaft mit Tieren? Ein Trick, den er nicht beherrscht. Man muß vielleicht ein besonderer Typ Mensch sein, weniger kompliziert.

Die Sonne brennt ihm mit ihrer ganzen Frühlingskraft ins Gesicht. Muß ich mich ändern? fragt er sich. Muß ich werden wie Bev Shaw?

Er redet mit Lucy. »Ich habe mir Gedanken über dieses Fest von Petrus gemacht. Alles in allem möchte ich lieber nicht hingehen. Geht das, ohne ihn zu beleidigen?«

»Hat das was mit seinen Schlacht-Schafen zu tun?«

»Ja. Nein. Ich habe meine Ansichten nicht geändert, wenn du das meinst. Ich glaube immer noch nicht, daß Tiere wirklich ein individuelles Leben haben. Welche von ihnen leben dürfen, welche sterben müssen, darüber lohnt es nicht, sich den Kopf zu zermartern, wenn du mich fragst. Trotzdem ...«

»Trotzdem?«

»Trotzdem stört mich in diesem Fall etwas. Ich kann nicht sagen, warum.«

»Nun, Petrus und seine Gäste werden ganz bestimmt nicht auf ihre Lammkeulen verzichten, um auf dich und deine Gefühle Rücksicht zu nehmen.«

»Das verlange ich ja nicht. Ich würde nur lieber nicht mitmachen, diesmal nicht. Tut mir leid. Ich hätte nie gedacht, daß ich einmal so reden würde.«

»Gott geht verschlungene Wege, David.«

»Mach dich nicht lustig über mich.«

Der Samstag droht, Markttag. »Sollen wir den Stand aufbauen?« fragt er Lucy. Sie zuckt mit den Schultern. »Entscheide du«, sagt sie. Er baut den Stand nicht auf.

Er stellt ihr keine weiteren Fragen; eigentlich ist er erleichtert.

Die Vorbereitungen zu Petrus' Festivitäten beginnen Samstag mittag mit dem Eintreffen eines Trupps von Frauen, sechs an der Zahl, herausgeputzt wie zum Kirchgang, scheint ihm. Hinter dem Stall entfachen sie ein Feuer. Bald bringt der Wind den Gestank von kochenden Innereien, woraus er schließt, daß die Tat getan ist, die doppelte Tat, daß alles vorbei ist.

Sollte er trauern? Ist es angemessen, den Tod von Wesen zu betrauern, die selbst keine Trauer kennen? Wenn er sein Herz befragt, stellt er nur eine dumpfe Traurigkeit fest.

Zu dicht beieinander, denkt er; wir leben zu dicht bei Petrus. Es ist, als teilte man ein Haus mit Fremden, teilte die Geräusche, die Gerüche.

Er klopft an Lucys Tür. »Möchtest du mit spazierengehen?« fragt er.

»Danke, nein. Nimm Katy mit.«

Er holt die Bulldogge, aber sie ist so langsam und träge, daß er ungeduldig wird, sie zurück zur Farm jagt und sich allein auf einen Rundweg von acht Kilometern macht. Er geht schnell und versucht, sich müde zu laufen.

Ab fünf treffen die Gäste ein, mit dem Auto, mit dem Taxi, zu Fuß. Er steht hinter der Küchengardine und schaut zu. Die meisten sind aus der Generation ihres Gastgebers, gesetzt, solide. Eine alte Frau wird mit besonderem Aufwand bedacht; in seinem blauen Anzug und dem leuchtend rosa Hemd geht ihr Petrus den ganzen Pfad entgegen, um sie zu begrüßen.

Es ist schon dunkel, bevor die jüngeren Leute auftauchen. Gesprächsfetzen, Gelächter und Musik wehen herüber, Musik, die ihn an das Johannesburg seiner Jugend erinnern. Ganz passabel, denkt er bei sich – sogar ganz lustig.

»Dann wollen wir mal«, sagt Lucy. »Kommst du mit?« Entgegen ihrer Gewohnheit trägt sie ein knielanges Kleid und Schuhe mit hohen Absätzen, dazu eine Halskette aus bemalten Holzperlen und passende Ohrringe. Er weiß nicht so recht, ob ihm die Wirkung gefällt.

»Gut, ich komme mit. Ich bin fertig«, sagt er.

»Hast du keinen Anzug hier?«

»Nein.«

»Dann binde wenigstens eine Krawatte um.«

»Ich dachte, wir sind auf dem Land.«

»Um so wichtiger ist es, sich fein zu machen. Das ist ein großer Tag in Petrus' Leben.«

Sie hat eine winzige Taschenlampe in der Hand. Sie gehen auf dem Pfad zu Petrus' Haus hinüber, Vater und Tochter Arm in Arm, sie leuchtet auf den Weg, er trägt die Gabe, die sie mitbringen.

An der offenen Tür bleiben sie stehen, lächeln. Petrus ist nirgends zu sehen, aber ein kleines Mädchen im Festtagskleid kommt zu ihnen herüber und führt sie herein.

Der alte Stall hat keine Decke und keinen richtigen Fußboden, aber er ist wenigstens geräumig und hat immerhin elektrisches Licht. Lampen mit Schirmen und Bilder an der Wand (van Goghs Sonnenblumen, eine Dame in Blau von Tretchikoff, Jane Fonda in ihrem Barbarella-Kostüm, Doktor Khumalo, ein Tor schießend) mildern die Kahlheit.

Sie sind die einzigen Weißen. Man tanzt zu dem altmodischen afrikanischen Jazz, den er gehört hat. Neugierige Blicke werden ihnen zugeworfen, oder vielleicht gelten sie nur seinem Kopfverband.

Lucy kennt einige der Frauen. Sie fängt an, sie vorzustellen. Dann kommt Petrus zu ihnen. Er spielt nicht den eifrigen Gastgeber, bietet ihnen nichts zu trinken an, aber er sagt: »Keine Hunde mehr. Ich bin nicht mehr der Hunde-Mann«, was Lucy als Scherz aufzufassen beliebt; und so ist alles in Ordnung, scheint es.

»Wir haben dir etwas mitgebracht«, sagt Lucy; »aber vielleicht sollten wir es deiner Frau geben. Es ist für das Haus.«

Aus dem Küchenbereich, wenn man das so nennen kann, ruft Petrus seine Frau herbei. Jetzt sieht er sie zum ersten Mal aus der Nähe. Sie ist jung – jünger als Lucy, eher nett anzuschauen als hübsch, schüchtern, unübersehbar schwanger. Sie gibt Lucy die Hand, aber ihm nicht, und sie sieht ihn auch nicht an.

Lucy sagt ein paar Worte auf Xhosa und reicht ihr das Päckchen. Inzwischen steht ein halbes Dutzend Zuschauer um sie herum.

»Sie muß es auswickeln«, sagt Petrus.

»Ja, du mußt es auswickeln«, sagt Lucy.

Vorsichtig, um ja nicht das festliche Papier mit den Mandolinen und Lorbeerzweigen darauf zu zerreißen, öffnet die junge Frau das Päckchen. Es ist ein Tuch mit einem recht attraktiven Aschanti-Muster. *»Thank you«*, flüstert sie.

»Es ist eine Bettdecke«, erklärt Lucy für Petrus.

»Lucy ist unsere Wohltäterin«, sagt Petrus; und dann, zu Lucy: »Du bist unsere Wohltäterin.«

Ein unangenehmes Wort, scheint ihm, zweideutig, das den Augenblick trübt. Aber kann man Petrus dafür schelten? Die Sprache, deren er sich so selbstverständlich bedient, ist – wenn er es nur wüßte – verbraucht, mürbe, von innen her zerfressen wie von Termiten. Nur auf die einsilbigen Wörter ist noch Verlaß, und auch nicht auf alle.

Was ist zu tun? Nichts, was er, ehemaliger Lehrer der Kommunikationswissenschaften, anzubieten weiß. Man muß wohl ganz von vorn mit dem Abc anfangen. Wenn dann die großen Worte rekonstruiert und gereinigt wieder in Umlauf kommen, wenn ihnen wieder zu trauen ist, wird er schon längst tot sein.

Ihn fröstelt, er bekommt eine Gänsehaut.

»Das Baby – wann wird das Baby erwartet?« fragt er Petrus' Frau.

Sie schaut ihn verständnislos an.

»Im Oktober«, springt Petrus ein. »Das Baby kommt im Oktober. Wir hoffen, es wird ein Junge.«

»Oh. Was haben Sie gegen Mädchen?«

»Wir beten um einen Jungen«, sagt Petrus. »Es ist immer besser, wenn das erste Kind ein Junge ist. Dann kann er seinen Schwestern was beibringen – er kann ihnen gutes Benehmen beibringen. Ja.« Er macht eine Pause. »Ein Mädchen ist sehr teuer.« Er reibt den Daumen am Zeigefinger. »Nur Geld, Geld, Geld.«

Es ist lange her, daß er diese Geste gesehen hat. In früheren Zeiten von Juden benutzt: Geld-Geld-Geld, mit derselben vielsagenden schiefen Kopfhaltung. Aber vermutlich weiß Petrus nichts von diesem Bruchstück europäischer Tradition.

»Auch Jungen können teuer sein«, bemerkt er, seinen Teil zur Unterhaltung beitragend.

»Man muß ihnen dies kaufen, man muß ihnen das kaufen«, spricht Petrus weiter, in Fahrt kommend, nicht länger zuhörend. »Heute bezahlt der Mann nicht mehr für die Frau. Ich zahle.« Er hebt die Hand und läßt sie über dem Kopf seiner Frau schweben; bescheiden schlägt sie die Augen nieder. »*Ich* zahle. Aber das ist alter Brauch. Kleider, hübsche Sachen, es ist immer dasselbe: zahlen, zahlen, zahlen.« Er reibt wieder die Finger aneinander. »Nein, ein Junge ist besser. Außer Ihrer Tochter. Ihre Tochter ist anders. Ihre Tochter ist so gut wie ein Junge. Fast!« Er lacht über seine witzige Bemerkung. »He, Lucy!«

Lucy lächelt, aber er weiß, daß sie verlegen ist. »Ich tanze jetzt«, murmelt sie und geht fort.

Auf der Tanzfläche bewegt sie sich in der selbstbezogenen Art, die jetzt offenbar Mode ist. Bald gesellt sich ein junger Mann zu ihr, groß, gelenkig, in flotten Sachen. Er tanzt ihr gegenüber, schnippt mit den Fingern, bedenkt sie mit strahlendem Lächeln, macht ihr den Hof.

Frauen kommen nach und nach von draußen herein und bringen Tabletts mit gegrilltem Fleisch. Die Luft ist voller verlockender Gerüche. Eine neue Gästeschar strömt herein, jung, lärmend, lebhaft, überhaupt nicht altmodisch. Das Fest kommt allmählich in Fahrt.

Ein Teller Essen findet den Weg in seine Hände. Er reicht ihn an Petrus weiter. »Nein«, sagt Petrus – »ist für Sie. Sonst reichen wir den ganzen Abend Teller herum.«

Petrus und seine Frau verbringen viel Zeit mit ihm, sorgen dafür, daß er sich wohl fühlt. Freundliche Leute, denkt er. Landleute.

Er schaut zu Lucy hinüber. Der junge Mann tanzt jetzt nur ein paar Fingerbreit von ihr, er hebt die Beine hoch und setzt sie stampfend wieder auf, er bewegt die Arme wie Pumpenschwengel, es macht ihm Spaß.

Auf dem Teller, den er in der Hand hat, liegen zwei Lammkeulen, eine gebackene Kartoffel, ein Schöpflöffel Reis in Bratensoße schwimmend, ein Stück Kürbis. Er findet einen Stuhl, auf dem er sich niederlassen kann, und teilt ihn mit einem dürren Alten mit Triefaugen. Ich werde das essen, sagt er sich. Ich werde das essen und hinterher um Vergebung bitten.

Dann ist Lucy bei ihm, sie atmet heftig, ihr Gesicht ist verzerrt. »Können wir gehen?« sagt sie. »Sie sind hier.«

»Wer ist hier?«

»Draußen hinterm Haus habe ich einen von ihnen gesehen. David, ich will keinen Krach schlagen, aber können wir sofort gehen?«

»Halt mal.« Er reicht ihr den Teller, geht zur Hintertür hinaus.

Draußen sind fast ebenso viele Gäste wie drinnen; um das Feuer geschart, reden, trinken und lachen sie. Von der anderen Seite des Feuers starrt ihn jemand an. Sofort wird alles klar. Er kennt das Gesicht, kennt es ganz genau. Er drängt sich durch Körper. *Ich werde Krach schlagen*, denkt er.

Schade, ausgerechnet heute. Aber manches duldet keinen Aufschub.

Er pflanzt sich vor dem Jungen auf. Es ist der dritte von ihnen, der Anlernling mit dem stumpfen Gesicht, der Mitläufer. »Dich kenne ich«, sagt er grimmig.

Der Junge wirkt nicht erschrocken. Im Gegenteil, es scheint, als habe er auf diesen Moment gewartet, als hätte er sich darauf vorbereitet. Die Stimme, die aus seiner Kehle kommt, ist voller Wut. »Wer bist du?« sagt er, aber die Worte bedeuten etwas anderes: *Mit welchem Recht bist du hier?* Sein ganzer Körper signalisiert Gewaltbereitschaft.

Dann ist Petrus bei ihnen und spricht schnell in Xhosa.

Er legt Petrus die Hand auf den Ärmel. Petrus schüttelt sie ab und starrt ihn ungeduldig an. »Wissen Sie, wer das ist?« fragt er Petrus.

»Nein, ich weiß nicht, was das ist«, sagt Petrus ungehalten. »Ich weiß nicht, was los ist. Was ist los?«

»Er – dieser Ganove – war schon einmal hier, mit seinen Kumpanen. Er ist einer von ihnen. Aber lassen Sie ihn doch selbst erzählen, worum es geht. Lassen Sie ihn doch selbst erzählen, warum ihn die Polizei sucht.«

»Das stimmt nicht!« schreit der Junge. Wieder spricht er mit Petrus, ein Strom zorniger Worte. Musik dringt weiter heraus in die Nachtluft, aber keiner tanzt mehr: Petrus' Gäste drängen sich um sie, schieben, stoßen, machen Bemerkungen. Die Atmosphäre ist ungut.

Petrus spricht. »Er sagt, er weiß nicht, wovon Sie reden.«

»Er lügt. Er weiß es ganz genau. Lucy wird es bestätigen.«

Aber natürlich wird Lucy nichts bestätigen. Wie kann

er erwarten, daß Lucy vor diese Fremden tritt, den Jungen anblickt, mit dem Finger auf ihn zeigt und sagt: *Ja, er ist einer von ihnen. Er war einer von denen, die die Tat getan haben*?

»Ich werde die Polizei anrufen«, sagt er.

Von den Zuschauern kommt mißbilligendes Gemurmel.

»Ich werde die Polizei anrufen«, sagt er noch einmal zu Petrus. Petrus zeigt eine steinerne Miene.

In einer Wolke des Schweigens kehrt er ins Haus zurück, wo Lucy auf ihn wartet. »Gehen wir«, sagt er.

Die Gäste machen ihnen Platz. Auf ihren Gesichtern ist keine Freundlichkeit mehr. Lucy hat die Taschenlampe vergessen, sie kommen im Dunkeln vom Weg ab; Lucy muß ihre Schuhe ausziehen; sie tappen durch Kartoffelbeete, bevor sie das Farmhaus erreichen.

Er hat das Telefon in der Hand, als Lucy ihn stoppt. »David, nein, mach es nicht. Petrus kann nichts dafür. Wenn du die Polizei holst, ist der Abend für ihn verdorben. Sei vernünftig.«

Er ist überrascht, überrascht genug, um seine Tochter anzufahren. »Um Himmels willen, wieso kann Petrus nichts dafür? So oder so hat er diese Männer doch erst einmal hergebracht. Und jetzt hat er die Frechheit, sie wieder einzuladen. Warum sollte ich vernünftig sein? Wirklich, Lucy, ich kann das überhaupt nicht verstehen. Ich kann nicht verstehen, warum du nicht die *richtige* Anklage gegen sie erhoben hast, und jetzt kann ich nicht verstehen, warum du Petrus schützt. Petrus ist nicht neutral, Petrus ist auf *ihrer* Seite.«

»Schrei mich nicht an, David. Das ist mein Leben. Ich muß hier leben. Was mir zugestoßen ist, geht mich etwas an, nur mich, nicht dich, und wenn ich ein Recht habe, dann das, nicht so verhört zu werden, mich nicht verteidigen zu müssen – nicht dir gegenüber, keinem anderen gegenüber. Und was Petrus angeht, er ist kein Lohnarbeiter, ich kann ihn nicht feuern, wenn er meiner Meinung nach mit den falschen Leuten verkehrt. Das ist vorbei, vom Winde verweht. Wenn du Petrus zum Feind machen willst, dann schau lieber vorher den Tatsachen ins Gesicht. Du kannst die Polizei nicht rufen. Ich dulde es nicht. Warte bis morgen. Warte, bis du die Geschichte aus Petrus' Sicht gehört hast.«

»Aber inzwischen wird der Junge verschwinden!«

»Er wird nicht verschwinden. Petrus kennt ihn. Auf jeden Fall verschwindet keiner in der Provinz Ost-Kap. Das ist nicht der Ort dafür.«

»Lucy, Lucy, ich beschwöre dich! Du möchtest das Unrecht der Vergangenheit sühnen, aber das ist dafür nicht der richtige Weg. Wenn du in dieser Situation nicht Rückgrat beweist, wirst du nie wieder den Kopf heben können. Ebensogut könntest du gleich deine Sachen packen und verschwinden. Und was die Polizei angeht, wenn du zu zartfühlend bist, um sie jetzt zu rufen, dann hätten wir sie überhaupt nicht damit befassen sollen. Wir hätten einfach stillhalten und auf den nächsten Überfall warten sollen. Oder uns die Kehle durchschneiden.«

»Hör auf, David! Ich muß mich nicht vor dir rechtfertigen. *Du weißt nicht, was geschehen ist.*«

»Ich weiß es nicht?«

»Nein, du hast keinen Schimmer. Denk doch bitte mal in Ruhe darüber nach. Was die Polizei angeht, so darf ich dich daran erinnern, warum wir sie überhaupt gerufen haben: wegen der Versicherung. Wir haben eine Anzeige erstattet, weil sonst die Versicherung die Zahlung verweigern würde.«

»Lucy, ich bin erstaunt. Es stimmt einfach nicht, das weißt du doch. Und noch einmal zu Petrus: wenn du an diesem Punkt einknickst, wenn du versagst, wirst du nicht mit dir leben können. Du hast eine Pflicht dir gegenüber, du bist das deiner Zukunft, deiner Selbstachtung schuldig. Laß mich die Polizei rufen. Oder rufe sie selbst.«

»Nein.«

Nein: das ist Lucys letztes Wort an ihn. Sie zieht sich in ihr Zimmer zurück, schließt die Tür vor seiner Nase, schließt ihn aus. So unerbittlich, als wären sie Mann und Frau, werden sie Schritt für Schritt auseinandergetrieben, und er kann nichts dagegen tun. Wenn sie streiten, ist das schon wie das Gezänk eines Ehepaars, das zusammengesperrt ist und nirgendwohin ausweichen kann. Wie muß sie den Tag verfluchen, an dem er gekommen ist, um bei ihr zu wohnen! Bestimmt wünscht sie sich, daß er verschwindet, je eher, desto besser.

Doch auch sie wird letztendlich fortmüssen. Als Frau allein auf einer Farm hat sie keine Zukunft, das ist klar. Selbst die Tage von Ettinger, mit seinen Gewehren, dem Stacheldraht und den Alarmanlagen, sind gezählt. Wenn Lucy einen Funken von Vernunft hat, geht sie, ehe sie ein Schicksal ereilt, schlimmer als das, was man mit viktorianischer Prüderie als ›Schicksal, schlimmer als der Tod‹ bezeichnete. Aber natürlich wird sie nicht gehen. Sie ist eigensinnig und auch zu tief verbunden mit dem Leben, das sie gewählt hat.

Er schlüpft aus dem Haus. Sich vorsichtig im Dunkeln bewegend, nähert er sich dem Stall von hinten.

Das große Feuer ist niedergebrannt, die Musik schweigt.

Eine Menschentraube ist an der hinteren Tür, einer Tür, weit genug, um einen Traktor durchzulassen. Er schaut über ihre Köpfe.

In der Mitte des Raumes steht einer der Gäste, ein Mann mittleren Alters. Er hat einen geschorenen Kopf und einen Stiernacken; er trägt einen dunklen Anzug und um den Hals eine Goldkette, an der eine faustgroße Medaille hängt, eine von der Art, wie sie Häuptlinge verliehen bekamen als Symbol ihres Amtes. Symbole, die kistenweise in einer Gießerei in Coventry oder Birmingham geprägt wurden; auf der einen Seite mit dem Kopf der griesgrämigen Victoria, *regina et imperatrix*, versehen und auf der anderen mit heraldischen Gnus oder Ibissen. Medaillen für Häuptlinge per Katalog. Sie wurden ins ganze Empire versandt: nach Nagpur, den Fidschi-Inseln, der Goldküste, Kaffraria.

Der Mann spricht, redet in geschliffenen Sätzen, deren Melodie steigt und fällt. Er hat keine Ahnung, was der Mann sagt, doch ab und zu kommt eine Pause und zustimmendes Gemurmel von seinen Zuhörern, unter denen, jung und alt, eine Stimmung der stillen Befriedigung zu herrschen scheint.

Er schaut sich um. Der Junge steht in der Nähe, gleich hinter der Tür. Die Augen des Jungen huschen nervös über ihn hin. Auch andere Augen wenden sich ihm zu: dem Fremden, dem Außenseiter. Der Mann mit der Medaille runzelt die Stirn, stockt kurz, erhebt wieder die Stimme.

Er seinerseits hat nichts gegen die Aufmerksamkeit. Sie sollen ruhig wissen, daß ich noch da bin, denkt er, sie sollen wissen, daß ich mich nicht im großen Haus verkrieche. Und wenn das ihre Zusammenkunft verdirbt, soll es so sein. Er hebt eine Hand zu seinem weißen Kopfverband hoch. Zum ersten Mal ist er froh, ihn zu haben, ihn rechtmäßig zu tragen.

16. Kapitel

Den ganzen nächsten Vormittag geht ihm Lucy aus dem Weg. Das Treffen mit Petrus, das sie versprochen hat, findet nicht statt. Dann, am Nachmittag, klopft Petrus selbst an die Hintertür, geschäftstüchtig wie immer, in Stiefeln und Overall. Es ist Zeit, die Rohre zu verlegen, sagt er. Er möchte eine PVC-Rohrleitung vom Wasserbecken bis zum Standort seines neuen Hauses verlegen, eine Strecke von zweihundert Metern. Kann er sich Werkzeug ausleihen, und kann David ihm helfen, das Reglerventil anzubringen?

»Ich weiß nichts über Ventile. Ich kenne mich mit Klempnerarbeiten nicht aus.« Er ist nicht in der Stimmung, Petrus behilflich zu sein.

»Es ist keine Klempnerarbeit«, sagt Petrus. »Es ist Rohre montieren. Es ist nur Rohre verlegen.«

Auf dem Weg zum Wasserreservoir redet Petrus von Ventilen verschiedener Art, von Druckventilen, Verbindungsstücken; er posaunt die Worte heraus, gibt mit seiner Fachkundigkeit an. Die neue Rohrleitung wird über Lucys Land führen müssen, sagt er; es ist gut, daß sie ihre Erlaubnis gegeben hat. Sie »schaut nach vorn«. »Sie ist eine Lady, die nach vorn schaut, nicht zurück.«

Über die Party, über den Jungen mit den unsteten Augen sagt Petrus nichts. Es ist, als wäre nichts Derartiges passiert.

Seine Funktion beim Reservoir wird bald klar. Petrus braucht ihn nicht, um sich Rat fürs Rohreverlegen oder für Klempnerarbeiten zu holen, sondern damit er etwas festhält, ihm Werkzeuge reicht – er braucht ihn wirklich als Handlanger. Er hat eigentlich nichts gegen diese Rolle. Petrus ist ein guter Arbeiter, man kann etwas lernen, wenn man ihm zuschaut. Es ist Petrus selbst, gegen den er so nach und nach etwas hat. Während Petrus weiter über seine Pläne schwadroniert, wird seine Haltung ihm gegenüber immer frostiger. Er würde sich nicht wünschen, mit Petrus auf einer öden Insel festzusitzen. Er würde ganz bestimmt nicht mit ihm verheiratet sein wollen. Eine herrschsüchtige Person. Die junge Frau scheint glücklich, aber er wüßte gern, was für Geschichten die alte Frau zu erzählen hat.

Als er schließlich genug hat, schneidet er den Redefluß ab. »Petrus«, sagt er, »dieser junge Mann, der gestern abend in Ihrem Haus war – wie heißt er, und wo ist er jetzt?«

Petrus nimmt seine Mütze ab und wischt sich über die Stirn. Heute trägt er eine Schirmmütze mit einem silbernen Emblem der Südafrikanischen Eisenbahnen und Häfen. Er scheint eine Kollektion von Kopfbedeckungen zu besitzen.

»Hören Sie, David«, sagt Petrus stirnrunzelnd, »es ist hart, was Sie sagen, daß dieser Junge ein Dieb ist. Er ist sehr zornig, daß Sie ihn einen Dieb nennen. Das sagt er allen. Und ich, ich muß für Frieden sorgen. Deshalb ist es auch hart für mich.«

»Ich habe nicht die Absicht, Sie in den Fall zu verwikkeln, Petrus. Sagen Sie mir den Namen des Jungen und wo er sich aufhält, und ich gebe die Information an die Polizei weiter. Dann können wir es der Polizei überlassen, zu ermitteln und ihn und seine Freunde vor Gericht zu bringen. Sie werden nicht hineingezogen, ich werde nicht hineingezogen, es wird eine Sache der Justiz sein.«

Petrus streckt sich, badet sein Gesicht in der Sonnenglut. »Aber die Versicherung wird Ihnen ein neues Auto geben.«

Ist das eine Frage? Eine Erklärung? Welches Spiel spielt Petrus? »Die Versicherung wird mir kein neues Auto geben«, erklärt er und versucht, ruhig zu bleiben. »Angenommen, sie ist noch nicht bankrott wegen der vielen Autodiebstähle in diesem Land, dann gibt sie mir einen Prozentsatz davon, was das alte Auto ihrer Auffassung nach wert war. Das wird nicht genug sein, um ein neues Auto zu kaufen. Wie dem auch sei, es geht um das Prinzip. Wir können es nicht den Versicherungsgesellschaften überlassen, für Recht und Ordnung zu sorgen. Das ist nicht ihre Aufgabe.«

»Aber Sie werden Ihr Auto nicht von diesem Jungen zurückbekommen. Er kann Ihnen Ihr Auto nicht geben. Er weiß nicht, wo Ihr Auto ist. Ihr Auto ist fort. Das beste ist, Sie kaufen mit dem Geld von der Versicherung ein anderes Auto, dann haben Sie wieder ein Auto.«

Wie ist er in diese Sackgasse geraten? Er versucht einen neuen Kurs. »Petrus, ich möchte Sie fragen, ist der Junge mit Ihnen verwandt?«

»Und warum wollen Sie den Jungen zur Polizei bringen?« fährt Petrus fort und ignoriert die Frage. »Er ist zu jung, man kann ihn nicht ins Gefängnis stecken.«

»Wenn er achtzehn ist, kann er vor Gericht gestellt werden. Wenn er sechzehn ist, auch.«

»Nein, nein, er ist nicht achtzehn.«

»Woher wissen Sie das? Für mich sieht er wie achtzehn aus, er wirkt älter als achtzehn.«

»Ich weiß. Ich weiß! Er ist nur ein Jugendlicher, er kann nicht ins Gefängnis, das ist Gesetz, man kann einen Jugendlichen nicht ins Gefängnis stecken, man muß ihn laufenlassen!«

Für Petrus scheint damit die Sache geklärt. Er läßt sich schwer auf ein Knie nieder und fängt an, das Verbindungsstück auf das Abflußrohr zu schieben.

»Petrus, meine Tochter will eine gute Nachbarin sein – eine gute Bürgerin und eine gute Nachbarin. Sie liebt die Provinz Ost-Kap. Sie möchte hier leben, sie möchte mit jedem gut auskommen. Aber wie kann sie das, wenn sie jeden Moment damit rechnen muß, von Schurken überfallen zu werden, die dann ungestraft davonkommen? Bestimmt begreifen Sie das!«

Petrus bemüht sich angestrengt darum, das Verbindungsstück zu montieren. Die Haut auf seinen Händen weist tiefe derbe Risse auf; er läßt bei der Arbeit leise Grunzer hören; nichts deutet darauf hin, daß er überhaupt etwas gehört hat.

»Lucy ist hier sicher«, verkündet er plötzlich. »Es ist gut. Sie können Sie hierlassen, sie ist sicher.«

»Aber sie ist nicht sicher, Petrus! Sie ist auf keinen Fall sicher! Sie wissen, was hier am Einundzwanzigsten passiert ist.«

»Ja, ich weiß, was passiert ist. Aber jetzt ist es gut.«

»Wer sagt, daß es gut ist?«

»Ich sage es.«

»Sie sagen es? Sie werden sie beschützen?«

»Ich werde sie beschützen.«

»Das letzte Mal haben Sie Lucy nicht beschützt.«

Petrus schmiert das Rohr mit mehr Fett ein.

»Sie behaupten, Sie wüßten, was passiert ist, aber Sie

haben Lucy das letzte Mal nicht beschützt«, wiederholt er. »Sie sind fortgefahren, und dann sind diese drei Schurken aufgetaucht, und jetzt scheint es so, als ob Sie mit einem von ihnen befreundet sind. Was soll ich daraus schließen?«

Damit ist er sehr nahe daran, Petrus zu bezichtigen. Aber warum auch nicht?

»Der Junge hat keine Schuld«, sagt Petrus. »Er ist kein Verbrecher. Er ist kein Dieb.«

»Ich spreche nicht nur von Diebstahl. Es gab noch ein anderes Verbrechen. Sie sagen, Sie wüßten, was passiert ist. Sie müssen wissen, was ich meine.«

»Er hat keine Schuld. Er ist zu jung. Es ist nur ein großer Fehler.«

»Das wissen Sie?«

»Ich weiß es.« Das Rohr steckt fest. Petrus legt die Schelle darum, zieht sie fest, steht auf, streckt sich. »Ich weiß es. Ich sage es Ihnen. Ich weiß es.«

»Sie wissen es. Sie kennen die Zukunft. Was kann ich dazu sagen? Sie haben gesprochen. Brauchen Sie mich hier noch?«

»Nein, jetzt ist es leicht, jetzt muß ich nur noch die Rohrleitung unter die Erde bringen.«

Trotz Petrus' Vertrauen in die Versicherungsbranche gibt es in seiner Schadenssache keine Bewegung. Ohne Auto fühlt er sich auf der Farm gefangen.

An einem seiner Nachmittage in der Tierklinik schüttet er Bev Shaw sein Herz aus. »Lucy und ich kommen nicht gut miteinander aus«, sagt er. »Daran ist nichts Bemerkenswertes, schätze ich. Eltern und Kinder sind nicht zum Zusammenleben geschaffen. Unter normalen Umständen wäre ich inzwischen ausgezogen, nach Kapstadt zurückgekehrt. Aber ich kann Lucy auf der Farm nicht allein lassen. Sie ist nicht sicher. Ich versuche, sie zu überreden, die Geschäfte an Petrus zu übergeben und Urlaub zu machen. Aber sie will nicht auf mich hören.«

»Man muß seine Kinder loslassen, David. Du kannst Lucy nicht ewig beschützen.«

»Ich habe Lucy schon vor langer Zeit losgelassen. Ich bin als Vater äußerst wenig fürsorglich gewesen. Aber die gegenwärtige Situation ist anders. Lucy ist objektiv in Gefahr. Das hat man uns gezeigt.«

»Es wird gutgehen. Petrus wird sie unter seine Fittiche nehmen.«

»Petrus? Welches Interesse hat Petrus daran, sie unter seine Fittiche zu nehmen?«

»Sie unterschätzen Petrus. Petrus hat geschuftet, um den Gemüseanbau für Lucy in Gang zu bringen. Ohne Petrus wäre Lucy jetzt nicht, wo sie ist. Ich behaupte nicht, daß sie ihm alles verdankt, aber sie verdankt ihm viel.«

»Schon möglich. Die Frage ist, was schuldet Petrus ihr?«

»Petrus ist ein guter Kerl. Man kann sich auf ihn verlassen.«

»Auf Petrus verlassen? Weil Petrus einen Bart hat und Pfeife raucht und einen Stock bei sich hat, glauben Sie, Petrus sei ein Kaffer vom alten Schlag. Aber das stimmt überhaupt nicht. Petrus ist kein Kaffer vom alten Schlag, und erst recht kein guter Kerl. Meiner Meinung nach kann es Petrus gar nicht abwarten, daß Lucy aufgibt. Wenn Sie einen Beweis wollen, brauchen Sie nicht weiter zu suchen – schauen Sie doch, was Lucy und mir zugestoßen ist. Vielleicht hat Petrus es sich nicht ausgedacht, aber er hat ganz bestimmt weggeschaut, er hat uns bestimmt nicht gewarnt, er hat es bestimmt so eingerichtet, daß er nicht in der Nähe war.«

Seine Heftigkeit überrascht Bev Shaw. »Arme Lucy«, flüstert sie; »sie hat soviel durchgemacht!«

»Ich weiß, was Lucy durchgemacht hat. Ich war dort.«

Mit großen Augen starrt sie ihn an. »Aber Sie sind nicht dort gewesen, David. Sie hat es mir erzählt. Sie waren nicht dort.«

Du bist nicht dort gewesen. Du weißt nicht, was geschehen ist. Er steht vor einem Rätsel. Wo ist er nach Bev Shaw, nach Lucy, nicht gewesen? In dem Raum, wo die Eindringlinge ihre Verbrechen verübten? Glauben sie, er wüßte nicht, was Vergewaltigung ist? Glauben sie, er hätte nicht mit seiner Tochter gelitten? Wovon hätte er noch Augenzeuge werden können, was er sich nicht vorstellen kann? Oder glauben sie, daß, wenn es um Vergewaltigung geht, kein Mann sein kann, wo die Frau ist? Wie die Antwort auch lauten mag, er ist empört, empört darüber, wie ein Außenstehender behandelt zu werden.

Er kauft ein kleines Fernsehgerät als Ersatz für das gestohlene. Abends sitzen Lucy und er nebeneinander auf dem Sofa und sehen die Nachrichten und danach, wenn sie es ertragen können, das Unterhaltungsprogramm.

Es stimmt, sein Besuch hat schon zu lang gedauert, das finden sowohl er als auch Lucy. Er hat es satt, aus dem Koffer zu leben, hat es satt, die ganze Zeit zu lauschen, ob der Kies auf dem Weg knirscht. Er möchte wieder an seinem eigenen Schreibtisch sitzen, in seinem Bett schlafen können. Aber Kapstadt ist weit weg, fast ein anderes Land. Trotz Bevs Rat, trotz Petrus' Beteuerungen, trotz Lucys

Starrköpfigkeit ist er nicht bereit, seine Tochter zu verlassen. Vorläufig lebt er hier: in dieser Zeit, an diesem Ort.

Er kann mit seinem Auge wieder tadellos sehen. Seine Kopfhaut heilt allmählich ab; er braucht keine Brandbinden mehr anzulegen. Nur das Ohr muß noch täglich versorgt werden. Also heilt die Zeit in der Tat alles. Wahrscheinlich findet auch bei Lucy ein Heilungsprozeß statt, oder wenn kein Prozeß der Heilung, dann einer des Vergessens, bei dem das Gewebe um die Erinnerung an diesen Tag vernarbt, sie einschließt, abkapselt. Damit Lucy irgendwann einmal sagen kann: »Am Tag, als wir ausgeraubt wurden«, und sich daran nur als den Tag erinnert, an dem sie ausgeraubt wurden.

Er versucht, sich tagsüber draußen aufzuhalten, damit Lucy sich frei im Haus bewegen kann. Er arbeitet im Garten; wenn er müde ist, sitzt er beim Wasserbecken und beobachtet das Auf und Ab der Entenfamilie, sinnt nach über das Byron-Projekt.

Das Projekt kommt nicht voran. Mehr als Bruchstücke bekommt er nicht zu fassen. Die ersten Worte des ersten Aktes sträuben sich; die ersten Noten scheinen so flüchtig wie Rauchfahnen. Manchmal fürchtet er, daß die Gestalten in der Geschichte, die seit über einem Jahr seine gespenstischen Begleiter gewesen sind, allmählich verblassen. Selbst die reizvollste von ihnen, Margarita Cogni, deren leidenschaftliche Alt-Attacken gegen Byrons Flittchen Teresa Guiccioli er begierig ist zu hören, entgleitet ihm. Daß sie ihm verlorengehen, erfüllt ihn mit Verzweiflung, Verzweiflung, so grau und gleichmäßig und unwichtig im größeren Zusammenhang wie Kopfschmerzen.

So oft wie möglich begibt er sich in die Klinik des Tierschutzbundes und bietet an, die Aufgaben zu übernehmen, die keine besonderen Fähigkeiten verlangen: Füttern, Saubermachen, Aufwischen.

In der Klinik werden hauptsächlich Hunde behandelt, weniger häufig Katzen; für Vieh hat die Siedlung D offenbar ihre eigenen tierärztlichen Überlieferungen, ihre eigenen Heilmittel, ihre eigenen Heiler. Die Hunde, die hergebracht werden, haben Staupe, gebrochene Gliedmaßen, infizierte Bißwunden, Räude, sie leiden an Vernachlässigung, gut- oder bösartig, an Altersschwäche, Unterernährung, Darmparasiten, aber am allermeisten an ihrer Fruchtbarkeit. Es gibt einfach zu viele von ihnen. Wenn die Leute mit einem Hund kommen, dann sagen sie nicht geradezu: »Ich habe den Hund hergebracht, damit er getötet wird«, aber das erwartet man: daß man ihn entsorgt, ihn verschwinden läßt, ihn dem Vergessen überantwortet. Was man sucht, ist in Wirklichkeit eine Lösung, die das Tier erlöst und gleichzeitig in Rauch auflöst, wie sich eine Wolke am Himmel auflöst und verschwindet.

Daher ist Sonntag nachmittags die Tür der Klinik zu und verschlossen, während er Bev Shaw hilft, das Problem der überflüssigen Hunde der Woche zu lösen. Einen nach dem anderen holt er die Hunde aus dem Käfig hinterm Haus und führt oder trägt sie ins Behandlungszimmer. Jedem widmet Bev in diesen Minuten, die seine letzten sein sollen, die größte Aufmerksamkeit, streichelt ihn, spricht mit ihm, erleichtert ihm den Übergang. Wenn der Hund sich nicht beruhigen läßt, was häufig der Fall ist, dann ist seine Anwesenheit daran schuld – er sondert den falschen Geruch ab *(sie können deine Gedanken riechen)*, den Geruch der Scham. Trotzdem ist er es, der den Hund festhält, wenn die Nadel die Vene findet und das Gift das

Herz erreicht und die Beine nachgeben und die Augen trübe werden.

Er hatte geglaubt, daß er sich daran gewöhnen würde. Aber das geschieht nicht. Mit der Zahl der Tötungen, bei denen er assistiert, steigt auch seine Beklemmung. Eines Sonntagabends, als er in Lucys Kombi nach Hause fährt, muß er sogar am Straßenrand anhalten, um wieder zu sich zu kommen. Tränen, die er nicht unterdrücken kann, fließen ihm übers Gesicht; seine Hände zittern.

Er begreift nicht, was mit ihm geschieht. Bisher ist er Tieren gegenüber mehr oder weniger gleichgültig gewesen. Obwohl er auf abstrakte Weise Grausamkeit mißbilligt, kann er nicht sagen, ob er von Natur aus grausam oder gut ist. Er ist einfach nichts. Er nimmt an, daß Leute, bei denen Grausamkeit zu ihren beruflichen Pflichten gehört, zum Beispiel Leute, die in Schlachthöfen arbeiten, sich einen Panzer um die Seele wachsen lassen. Gewohnheit macht hart – in den meisten Fällen muß das so sein, aber anscheinend nicht in seinem Fall. Offenbar ist es ihm nicht gegeben, hart zu sein.

Sein ganzes Wesen wird ergriffen von dem, was im Behandlungszimmer geschieht. Er ist überzeugt, die Hunde wissen, daß ihre Zeit gekommen ist. Trotz der Geräusch- und Schmerzlosigkeit der Prozedur, trotz der guten Gedanken, die Bev Shaw denkt und die er zu denken versucht, trotz der luftdichten Säcke, in die sie die neugeschaffenen Tierleichen verpacken, riechen die Hunde im Hof, was drinnen vor sich geht. Sie legen die Ohren an, sie lassen die Schwänze hängen, als spürten auch sie die Schande des Sterbens; weil sie sich mit den Beinen dagegen stemmen, müssen sie über die Schwelle gezogen oder geschoben oder getragen werden. Auf dem Tisch schnappen einige wild um sich, andere winseln kläglich; keiner blickt die Nadel in Bevs Hand direkt an, die Nadel, von der sie auf irgendeine Weise wissen, daß sie ihnen Schreckliches antun wird.

Am schlimmsten sind die, die ihn beschnuppern und ihm die Hand zu lecken versuchen. Er hat es noch nie leiden können, von Hunden beleckt zu werden, und seine erste Regung ist, die Hand wegzuziehen. Warum sich als Kumpel gebärden, wenn man in Wahrheit ein Mörder ist? Aber dann gibt er nach. Warum sollte eine Kreatur, auf die der Schatten des Todes fällt, fühlen, wie er zurückzuckt, als wäre ihm ihre Berührung zuwider? Also läßt er zu, daß sie ihn belecken, wenn sie wollen, genau wie Bev Shaw sie streichelt und sie küßt, wenn sie es zulassen.

Er ist kein sentimentaler Mensch, hofft er. Er versucht, den Tieren gegenüber, die er tötet, nicht sentimental zu werden, auch nicht Bev Shaw gegenüber. Er verzichtet darauf, ihr zu sagen: »Ich weiß nicht, wie Sie das schaffen«, um sie nicht als Antwort sagen zu hören: »Einer muß es ja tun.« Er schließt die Möglichkeit nicht aus, daß Bev Shaw im tiefsten Grunde vielleicht kein erlösender Engel, sondern ein Teufel ist, daß sich hinter ihrem zur Schau gestellten Mitleid ein Herz verbirgt, so ledern wie das eines Schlachters. Er versucht, offen zu bleiben.

Weil Bev Shaw diejenige ist, die die Injektion setzt, übernimmt er die Verantwortung dafür, die sterblichen Überreste zu entsorgen. Am Morgen nach den Tötungsrunden fährt er den beladenen Kombi zum Gelände des Settlers Hospital, zur Verbrennungsanlage, und übergibt dort die Tierkörper in ihren schwarzen Säcken den Flammen.

Es wäre einfacher, wenn er die Säcke sofort nach der

Runde zur Verbrennungsanlage brächte und es den hier Beschäftigten überließe, sie zu entsorgen. Aber das würde bedeuten, daß er sie bei den übrigen Abfällen des Wochenendes abladen müßte – beim Müll von den Krankenstationen, bei Kadavern, aufgesammelt am Straßenrand, übelriechenden Abfällen von der Gerberei – ein Gemisch, zufällig und schrecklich zugleich. Er bringt es nicht über sich, ihnen solchen Schimpf anzutun.

Deshalb nimmt er die Säcke Sonntag abends im Laderaum von Lucys Kombi mit auf die Farm, parkt sie dort über Nacht und fährt sie Montag morgens zum Krankenhaus. Dort belädt er selbst den Beschickungswagen nacheinander mit ihnen, setzt kurbelnd den Mechanismus in Bewegung, der den Wagen durch das stählerne Tor in die Flammen zieht, betätigt den Hebel, um den Wagen zu entleeren, und kurbelt ihn zurück, während die Arbeiter, deren Aufgabe das normalerweise ist, dabeistehen und zuschauen.

An seinem ersten Montag hat er ihnen die Einäscherung überlassen. Rigor mortis hatte die Tierleichen über Nacht steif gemacht. Die Beine der toten Tiere verfingen sich in den Stangen des Wagens, und wenn der Wagen von seiner Reise zum Verbrennungsofen zurückkam, kam nicht selten der Hund mit zurückgefahren, schwarz verkohlt und grinsend, nach verbranntem Fell stinkend, denn die Plastikhülle war verbrannt. Nach einer Weile begannen die Arbeiter vor dem Aufladen mit der Rückseite ihrer Schaufeln auf die Säcke einzuschlagen, um die steifen Glieder zu brechen. Da schaltete er sich ein und übernahm die Sache selbst.

Der Verbrennungsofen wird mit Anthrazit gespeist, ein elektrischer Ventilator bläst Luft durch die Feuerzüge; er schätzt, daß der Ofen aus den fünfziger Jahren stammt, als auch das Krankenhaus errichtet wurde. Er arbeitet sechs Tage in der Woche, von Montag bis Samstag. Am siebenten Tag ruht er. Wenn die Mannschaft zur Arbeit antritt, kratzen sie zuerst die Asche vom vorigen Tag heraus, dann beschicken sie den Ofen. Gegen neun Uhr vormittags werden in der inneren Kammer Temperaturen von tausend Grad Celsius erreicht, heiß genug, um Knochen verkalken zu lassen. Das Feuer wird den halben Vormittag geschürt; es braucht den ganzen Nachmittag, um abzukühlen.

Er kennt die Namen der hier Arbeitenden nicht, und sie kennen seinen nicht. Für sie ist er einfach der Mann, der eines Montags mit den Säcken vom Tierschutzbund ankam und der seitdem immer früher auftaucht. Er kommt, er tut seine Arbeit, er geht wieder; er gliedert sich nicht ein in die Gesellschaft, deren Mittelpunkt, trotz des Maschendrahtzauns und des verschlossenen Tores und der Mitteilung in drei Sprachen, der Verbrennungsofen ist.

Denn der Zaun ist schon längst durchschnitten; das Tor und die Mitteilung werden einfach ignoriert. Wenn die Krankenpfleger morgens die ersten Säcke mit Krankenhausmull bringen, warten schon eine Reihe von Frauen und Kindern darauf, ihn zu durchwühlen nach Spritzen, Nadeln, waschbaren Binden, nach allem, was sich verkaufen läßt, aber besonders nach Pillen, die sie an *muti*-Läden oder auf der Straße veräußern. Auch Landstreicher sind da, die am Tag auf dem Krankenhausgelände herumlungern und nachts gegen die Wand des Verbrennungsofens gelehnt schlafen, oder vielleicht sogar im Tunnel, wegen der Wärme.

Es ist keine Bruderschaft, der er sich anzuschließen versucht. Aber wenn er dort ist, sind sie dort; und wenn sie das, was er zur Abfallhalde bringt, nicht interessiert, dann nur deshalb, weil man die Teile eines toten Hundes weder verkaufen noch essen kann.

Warum hat er diese Aufgabe übernommen? Um Bev Shaw zu entlasten? Dann würde es reichen, wenn er die Säcke bei der Abfallhalde ablüde und fortführe. Den Hunden zuliebe? Aber die Hunde sind tot; und was bedeuten Ehre und Schande überhaupt für Hunde?

Dann also für sich selbst. Für sein Konzept von der Welt, einer Welt, in der Männer nicht Schaufeln benutzen, um mit ihnen auf Tierleichen einzudreschen, damit sie bequemer weiterzuverarbeiten sind.

Man bringt die Hunde in die Tierklinik, weil sie unerwünscht sind: *weil wir zu fihle sind.* Da tritt er in ihr Leben. Er ist vielleicht nicht ihr Retter, der eine, für den sie nicht zu viele sind, aber er ist bereit, sich um sie zu kümmern, wenn sie außerstande sind, gänzlich außerstande, sich um sich selbst zu kümmern, wenn sogar Bev Shaw sie verlassen hat. Ein Hunde-Mann, hat sich Petrus einmal genannt. Jetzt ist er zum Hunde-Mann geworden: ein Bestattungsgehilfe für Hunde; ein Führer in die Unterwelt für Hunde, ein *harijan.*

Seltsam, daß ein Mann, der so egoistisch ist wie er, sich dem Dienst an toten Hunden widmet. Es muß doch andere, produktivere Arten geben, sich der Welt zu widmen oder einem Konzept von der Welt. Man könnte zum Beispiel Überstunden in der Tierklinik machen. Man könnte versuchen, die Kinder an der Abfallhalde zu überreden, ihren Körper nicht mit Giften zu verseuchen. Sogar wenn er sich zielstrebiger dem Byron-Libretto widmete, könnte das zur Not als Dienst an der Menschheit interpretiert werden.

Doch es gibt andere Menschen, die all das tun können – die Tierschutz-Sache, die soziale Rehabilitationsarbeit, sogar die Byron-Sache. Er rettet die Ehre von Tierleichen, weil kein anderer blöd genug ist, es zu tun. Das wird er nach und nach: blöd, bekloppt, verschroben.

17. Kapitel

Ihre Arbeit in der Tierklinik ist für den Sonntag vorbei. Der Kombi ist mit seiner toten Fracht beladen. Als letzte lästige Pflicht wischt er den Fußboden des Behandlungszimmers.

»Ich mach das schon«, sagt Bev Shaw, als sie vom Hof hereinkommt. »Sie werden nach Hause fahren wollen.«

»Ich hab's nicht eilig.«

»Sie müssen aber eine andere Art Leben gewohnt sein.«

»Eine andere Art Leben? Ich wußte gar nicht, daß es das Leben in Arten gibt.«

»Ich meine damit, das Leben hier muß für Sie sehr langweilig sein. Sie vermissen doch bestimmt Ihren Freundeskreis. Ihnen müssen Freundinnen fehlen.«

»Freundinnen, sagen Sie. Lucy hat Ihnen gewiß erzählt, warum ich aus Kapstadt fort bin. Freundinnen haben mir dort nicht viel Glück gebracht.«

»Sie sollten nicht so streng mit ihr sein.«

»Streng mit Lucy? Ich bringe es nicht fertig, streng mit Lucy zu sein.«

»Nicht mit Lucy – mit der jungen Frau in Kapstadt. Lucy hat erzählt, daß es dort eine junge Frau gegeben hat, die Ihnen viel Ärger gemacht hat.«

»Ja, es hat dort eine junge Frau gegeben. Aber in diesem Fall war ich derjenige, der den Ärger verursacht hat. Ich habe der betreffenden jungen Frau mindestens genausoviel Ärger bereitet wie sie mir.«

»Lucy hat erzählt, daß Sie Ihre Stelle an der Universität aufgeben mußten. Das war bestimmt schwer. Bedauern Sie es?«

Wie neugierig! Seltsam, wie der Geruch des Skandals Frauen erregt. Glaubt dieses schlichte kleine Geschöpf, daß er nicht imstande ist, sie zu schockieren? Oder gehört es auch zu den Pflichten, die sie sich auferlegt, schockiert zu werden – wie eine Nonne, die sich vergewaltigen läßt, damit die Vergewaltigungsquote in der Welt reduziert wird?

»Ob ich es bedaure? Ich weiß nicht. Was in Kapstadt geschehen ist, hat mich hierhergeführt. Ich bin nicht unglücklich hier.«

»Aber damals – haben Sie es damals bedauert?«

»Damals? Meinen Sie, in der Hitze des Gefechts? Selbstverständlich nicht. In der Hitze des Gefechts gibt es keine Zweifel, wie Sie gewiß selber wissen.«

Sie errötet. Es ist lange her, daß er eine Frau mittleren Alters so tief erröten sah. Bis unter die Haarwurzeln.

»Grahamstown muß für Sie aber sehr ruhig sein«, murmelt sie. »Vergleichsweise.«

»Ich habe nichts gegen Grahamstown. Hier komme ich wenigstens nicht in Versuchung. Außerdem lebe ich ja nicht in Grahamstown. Ich lebe bei meiner Tochter auf einer Farm.«

Komme nicht in Versuchung – wie unsensibel, das zu einer Frau zu sagen, auch wenn sie unattraktiv ist. Aber nicht für jeden unattraktiv. Es muß eine Zeit gegeben haben, als Bill Shaw etwas in der jungen Bev gesehen hat. Vielleicht auch andere Männer.

Er versucht, sie sich zwanzig Jahre jünger vorzustellen, als ihr nach oben gewandtes Gesicht auf dem kurzen Hals keck und der sommersprossige Teint schlicht und gesund gewirkt haben müssen. Er folgt einer plötzlichen Regung und berührt mit dem Finger ihre Lippen.

Sie senkt die Augen, zuckt aber nicht zurück. Im Gegenteil, sie antwortet ihm, sie berührt mit ihren Lippen seine Hand – man könnte sogar sagen, sie küßt sie –, und dabei wird sie feuerrot.

Weiter geschieht nichts. So weit gehen sie. Ohne ein weiteres Wort verläßt er die Tierklinik. Er hört, wie sie hinter ihm das Licht ausmacht.

Am nächsten Nachmittag ruft sie ihn an. »Können wir uns in der Klinik treffen, um vier«, sagt sie. Es ist keine Frage, sondern eine Bekanntgabe, mit einer hohen, angestrengten Stimme gemacht. Beinah hätte er gefragt: »Warum?« Doch dann ist er so klug, es zu lassen. Trotzdem ist er überrascht. Er könnte wetten, daß sie diesen Pfad bisher noch nicht betreten hat. Wahrscheinlich stellt sie sich in ihrer Unschuld vor, daß so Seitensprünge bewerkstelligt werden: die Frau ruft ihren Verfolger an und verkündet, daß sie bereit ist.

Montags ist die Klinik geschlossen. Er schließt die Tür auf und hinter sich wieder zu. Bev Shaw ist im Behandlungszimmer und hat ihm den Rücken zugekehrt. Er legt die Arme um sie; sie reibt ihr Ohr an seinem Kinn; seine Lippen berühren ihre dichten Haarlöckchen. »Es sind Decken da«, sagt sie. »Im Schrank. Ganz unten.«

Zwei Decken, eine rosa, eine grau, heimlich von zu Hause hergebracht von einer Frau, die sich in der vorangegangenen Stunde wahrscheinlich gebadet und gepudert und gesalbt hat, um bereit zu sein; die sich jeden Sonntag gepudert und gesalbt hat und Decken im Schrank aufbewahrt hat, für alle Fälle, wie er sich denken könnte. Die glaubt, weil er aus einer großen Stadt kommt, weil sein Name skandalumwittert ist, daß er mit vielen Frauen schläft und erwartet, daß jede Frau, die ihm über den Weg läuft, mit ihm schläft.

Er hat die Wahl zwischen dem Operationstisch und dem Fußboden. Er breitet die Decken auf dem Fußboden aus, die graue zuerst, darüber die rosa Decke. Er schaltet das Licht aus, geht aus dem Raum, kontrolliert, ob die Hintertür abgeschlossen ist, wartet. Er hört das Rascheln von Kleidern, als sie sich auszieht. Bev. Nie hätte er sich träumen lassen, mit einer Bev zu schlafen.

Sie liegt unter der Decke, und nur ihr Kopf schaut heraus. Selbst in dem trüben Licht hat der Anblick keine Reize. Er schlüpft aus seinen Unterhosen und legt sich zu ihr unter die Decke, fährt mit der Hand über ihren Körper. Ihre Brüste kann man vergessen. Gedrungen, fast ohne Taille, wie ein rundliches Fäßchen.

Sie ergreift seine Hand, drückt etwas hinein. Ein Kondom. Alles zuvor geplant, von Anfang bis Ende.

Von ihrer Zusammenkunft kann er zumindest sagen, daß er seine Pflicht tut. Ohne Leidenschaft, doch auch ohne Widerwillen. So daß Bev Shaw am Ende zufrieden mit sich sein kann. Was sie beabsichtigt hat, ist vollbracht. Ihm, David Lurie, ist Beistand geleistet worden, wie einem Mann von einer Frau Beistand geleistet wird; ihrer Freundin Lucy Lurie ist bei einem schwierigen Besucher geholfen worden.

Diesen Tag darf ich nicht vergessen, sagt er sich, neben ihr liegend, als alles vorbei ist. Nach dem süßen jungen Fleisch von Melanie Isaacs bin ich jetzt so weit gekommen. Daran muß ich mich gewöhnen, daran und an noch Geringeres als das.

»Es ist spät«, sagt Bev Shaw. »Ich muß gehen.«

Er schlägt die Decke zurück und steht auf, bemüht sich dabei nicht, sich bedeckt zu halten. Soll sie sich doch an ihrem Romeo satt sehen, denkt er, an seinen krummen Schultern und mageren Schenkeln.

Es ist wirklich schon spät. Am Horizont ist ein letztes dunkelrotes Glühen zu sehen; der Mond schwebt oben; Rauch hängt in der Luft; über einen Streifen unbebauten Landes hinweg dringt von den ersten Hüttenreihen Stimmengewirr herüber. An der Tür drückt sich Bev ein letztes Mal an ihn, legt den Kopf an seine Brust. Er läßt es zu, wie er alles zugelassen hat, wozu es sie gedrängt hat. Seine Gedanken wandern zu Emma Bovary, die nach ihrem ersten großen Nachmittag vor dem Spiegel auf und ab stolziert. *Ich habe einen Liebhaber! Ich habe einen Liebhaber!* singt Emma vor sich hin. Soll doch die arme Bev Shaw nach Hause gehen und ein wenig singen. Und er sollte aufhören, sie die arme Bev Shaw zu nennen. Wenn sie arm ist, dann ist er bankrott.

18. Kapitel

Petrus hat sich einen Traktor ausgeliehen, er hat keine Ahnung, woher, und an den Traktor hat er die alte Bodenfräse gehängt, die seit den Zeiten vor Lucy rostend hinter dem Stall gelegen hat. Innerhalb weniger Stunden hat er sein ganzes Land umgepflügt. Alles sehr schnell und geschäftsmäßig; alles ganz unafrikanisch. Früher, das heißt vor zehn Jahren, hätte er mit einem Handpflug und Ochsen Tage dazu gebraucht.

Welche Chance hat Lucy gegen diesen neuen Petrus? Petrus ist hier angetreten als der Mann fürs Umgraben, der Mann fürs Lastentragen, der Mann für die Bewässerung. Jetzt ist er zu geschäftig, um solche Arbeiten zu erledigen. Wo wird Lucy jemanden finden, der umgräbt, Lasten trägt, bewässert? Wenn das eine Partie Schach wäre, dann würde er sagen, daß Lucy schachmatt ist. Wenn sie vernünftig wäre, würde sie verschwinden – sie würde an die Land Bank herantreten, eine Vereinbarung treffen, die Farm Petrus überschreiben, in die Zivilisation zurückkehren. Sie könnte in den Vororten eine Hundepension eröffnen; sie könnte die Pension auf Katzen erweitern. Sie könnte sich sogar wieder dem zuwenden, was sie und ihre Freunde in ihren Hippie-Tagen gemacht haben: ethnische Webarbeiten, ethnische Töpferei, ethnische Korbflechterei; Perlenketten an Touristen verkaufen.

Geschlagen. Man kann sich Lucy unschwer in zehn Jahren vorstellen: eine plumpe Frau mit traurigen Gesichtszügen, in Kleidern, die längst unmodisch sind, die mit ihren Tieren spricht und einsame Mahlzeiten einnimmt. Kein besonders reizvolles Leben. Aber immerhin besser, als in ständiger Angst vor dem nächsten Überfall zu leben, bei dem auch die Hunde sie nicht mehr schützen können und keiner telefonisch zu erreichen ist.

Er geht zu Petrus auf das Gelände, das er sich für seine neue Behausung ausgewählt hat, auf einer Anhöhe über dem Farmhaus. Der Landvermesser ist schon dagewesen, die Pflöcke sind eingeschlagen.

»Sie werden das Haus doch nicht etwa selbst bauen?« fragt er.

Petrus lacht vor sich hin. »Nein, das ist Arbeit für einen Fachmann, das Bauen«, sagt er. »Mauern, verputzen und so, dazu muß man Fachmann sein. Nein, ich werde die Gräben ausschachten. Das kann ich selber machen. Das ist keine Arbeit für einen Fachmann, das ist bloß Arbeit für einen Boy. Für Schachtarbeiten muß man nur ein Boy sein.«

Petrus amüsiert sich richtig, als er das Wort sagt. Einst ist er ein Boy gewesen, jetzt nicht mehr. Jetzt kann er einen Boy spielen, wie Marie Antoinette eine Milchmagd spielen konnte.

Er kommt zur Sache. »Wenn Lucy und ich nach Kapstadt zurückfahren würden, wären Sie dann bereit, Lucys Teil der Farm zu versorgen? Wir würden Ihnen ein Gehalt zahlen, oder Sie könnten es auf Provisionsbasis tun. Eine Beteiligung am Gewinn.«

»Ich muß Lucys Farm versorgen«, sagt Petrus. »Ich muß der *Farmverwalter* sein.« Er spricht das Wort aus, als hätte er es noch nie gehört, als wäre es wie ein Kaninchen aus einem Zylinder vor ihm aufgetaucht.

»Ja, wir könnten Sie als Farmverwalter bezeichnen, wenn Sie das möchten.«

»Und Lucy wird irgendwann zurückkommen.«

»Ich bin sicher, daß sie zurückkommen wird. Sie hängt sehr an dieser Farm. Sie hat nicht die Absicht, sie aufzugeben. Aber sie hat vor kurzem viel durchgemacht. Sie braucht eine Pause. Urlaub.«

»Am Meer«, sagt Petrus und zeigt lächelnd vom Rauchen gelb gefärbte Zähne.

»Ja, am Meer, wenn sie will.« Die Art, wie Petrus Worte in der Luft hängen läßt, irritiert ihn. Es gab einmal eine Zeit, als er glaubte, sich mit Petrus anfreunden zu können. Jetzt verabscheut er ihn. Wenn man mit Petrus spricht, ist das, als boxe man auf einen Sandsack ein. »Ich glaube nicht, daß einer von uns beiden das Recht hat, Lucy auszufragen, wenn sie Urlaub machen will«, sagt er. »Sie nicht und ich nicht.«

»Wie lange muß ich der Farmverwalter sein?«

»Das weiß ich noch nicht, Petrus. Ich habe es nicht mit Lucy besprochen, ich erkunde nur die Möglichkeit und frage, was Sie davon halten.«

»Und ich muß dann alles machen – ich muß die Hunde füttern, ich muß das Gemüse pflanzen, ich muß auf den Markt –«

»Petrus, Sie brauchen nicht alles aufzuzählen. Hunde wird es nicht geben. Ich frage nur ganz allgemein, wenn Lucy Urlaub machen würde, wären Sie dann bereit, sich um die Farm zu kümmern?«

»Wie soll ich auf den Markt kommen, wenn ich den Kombi nicht habe?«

»Das ist eine Einzelheit. Über Einzelheiten können wir später sprechen. Ich möchte nur eine allgemeine Antwort, ja oder nein.«

Petrus schüttelt den Kopf. »Das ist zuviel, zuviel.«

Ganz unerwartet kommt ein Anruf von der Polizei, von einem Polizeimeister Esterhuyse in Port Elizabeth. Sein Auto ist gefunden worden. Es steht im Hof der Polizeiwache von New Brighton, wo er es identifizieren und zurückfordern kann. Zwei Männer sind verhaftet worden.

»Das ist wunderbar«, sagt er. »Ich hatte die Hoffnung fast schon aufgegeben.«

»Nein, Sir, es bleibt zwei Jahre auf der Fahndungsliste.«

»In welchem Zustand ist das Auto? Ist es fahrbereit?«

»Ja, Sie können damit fahren.«

In ungewohnt aufgeräumter Stimmung fährt er mit Lucy nach Port Elizabeth und dann nach New Brighton, wo sie sich zur Van Deventer Street durchfragen, bis zu einer flachen, festungsähnlichen Polizeiwache, umgeben von einem Zweimeterzaun mit Bandstacheldraht obendrauf. Nicht zu übersehende Schilder verbieten strikt das Parken vor der Wache. Sie parken weit unten auf der Straße.

»Ich warte im Auto«, sagt Lucy.

»Bist du sicher?«

»Mir gefällt der Ort nicht. Ich warte hier.«

Er meldet sich in der Aufnahme, wird durch ein Labyrinth von Korridoren zur Abteilung für Fahrzeugdiebstähle geleitet. Polizeimeister Esterhuyse, ein kleiner, gedrungener blonder Mann, sucht in seinen Akten, dann führt er ihn auf einen Hof, auf dem die Fahrzeuge Stoßstange an Stoßstange stehen. Sie gehen reihauf, reihab.

»Wo wurde es gefunden?« fragt er Esterhuyse.

»Hier in New Brighton. Sie haben Glück gehabt. Meist zerlegen die Gangster die älteren Corollas, um Ersatzteile zu bekommen.«

»Sie haben jemanden verhaftet, haben Sie gesagt.«

»Zwei Kerle. Wir haben sie auf einen Hinweis hin verhaftet. Haben ein ganzes Haus voller Diebesgut entdeckt. Fernseher, Videogeräte, Kühlschränke, was Sie wollen.«

»Wo sind die Männer jetzt?«

»Gegen Kaution auf freiem Fuß.«

»Wäre es nicht sinnvoller gewesen, wenn Sie mich einbestellt hätten, bevor sie freigelassen wurden, damit ich sie identifizieren kann? Wenn sie jetzt gegen Kaution auf freiem Fuß sind, werden sie einfach verschwinden. Das wissen Sie doch.«

Der Kriminalbeamte schweigt kühl.

Sie bleiben vor einem weißen Corolla stehen. »Das ist nicht mein Auto«, sagt er. »Mein Auto hat ein Nummernschild mit CA. Das steht auf der Fahndungsliste.« Er zeigt auf das Kennzeichen, das auf dem Blatt steht: CA 507644.

»Sie spritzen die Karosserie um. Sie schrauben falsche Nummernschilder an. Sie tauschen Nummernschilder aus.«

»Trotzdem ist das nicht mein Auto. Kann ich mal reinschauen?«

Der Polizist öffnet das Auto. Drinnen riecht es nach feuchter Zeitung und Brathähnchen.

»Ich habe keine Hi-Fi-Anlage«, sagt er. »Es ist nicht mein Wagen. Sind Sie sicher, daß mein Auto nicht irgendwo anders hier auf dem Platz steht?«

Sie beenden ihren Inspektionsgang. Sein Auto ist nicht da. Esterhuyse kratzt sich am Kopf. »Ich überprüfe das«, sagt er. »Es muß eine Verwechslung gegeben haben. Lassen Sie Ihre Telefonnummer da, dann rufe ich Sie an.«

Lucy sitzt hinter dem Steuer des Kombi, ihre Augen sind geschlossen. Er pocht ans Fenster, und sie riegelt die Tür auf. »Es war ein Versehen«, sagt er beim Einsteigen. »Sie haben einen Corolla, aber es ist nicht meiner.«

»Hast du die Männer gesehen?«

»Die Männer?«

»Du hast gesagt, daß man zwei Männer verhaftet hat.«

»Man hat sie gegen Kaution wieder freigelassen. Es ist sowieso nicht mein Wagen, daher können die Verhafteten, wer sie auch sein mögen, nicht die Diebe meines Autos sein.«

Ein langes Schweigen. »Ist diese Schlußfolgerung logisch?« fragt sie. Sie startet, reißt das Steuer heftig herum.

»Ich habe gar nicht mitbekommen, daß dir was dran liegt, daß sie gefaßt werden«, sagt er. Er hört die Gereiztheit in seiner Stimme, aber er bemüht sich nicht, sie zu unterdrücken. »Wenn sie gefaßt werden, bedeutet das eine Gerichtsverhandlung und alles, was eine Verhandlung mit sich bringt. Du wirst als Zeugin aussagen müssen. Bist du dazu bereit?«

Lucy schaltet den Motor aus. Ihr Gesicht ist verkrampft, als sie mit den Tränen kämpft.

»Jedenfalls sind die Spuren kalt. Man wird unsere Freunde nicht ergreifen, bei dem Zustand, in dem sich die Polizei befindet. Vergessen wir es also.«

Er nimmt sich zusammen. Er wird zum Quälgeist, zur Nervensäge, aber er kann's nicht ändern. »Lucy, es wird höchste Zeit für dich, dir klarzumachen, welche Wahl du noch hast. Entweder bleibst du in einem Haus voller häßlicher Erinnerungen und brütest weiter darüber, was dir zugestoßen ist, oder du läßt die ganze Episode hinter dir und beginnst an einem anderen Ort ein neues Kapitel. Das ist die Alternative, soweit ich es sehe. Ich weiß, du würdest gern bleiben, aber solltest du die andere Möglichkeit nicht wenigstens in Betracht ziehen? Können wir beide denn nicht vernünftig darüber reden?«

Sie schüttelt den Kopf. »Ich kann nicht mehr reden,

David, ich kann einfach nicht«, sagt sie. Sie spricht leise und schnell, als hätte sie Angst, daß die Worte versiegen. »Ich weiß, daß ich mich nicht verständlich mache. Ich würde es gern erklären, aber ich kann nicht. Ich kann es nicht, weil du bist, wie du bist, und ich bin, wie ich bin. Es tut mir leid. Und es tut mir leid, daß es nicht dein Auto war, daß du enttäuscht bist.«

Sie legt den Kopf auf die Arme; ihre Schultern beben, als sie ihren Empfindungen freien Lauf läßt.

Wieder berührt es ihn nicht: Lustlosigkeit, Gleichgültigkeit, aber auch Schwerelosigkeit, als wäre er von innen her ausgehöhlt worden und nur die leere Hülle seines Herzens wäre noch da. Wie kann ein Mann in diesem Zustand Worte finden, Töne finden, um die Toten zurückzuholen, denkt er bei sich.

Keine fünf Schritte von ihnen entfernt sitzt auf dem Fußweg eine Frau in Hausschuhen und einem zerlumpten Kleid und starrt sie grimmig an. Er legt schützend seine Hand auf Lucys Schulter. *Meine Tochter*, denkt er; *meine geliebte Tochter. Die zu führen mir zugefallen ist. Die eines schönen Tages mich führen muß.*

Kann sie seine Gedanken riechen?

Er wechselt sie am Steuer ab. Auf halbem Weg nach Hause spricht Lucy, zu seiner Überraschung. »Es war so persönlich«, sagt sie. »Es geschah mit so viel persönlichem Haß. Das hat mich mehr als alles andere mitgenommen. Der Rest war ... wie erwartet. Aber warum haßten sie mich so? Ich hatte sie nie zuvor gesehen.«

Er wartet, daß etwas folgt, aber es folgt nichts, für den Augenblick. »Die Geschichte hat durch sie gesprochen«, bietet er schließlich als Erklärung an. »Eine Geschichte des Unrechts. Erkär es dir so, wenn das hilft. Es wirkte vielleicht persönlich, aber es war nicht persönlich. Es kam von den Ahnen her.«

»Das macht es nicht leichter. Der Schock will einfach nicht weichen. Der Schock darüber, gehaßt zu werden, meine ich. Beim Akt.«

Beim Akt. Meint sie damit, was er glaubt?

»Hast du noch Angst?« fragt er.

»Ja.«

»Angst davor, daß sie wiederkommen?«

»Ja.«

»Hast du geglaubt, wenn du sie nicht anzeigst, dann würden sie nicht wiederkommen? Hast du dir das eingeredet?«

»Nein.«

»Was dann?«

Sie schweigt.

»Lucy, es könnte so einfach sein. Schließ die Hundepension. Mach es gleich. Schließ das Haus ab, bezahle Petrus dafür, es zu bewachen. Nimm für sechs Monate oder ein Jahr Urlaub, bis sich die Lage in diesem Land verbessert hat. Geh nach Europa. Geh nach Holland. Ich bezahle es. Wenn du zurückkommst, kannst du Bilanz ziehen, einen neuen Anfang machen.«

»Wenn ich jetzt fortgehe, David, dann komme ich nicht zurück. Vielen Dank für dein Angebot, aber es funktioniert nicht. Du kannst nichts vorschlagen, was ich nicht selbst schon hundertmal erwogen habe.«

»Was schlägst du also vor?«

»Ich weiß nicht. Aber wozu ich mich auch entschließe, es soll mein eigener Entschluß sein, zu dem ich nicht gedrängt sein will. Es gibt Dinge, die du einfach nicht verstehst.«

»Was verstehe ich nicht?«

»Zunächst mal verstehst du nicht, was mir an diesem Tag zugestoßen ist. Du machst dir Sorgen um mich, und das weiß ich zu schätzen, du glaubst, du verstündest, aber letztendlich verstehst du nicht. Weil du nicht kannst.«

Er nimmt das Gas weg und fährt von der Straße herunter. »Mach das nicht«, sagt Lucy. »Nicht hier. Das ist ein schlechtes Wegstück, zu gefährlich, hier anzuhalten.«

Er beschleunigt. »Im Gegenteil, ich verstehe nur zu gut«, sagt er. »Ich will das Wort aussprechen, das wir bisher gemieden haben. Du bist vergewaltigt worden. Mehrfach. Von drei Männern.«

»Und?«

»Du hattest Angst um dein Leben. Du hattest Angst, daß sie dich töten würden, nachdem sie dich mißbraucht hatten. Beseitigen würden. Weil du ihnen nichts bedeutet hast.«

»Und?« Ihre Stimme kommt jetzt als Flüstern.

»Und ich habe nichts getan. Ich habe dich nicht gerettet.«

Das ist sein eigenes Geständnis.

Ihre Hand wischt das ungeduldig weg. »Gib dir keine Schuld, David. Keiner konnte von dir verlangen, daß du mich rettest. Wenn sie eine Woche früher gekommen wären, wäre ich allein im Haus gewesen. Aber du hast recht, ich habe ihnen nichts bedeutet, nichts. Ich konnte es spüren.«

Wieder eine Pause. »Ich glaube, daß sie es nicht zum erstenmal getan haben«, fährt sie fort, und ihre Stimme ist jetzt fester. »Wenigstens die beiden Älteren. Ich glaube, daß sie zuerst und vor allem Vergewaltiger sind. Das Stehlen von Sachen geschieht nur zufällig. Eine Nebenbeschäftigung. Ich glaube, daß sie gewohnheitsmäßig vergewaltigen.«

»Denkst du, daß sie wiederkommen werden?«

»Ich denke, daß ich in ihrem Territorium bin. Sie haben mich gezeichnet. Sie werden wieder zu mir kommen.«

»Dann kannst du auf keinen Fall bleiben.«

»Warum nicht?«

»Weil das eine Einladung an sie wäre, wiederzukommen.«

Sie brütet eine lange Weile vor sich hin, ehe sie antwortet. »Aber kann man das nicht auch anders betrachten, David? Wenn das ... wenn *das* nun der Preis ist, den man dafür zahlen muß, bleiben zu dürfen? Vielleicht sehen sie das so; vielleicht sollte ich das auch so sehen. Sie glauben, daß ich ihnen etwas schulde. Sie sehen sich als Schuldeneintreiber, Steuereintreiber. Warum soll ich hier leben dürfen, ohne zu zahlen? Vielleicht reden sie sich das ein.«

»Ich bin sicher, daß sie sich vieles einreden. Es liegt in ihrem Interesse, Geschichten zu erfinden, die ihr Tun rechtfertigen. Aber vertraue auf dein Gefühl. Du hast gesagt, es war nur Haß, was du bei ihnen gespürt hast.«

»Haß ... Wenn es um Männer und Sex geht, David, da überrascht mich nichts mehr. Vielleicht finden Männer Sex aufregender, wenn sie die Frau hassen. Du bist ein Mann, du solltest es wissen. Wenn du Sex mit einer Unbekannten hast – wenn du sie packst, sie unter dir festhältst, dein ganzes Gewicht auf sie legst – ist das nicht ein wenig wie Töten? Das Messer hineinstoßen; wie aufregend, wenn man danach den blutbefleckten Körper zurückläßt – ist das nicht ein Gefühl wie beim Morden, wie ungestraft morden zu können?«

Du bist ein Mann, du solltest es wissen – spricht man so zu seinem Vater? Sind sie und er auf derselben Seite?

»Vielleicht«, sagt er. »Manchmal. Für manche Männer.« Und dann schnell, ohne zu überlegen: »War es bei beiden gleich? Wie ein Kampf mit dem Tod?«

»Sie feuern sich gegenseitig an. Deshalb machen sie es wahrscheinlich zusammen. Wie Hunde im Rudel.«

»Und der dritte, der Junge?«

»Er war dabei, um zu lernen.«

Sie sind am Schild mit den Farnpalmen vorübergefahren. Die Zeit ist fast um.

»Wenn es Weiße gewesen wären, würdest du nicht so über sie sprechen«, sagt er. »Wenn es zum Beispiel weiße Schläger aus Despatch gewesen wären.«

»Ach ja?«

»Ja. Ich mache dir keinen Vorwurf, darum geht es nicht. Aber das ist etwas Neues, wovon du hier sprichst. Sklaverei. Sie wollen dich als ihre Sklavin.«

»Nicht Sklaverei. Unterwerfung. Unterjochung.«

Er schüttelt den Kopf. »Das ist zuviel, Lucy. Verkaufe. Verkaufe die Farm an Petrus und komm weg von hier.«

»Nein.«

Hier ist Schluß mit der Unterhaltung. Aber Lucys Worte klingen in seinem Kopf nach. *Blutbefleckter Körper.* Was meint sie damit? Hatte er doch recht, als er von einem blutbesudelten Bett träumte, von einem Blutbad?

Sie vergewaltigen gewohnheitsmäßig. Er stellt sich die drei Besucher vor, wie sie in dem nicht zu alten Toyota wegfahren, auf dem Rücksitz stapeln sich die Haushaltwaren, ihre Schwänze, ihre Waffen, stecken warm und befriedigt zwischen ihren Beinen – *zufrieden schnurrend:* – dieses Wort fällt ihm ein. Sie mußten allen erdenklichen Grund haben, mit ihrer an diesem Nachmittag geleisteten Arbeit zufrieden zu sein; ihr Beruf muß sie glücklich gestimmt haben.

Ihm fällt ein, daß er als Kind über das Wort *rape (Vergewaltigung)* in Zeitungsberichten nachgedacht und herauszufinden versucht hat, was es genau bedeutet, daß er sich gewundert hat, was der Buchstabe *p*, sonst so freundlich, in der Mitte eines Wortes zu suchen hat, das zu abscheulich ist, um es laut auszusprechen. In einem Kunstbuch in der Bibliothek gab es ein Gemälde mit dem Titel *The Rape of the Sabine Women* (unter dem verharmlosenden Titel *Der Raub der Sabinerinnen* bekannt): Reiter in knapper römischer Rüstung, Frauen in durchsichtigen Schleiern, die ihre Arme in die Luft warfen und jammerten. Was hatten diese gestellten Posen mit dem zu tun, was er sich unter Vergewaltigung vorstellte: der Mann lag auf der Frau und drang gewaltsam in sie ein?

Er denkt an Byron. Unter den Legionen von Gräfinnen und Küchenmädchen, in die Byron eingedrungen war, gab es ohne Zweifel jene, die es Vergewaltigung nannten. Aber sicher hatte keine Grund zu fürchten, daß die Angelegenheit damit enden würde, daß ihr die Kehle durchgeschnitten würde. Von seinem jetzigen Standpunkt aus, von Lucys Standpunkt aus, wirkt Byron wirklich sehr altmodisch.

Lucy hat Angst ausgestanden, beinahe Todesangst. Ihre Stimme versagte, sie konnte nicht atmen, ihre Glieder waren wie gelähmt. *Das geschieht nicht wirklich*, hat sie sich gesagt, als die Männer sie unter sich zwangen; *es ist bloß ein Traum, ein Alptraum*. Während die Männer ihrerseits ihre Angst genossen, sich daran ergötzten, alles taten, um sie zu verletzen, sie zu bedrohen, ihr Entsetzen zu steigern.

Ruf deine Hunde! sagten sie zu ihr. *Los, ruf deine Hunde! Keine Hunde da? Dann sollst du mal richtige Hunde erleben!*

Sie verstehen nicht, Sie sind nicht dabei gewesen, sagt Bev Shaw. Nun, sie irrt sich. Lucy hat richtig vermutet: er versteht doch; er kann, wenn er sich konzentriert, wenn er sich versenkt, dabei sein, er kann sich in die Männer versetzen, sie bewohnen, sie mit dem Geist seiner selbst ausfüllen. Die Frage ist, hat er es in sich, sich in die Frau zu versetzen?

Aus der Einsamkeit seines Zimmers schreibt er seiner Tochter einen Brief:

»Liebste Lucy, mit unendlicher Liebe muß ich das folgende sagen. Du bist kurz davor, einen gefährlichen Fehler zu begehen. Du willst Dich vor der Geschichte demütigen. Aber die Straße, die Du einschlägst, ist die falsche. Deine Ehre wird Dir geraubt werden; Du wirst nicht mit Dir leben können. Ich beschwöre Dich, höre auf mich.

Dein Vater.«

Eine halbe Stunde später wird ein Briefumschlag unter seiner Tür durchgeschoben. »Lieber David, Du hast mir nicht zugehört. Ich bin nicht der Mensch, den Du kennst. Ich bin ein toter Mensch, und ich weiß noch nicht, was mich wieder ins Leben zurückführen wird. Ich weiß nur, daß ich nicht fortgehen kann.

Du begreifst das nicht, und ich weiß nicht, was ich noch tun soll, damit Du es begreifst. Es ist, als hättest Du freiwillig beschlossen, in einer Ecke zu sitzen, wo die Sonnenstrahlen nicht hindringen. Für mich verhältst Du Dich wie einer der drei Affen, der mit den Pfoten über den Augen.

Ja, der Weg, den ich gehe, ist vielleicht der falsche. Aber wenn ich jetzt die Farm verlasse, gehe ich als

Gescheiterte und werde dieses Scheitern für den Rest meines Lebens schmecken.

Ich kann nicht ewig Kind bleiben. Du kannst nicht ewig Vater bleiben. Ich weiß, daß Du mir helfen willst, aber Du bist nicht der Führer, den ich brauche, nicht jetzt.

Deine Lucy.«

Das schreiben sie einander; das ist Lucys letztes Wort.

Das Geschäft des Hundetötens ist für heute vorbei, die schwarzen Säcke sind an der Tür übereinandergestapelt, jeder enthält einen Körper und eine Seele. Er und Bev Shaw umarmen sich auf dem Fußboden des Behandlungszimmers. In einer halben Stunde wird Bev zu ihrem Bill zurückkehren, und er wird die Säcke aufladen.

»Du hast mir nie von deiner ersten Frau erzählt«, sagt Bev Shaw. »Lucy erzählt auch nichts von ihr.«

»Lucys Mutter war eine Holländerin. Das muß sie dir erzählt haben. Evelina. Evie. Nach der Scheidung ist sie nach Holland zurückgekehrt. Später hat sie wieder geheiratet. Lucy ist mit dem Stiefvater nicht gut ausgekommen. Sie hat darum gebeten, nach Südafrika zurückkehren zu dürfen.«

»Sie hat also dich gewählt.«

»Gewissermaßen. Sie hat auch eine bestimmte Umgebung, einen bestimmten Horizont gewählt. Jetzt versuche ich, sie zu bewegen, wieder fortzugehen, wenn auch nur für eine gewisse Zeit. Sie hat Verwandte in Holland, Freunde. Holland ist vielleicht nicht der aufregendste Aufenthaltsort, aber es gebiert wenigstens keine Alpträume.«

»Und?«

Er zuckt mit den Schultern. »Lucy ist momentan nicht

geneigt, auf irgendeinen Rat, den ich gebe, zu hören. Sie sagt, daß ich kein guter Führer bin.«

»Aber du bist Lehrer gewesen.«

»Nur ganz zufällig. Der Lehrerberuf war mir nie eine Berufung. Ganz gewiß habe ich nie danach gestrebt, die Menschen zu belehren, wie man leben soll. Ich war, was man früher einen Gelehrten nannte. Ich habe Bücher über tote Leute geschrieben. Das war mir ein Herzensanliegen. Ich habe den Lehrberuf nur als Broterwerb gesehen.«

Sie wartet auf mehr, aber er ist nicht in der Stimmung, weiterzureden.

Die Sonne ist im Untergehen begriffen, es wird kalt. Sie haben nicht miteinander geschlafen; sie haben praktisch aufgehört vorzugeben, daß es das ist, was sie zusammen machen.

In seinem Kopf holt Byron, allein auf der Bühne, tief Luft, um zu singen. Er ist kurz vor seiner Abreise nach Griechenland. Mit fünfunddreißig Jahren hat er angefangen zu verstehen, daß das Leben kostbar ist.

Sunt lacrimae rerum, et mentem mortalia tangunt – das werden Byrons Worte sein, da ist er sicher. Und die Musik, die schwebt irgendwo am Horizont, sie hat sich noch nicht eingestellt.

»Du mußt dir keine Sorgen machen«, sagt Bev Shaw. Ihr Kopf ruht an seiner Brust – vermutlich kann sie sein Herz hören, dessen Schlag sich der Hexameter anpaßt. »Bill und ich werden uns um sie kümmern. Wir werden oft zur Farm hinausfahren. Und auch Petrus ist noch da. Petrus wird ein Auge auf sie haben.«

»Der väterliche Petrus.«

»Ja.«

»Lucy sagt, ich kann nicht ewig Vater bleiben. Ich kann

mir nicht vorstellen, in diesem Leben nicht Lucys Vater zu sein.«

Sie fährt mit den Fingern durch seine Haarstoppeln. »Es wird alles gut«, flüstert sie. »Du wirst schon sehen.«

19. Kapitel

Das Haus gehört zu einer Siedlung, die vor fünfzehn oder zwanzig Jahren, als sie neu war, ziemlich trist gewesen sein muß, die aber inzwischen verbessert wurde durch Rasenwege, Bäume und Kletterpflanzen, die sich über die Mauern ranken. Rustholme Crescent Nr. 8 hat eine lackierte Gartenpforte und eine Sprechanlage.

Er drückt auf den Klingelknopf. Eine junge Stimme spricht: »Hallo?«

»Ich möchte zu Mr. Isaacs. Mein Name ist Lurie.«

»Er ist noch nicht zu Hause.«

»Wann kommt er denn?«

»Jetzt – jetzt.« Ein Summen; das Schloß schnappt auf; er stößt die Pforte auf.

Der Weg führt zur Eingangstür, wo ein schlankes Mädchen steht und ihn beobachtet. Sie hat die Schuluniform an: marineblauer Kittel, weiße Kniestrümpfe, Bluse mit offenem Kragen. Sie hat Melanies Augen, Melanies breite Backenknochen, Melanies dunkles Haar; sie ist, wenn möglich, noch schöner. Die jüngere Schwester, von der Melanie gesprochen hat, an deren Namen er sich im Moment nicht erinnern kann.

»Guten Tag. Wann wird dein Vater voraussichtlich nach Hause kommen?«

»Die Schule ist um drei zu Ende, aber er bleibt meist länger. Sie können ruhig hereinkommen.«

Sie hält ihm die Tür auf und macht sich dünn, während

er vorbeigeht. Sie ißt ein Stück Kuchen, das sie geziert zwischen zwei Fingern hält. Auf ihrer Oberlippe sind Krümel. Es drängt ihn, sie wegzuwischen; im gleichen Augenblick überflutet ihn heiß die Erinnerung an ihre Schwester. *Gott hilf mir,* denkt er – *was mache ich hier?*

»Setzen Sie sich doch, wenn Sie möchten.«

Er setzt sich. Das Mobiliar glänzt, das Zimmer ist bedrückend aufgeräumt.

»Wie heißt du?« fragt er.

»Desiree.«

Desiree, jetzt fällt es ihm wieder ein. Melanie, die Erstgeborene, die Dunkle, dann Desiree, die Ersehnte. Ihr einen solchen Namen zu geben heißt wahrlich die Götter versuchen!

»Ich heiße David Lurie.« Er beobachtet sie genau, aber sie gibt kein Zeichen des Wiedererkennens. »Ich komme aus Kapstadt.«

»Meine Schwester ist in Kapstadt. Sie ist Studentin.«

Er nickt. Er sagt nicht, ich kenne deine Schwester, kenne sie gut. Aber er denkt: Frucht vom selben Stamm, wahrscheinlich bis zur kleinsten Einzelheit. Aber auch mit Unterschieden: das Blut fließt verschieden schnell, der Grad der Leidenschaftlichkeit ist verschieden. Mit den beiden im Bett – das wäre ein königliches Erlebnis.

Er fröstelt, schaut auf die Uhr. »Weißt du was, Desiree? Ich glaube, ich werde deinen Vater in der Schule abpassen, wenn du mir sagst, wie ich dort hinkomme.«

Die Schule ist im selben Stil errichtet wie die Siedlung: ein flaches Gebäude mit Verblendsteinen und Stahlfenstern und einem Asbestdach, mitten auf einem staubigen mit Stacheldraht umzäunten viereckigen Platz. F. S.

MARAIS steht über der einen Säule am Eingang, MITTELSCHULE steht über der anderen.

Das Schulgelände ist leer. Er geht herum, bis er auf ein Schild stößt, das BÜRO verkündet. Drinnen sitzt eine mollige Sekretärin mittleren Alters und bearbeitet ihre Fingernägel. »Ich möchte zu Mr. Isaacs«, sagt er.

»Mr. Isaacs!« ruft sie. »Ein Besucher für Sie!« Sie wendet sich an ihn. »Gehen Sie einfach hinein.«

Hinter seinem Schreibtisch erhebt sich Isaacs halb vom Stuhl, hält inne, betrachtet ihn erstaunt.

»Erinnern Sie sich noch an mich? David Lurie, aus Kapstadt.«

»Oh«, sagt Isaacs und setzt sich wieder. Er trägt denselben übergroßen Anzug; der Hals verschwindet im Jackett, aus dem er herausschaut wie ein scharfschnäbliger Vogel aus einem Sack. Die Fenster sind geschlossen, ein abgestandener Rauchgeruch hängt in der Luft.

»Wenn Sie mich nicht sehen wollen, gehe ich sofort wieder«, sagt er.

»Nein«, sagt Isaacs. »Setzen Sie sich. Ich kontrolliere nur die Anwesenheit der Schüler. Darf ich das zu Ende bringen?«

»Bitte.«

Auf dem Schreibtisch steht ein gerahmtes Bild. Von seinem Platz aus kann er es nicht sehen, aber er weiß, was darauf ist: Melanie und Desiree, seine Lieblinge, zusammen mit der Mutter, die sie geboren hat.

»So«, sagt Isaacs und schließt das letzte Klassenbuch. »Was verschafft mir das Vergnügen?«

Er hatte erwartet, daß er verkrampft sein würde, aber nun stellt er fest, daß er vollkommen ruhig ist.

»Nachdem Melanie ihre Beschwerde eingereicht hatte«,

sagt er, »führte die Universität eine amtliche Untersuchung durch, in deren Ergebnis ich von meinem Posten zurücktrat. So ist das verlaufen; das muß Ihnen bekannt sein.«

Isaacs starrt ihn forschend an, äußert sich nicht.

»Seitdem bin ich beschäftigungslos. Ich bin heute durch George gekommen, und da habe ich mir gedacht, ich könnte die Fahrt hier unterbrechen und mit Ihnen reden. Unser letztes Zusammentreffen ist mir als ... erregt in Erinnerung geblieben. Doch ich habe gedacht, ich schaue trotzdem vorbei und sage, was ich auf dem Herzen habe.«

Soweit stimmt das. Er möchte sein Herz erleichtern. Fragt sich nur, was er auf dem Herzen hat.

Isaacs hat einen billigen Kugelschreiber in der Hand. Er fährt mit den Fingern am Stift hinunter, dreht ihn um, fährt mit den Fingern am Stift hinunter, wieder und wieder, mit einer Bewegung, die eher mechanisch als ungeduldig ist.

Er fährt fort. »Sie haben Melanies Version der Geschichte gehört. Ich würde Ihnen gern meine Version geben, wenn Sie bereit sind, sie anzuhören.

Es begann ohne Vorsatz meinerseits. Es begann als Abenteuer, eins von den spontanen kleinen Abenteuern, die gewisse Männer haben, die ich habe, die mich in Form halten. Entschuldigen Sie, wenn ich mich so ausdrücke. Ich versuche, ehrlich zu sein.

In Melanies Fall geschah aber etwas Unerwartetes. Ich stelle es mir als Feuer vor. Sie hat in mir ein Feuer entfacht.«

Er macht eine Pause. Der Stift tanzt weiter. *Ein spontanes kleines Abenteuer. Gewisse Männer.* Ob der Mann hinter dem Schreibtisch Abenteuer hat? Je öfter er ihn sieht, desto mehr bezweifelt er es. Es würde ihn nicht wundern, wenn Isaacs irgendein Kirchenamt innehätte, als Diakon oder Meßdiener, was das auch sein mag.

»Ein Feuer: was ist daran bemerkenswert? Wenn ein Feuer verlischt, zündet man ein Streichholz an und entfacht ein neues. So habe ich früher gedacht. Aber in alten Zeiten verehrten die Menschen das Feuer. Sie überlegten es sich gut, ehe sie eine Flamme verlöschen ließen, einen Flammengott. Diese Art Flamme hat Ihre Tochter in mir entzündet. Nicht heiß genug, um mich zu verzehren, aber echt – echtes Feuer.«

Gebrannt – verbrannt – ausgebrannt.

Der Stift bewegt sich nicht mehr. »Mr. Lurie«, sagt der Vater des Mädchens, und auf seinem Gesicht ist ein verzerrtes, qualvolles Lächeln, »ich frage mich, was Sie um Gottes willen bezwecken, wenn Sie in meine Schule kommen und mir Geschichten erzählen –«

»Entschuldigen Sie, es ist ungeheuerlich, ich weiß. Das ist alles. Mehr wollte ich nicht sagen, zu meiner Verteidigung. Wie geht es Melanie?«

»Melanie geht es gut, wenn Sie schon nach ihr fragen. Sie ruft jede Woche an. Sie hat ihr Studium wiederaufgenommen, man hat eine Sonderregelung für sie gefunden, sicher können Sie das verstehen, unter den Umständen. In ihrer Freizeit macht sie weiter bei der Theatertruppe mit, erfolgreich. Melanie geht es also gut. Und wie steht's mit Ihnen? Was sind Ihre Pläne, da Sie nun aus dem Lehramt ausgeschieden sind?«

»Auch ich habe eine Tochter, das wird Sie interessieren. Sie hat eine Farm; voraussichtlich werde ich eine gewisse Zeit bei ihr sein und aushelfen. Ich habe auch ein Buch fertigzustellen, so etwas wie ein Buch. So oder so werde ich mich beschäftigen.«

Er hält inne. Isaacs betrachtet ihn mit durchdringender Aufmerksamkeit, so kommt es ihm jedenfalls vor.

»So«, sagt Isaacs leise, und die Worte kommen wie ein Seufzer von seinen Lippen: »Wie sind die Mächtigen gefallen!«

Gefallen? Ja, es hat einen Fall gegeben, daran gibt es keinen Zweifel. Aber *die Mächtigen*? Trifft *mächtig* auf ihn zu? Er hält sich selbst für unbedeutend und immer unbedeutender werdend. Eine Gestalt vom Rande der Geschichte.

»Vielleicht tut es uns gut«, sagt er, »hin und wieder einen Fall zu tun. Solange wir nicht daran zerbrechen.«

»Gut. Gut. Gut«, sagt Isaacs, der ihn immer noch mit diesem bohrenden Blick ansieht. Zum erstenmal bemerkt er eine Spur von Melanie in ihm: eine gewisse Wohlgeformtheit des Mundes und der Lippen. Auf eine Eingebung hin streckt er die Hand über den Schreibtisch und versucht, dem Mann die Hand zu schütteln, was schließlich damit endet, daß er den Handrücken streichelt. Kühle, unbehaarte Haut.

»Mr. Lurie«, sagt Isaacs, »möchten Sie mir noch etwas sagen, abgesehen von der Geschichte über Sie und Melanie? Sie erwähnten, daß Sie etwas auf dem Herzen hätten.«

»Auf dem Herzen? Nein. Nein, ich habe nur vorbeigeschaut, um mich zu erkundigen, wie es Melanie geht.« Er steht auf. »Vielen Dank, daß Sie mich empfangen haben, ich weiß es zu schätzen.« Er streckt die Hand aus, diesmal geradezu. »Auf Wiedersehen.«

»Auf Wiedersehen.«

Er ist an der Tür – er ist tatsächlich schon im Vorzimmer, das jetzt leer ist –, als Issacs ruft: »Mr. Lurie! Einen Moment!«

Er geht zurück.

»Was haben Sie heute abend vor?«

»Heute abend? Ich habe ein Hotelzimmer genommen. Ich habe nichts vor.«

»Kommen Sie doch und essen Sie mit uns. Kommen Sie zum Abendessen.«

»Ich glaube kaum, daß Ihre Frau glücklich darüber wäre.«

»Vielleicht. Vielleicht auch nicht. Kommen Sie trotzdem. Brechen Sie das Brot mit uns. Wir essen um sieben. Ich werde Ihnen die Adresse aufschreiben.«

»Nicht nötig. Ich bin schon bei Ihnen zu Hause gewesen und habe Ihre Tochter angetroffen. Sie hat mir den Weg hierher gezeigt.«

Isaacs zuckt mit keiner Wimper. »Gut«, sagt er.

Isaacs öffnet ihm die Haustür selbst. »Treten Sie ein, treten Sie ein«, sagt er und führt ihn ins Wohnzimmer. Von der Frau ist nichts zu sehen, auch von der jüngeren Tochter nicht.

»Ich habe Ihnen etwas mitgebracht«, sagt er und hält ihm eine Flasche Wein hin.

Isaacs dankt ihm, scheint aber unschlüssig, was er mit dem Wein machen soll. »Darf ich Ihnen etwas einschenken? Ich gehe ihn nur öffnen.« Er verläßt das Zimmer; man hört es in der Küche flüstern. Er kehrt zurück. »Wir haben offenbar den Korkenzieher verlegt. Aber Dezzy wird einen bei den Nachbarn borgen.«

Sie sind Abstinenzler, das ist klar. Er hätte es sich

denken können. Ein strenger, kleinbürgerlicher Haushalt, sparsam, vorsichtig. Das Auto gewaschen, der Rasen gemäht, Ersparnisse auf der Bank. Alles, was ihnen zur Verfügung steht, darauf konzentriert, ihren zwei kostbaren Töchtern den Weg in die Zukunft zu bahnen: die kluge Melanie mit ihren Theaterambitionen; Desiree, die Schöne.

Er erinnert sich an Melanie, wie sie am ersten Abend ihrer näheren Bekanntschaft neben ihm auf dem Sofa sitzt und den Kaffee mit dem Schuß Whisky darin trinkt, der sie – das Wort kommt zögernd – *schmieren* sollte. Ihr niedlicher Körper; ihre sexy Kleidung; ihre vor Erregung glänzenden Augen. So wagt sie sich in den Wald, wo der böse Wolf lauert.

Desiree, die Schöne, kommt mit der Flasche und einem Korkenzieher. Als sie herankommt, zögert sie einen Moment, weil ihr einfällt, daß eine Begrüßung erforderlich ist. »Papa?« murmelt sie und wirkt leicht verlegen, als sie die Flasche hinhält.

Na also: sie hat mitbekommen, wer er ist. Sie haben über ihn gesprochen, haben vielleicht eine kleine Auseinandersetzung seinetwegen gehabt – er ist der unerwünschte Besucher, der Mann, dessen Name Finsternis bedeutet.

Ihr Vater hält ihre Hand in seiner fest. »Desiree«, sagt er, »das ist Mr. Lurie.«

»Hallo, Desiree.«

Das Haar, hinter dem ihr Gesicht verborgen war, wird zurückgeworfen. Sie erwidert seinen Blick, noch immer verlegen, aber nun, da sie unter dem Schutz ihres Vaters ist, gefaßter. »Hallo«, murmelt sie; und er denkt: *Mein Gott, mein Gott!*

Und sie kann ihrerseits nicht vor ihm verbergen, was

ihr durch den Kopf geht: *Also das ist der Mann, mit dem meine Schwester nackt zusammengewesen ist! Das ist also der Mann, mit dem sie es getan hat! Dieser alte Mann!*

Es gibt ein separates kleines Eßzimmer mit einer Durchreiche zur Küche. Vier Plätze sind mit dem besten Besteck gedeckt; Kerzen brennen. »Setzen Sie sich, setzen Sie sich!« sagt Isaacs. Von seiner Frau ist immer noch nichts zu sehen. »Entschuldigen Sie mich einen Moment.« Isaacs verschwindet in der Küche. Er bleibt mit Desiree ihm gegenüber am Tisch zurück. Sie läßt den Kopf hängen, nicht mehr so mutig.

Dann kommen sie, die Eltern kommen gemeinsam herein. Er erhebt sich. »Sie haben meine Frau noch nicht kennengelernt. Doreen, unser Gast, Mr. Lurie.«

»Haben Sie vielen Dank, daß Sie mich eingeladen haben, Mrs. Isaacs.«

Mrs. Isaacs ist eine kleine Frau, in ihren mittleren Jahren rundlich geworden, mit krummen Beinen, die ihr einen leicht schaukelnden Gang verschaffen. Aber er sieht, woher die Schwestern ihr Aussehen haben. Zu ihrer Zeit muß sie eine richtige Schönheit gewesen sein.

Ihr Gesichtsausdruck bleibt frostig, sie sieht ihn nicht an, aber sie nickt ganz leicht. Gehorsam; eine gute Frau und Gehilfin. *Und sie werden sein ein Fleisch.* Werden die Töchter nach ihr geraten?

»Desiree«, befiehlt sie, »komm und trag mit auf.«

Dankbar rutscht das Kind hastig vom Stuhl.

»Mr. Isaacs, ich bringe nur Aufregung in Ihr Heim«, sagt er. »Es war freundlich von Ihnen, mich einzuladen, ich bin dankbar dafür, aber es ist besser, wenn ich gehe.«

Zu seinem Erstaunen zeigt Isaacs ein Lächeln, in das sich eine gewisse Fröhlichkeit mischt. »Setzen Sie sich, setzen Sie sich! Wir kommen schon zurecht! Wir schaffen das!« Er lehnt sich herüber. »Sie müssen tapfer sein!«

Dann sind Desiree und ihre Mutter wieder da und tragen die Gerichte auf: Hühnerfleisch in einem brodelnden Tomateneintopf, der nach Ingwer und Kreuzkümmel duftet, Reis und eine Reihe von Salaten und Pickles. Genau die Art Essen, die er bei Lucy am meisten vermißt hat.

Die Flasche Wein wird vor ihn hingestellt und ein einzelnes Weinglas.

»Bin ich der einzige, der Wein trinkt?« fragt er.

»Bitte«, sagt Isaacs. »Bedienen Sie sich.«

Er schenkt sich ein Glas ein. Süße Weine mag er nicht, aber er hat die Spätlese gekauft, weil er angenommen hat, das sei ihr Geschmack. Pech für ihn.

Das Gebet muß noch durchgestanden werden. Die Isaacs fassen sich bei den Händen; es bleibt ihm nichts anderes übrig, als auch die Hände auszustrecken, links dem Vater des Mädchens entgegen, rechts der Mutter. »Alle guten Gaben, alles, was wir haben, kommt o Herr von Dir. Dank sei Dir dafür!« sagt Isaacs. »Amen« sagen seine Frau und Tochter; und er, David Lurie, murmelt ebenfalls »Amen« und läßt die beiden Hände fahren, die des Vaters kühl wie Seide, die der Mutter klein, fleischig, warm vom Arbeiten.

Mrs. Isaacs teilt aus. »Vorsicht, es ist heiß«, sagt sie, als sie ihm den Teller reicht. Das sind ihre einzigen Worte an ihn.

Während der Mahlzeit versucht er, ein guter Gast zu sein, sie zu unterhalten, die Gesprächspausen zu füllen. Er erzählt von Lucy, von der Hundepension, von ihrer Imkerei und ihren Gartenbau-Vorhaben, von seiner samstäglichen Aushilfe auf dem Markt. Er verharmlost den Überfall, erwähnt nur den Diebstahl seines Autos. Er erzählt vom Tierschutzbund, aber nicht von der Verbrennungsanlage auf dem Krankenhausgelände oder seinen heimlichen Nachmittagen mit Bev Shaw.

So zusammengeflickt entfaltet sich die Geschichte ohne dunkle Schatten. Das Landleben in all seiner idiotischen Schlichtheit. Wie er sich wünscht, daß es wahr wäre! Er ist der dunklen Schatten müde, der Komplikationen, der komplizierten Menschen. Er liebt seine Tochter, aber es gibt Zeiten, wo er sich wünscht, daß sie ein einfacherer Mensch wäre – einfacher, eleganter. Ihr Vergewaltiger, der Anführer der Gang, war so. Wie eine Klinge, die den Wind zerteilt.

Er hat eine Vision von sich, auf einem Operationstisch ausgestreckt liegend. Ein Skalpell blitzt; von der Kehle bis zur Leistengegend ist er geöffnet; er sieht alles, spürt aber keinen Schmerz. Ein Chirurg, bärtig, beugt sich über ihn, runzelt die Stirn. *Was soll das ganze Zeug?* brummt der Chirurg. Er piekst die Gallenblase an. *Was ist das?* Er schneidet sie heraus, wirft sie beiseite. Er piekst das Herz an. *Was ist das?*

»Ihre Tochter – bewirtschaftet sie die Farm ganz allein?« fragt Isaacs.

»Sie hat einen Mann, der manchmal hilft. Petrus. Ein Afrikaner.« Und er erzählt von Petrus, dem soliden, verläßlichen Petrus mit seinen beiden Frauen und seinen moderaten Plänen.

Er hat weniger Hunger, als er zu haben glaubte. Die Unterhaltung versickert, aber irgendwie bringen sie die Mahlzeit hinter sich. Desiree entschuldigt sich, verschwindet, um ihre Hausaufgaben zu erledigen. Mrs. Isaacs räumt den Tisch ab.

»Ich sollte jetzt gehen«, sagt er. »Morgen muß ich früh aufbrechen.«

»Warten Sie, bleiben Sie noch einen Augenblick«, sagt Isaacs.

Sie sind allein. Er kann nicht mehr ausweichen.

»Zu Melanie«, sagt er.

»Ja?«

»Gestatten Sie mir noch ein Wort, dann habe ich alles gesagt. Es hätte anders kommen können, glaube ich, zwischen uns beiden, trotz des Altersunterschieds. Aber ich konnte ihr irgend etwas nicht geben, etwas« – er sucht nach dem Wort – »Poetisches. Ich habe zu wenig Poesie. Ich bin zu versiert in der Liebe. Selbst wenn ich brenne, singe ich nicht, wenn Sie verstehen, was ich sagen will. Das tut mir leid. Es tut mir leid, daß ich Ihrer Tochter so viel zugemutet habe. Sie haben eine wunderbare Familie. Ich entschuldige mich für den Kummer, den ich Ihnen und Mrs. Isaacs verursacht habe. Ich bitte Sie um Verzeihung.«

Wunderbare Familie ist nicht der richtige Ausdruck. Besser wäre *Vorzeigefamilie.*

»So«, sagt Isaacs, »nun haben Sie sich doch noch entschuldigt. Ich habe mich schon gefragt, wann das geschehen würde.« Er denkt nach. Er hat sich nicht wieder gesetzt; jetzt fängt er an, auf und ab zu gehen. »Es tut Ihnen leid. Sie haben zu wenig Poesie, sagen Sie. Wenn Sie mehr Poesie gehabt hätten, dann wären wir heute nicht da, wo wir sind. Aber ich sage mir, es tut uns allen leid, wenn man uns auf die Schliche kommt. Dann tut es uns sehr leid. Es geht nicht darum, ob es uns leid tut. Es geht darum, was wir daraus gelernt haben. Es geht darum, was wir jetzt anfangen, wo es uns leid tut.«

Er will etwas sagen, aber Isaacs hebt eine Hand. »Darf ich das Wort *Gott* vor Ihren Ohren aussprechen? Sie gehören doch nicht zu den Leuten, die sich aufregen, wenn sie Gottes Namen hören? Es geht darum, was Gott von Ihnen will, außer daß es Ihnen sehr leid tut. Haben Sie eine Ahnung, Mr. Lurie?«

Obwohl ihn Isaacs sprunghafte Art irritiert, versucht er, seine Worte mit Bedacht zu wählen. »Normalerweise würde ich antworten«, sagt er, »daß man ab einem gewissen Alter nichts mehr hinzulernen kann. Man kann nur immer wieder bestraft werden. Aber vielleicht stimmt das nicht, jedenfalls nicht immer. Ich warte es ab. Und was Gott angeht, ich bin kein gläubiger Mensch, deshalb muß ich mir, was Sie Gott und Gottes Willen nennen, in meine Sprache übersetzen. In meiner Sprache heißt das, ich werde bestraft für das, was zwischen mir und Ihrer Tochter vorgefallen ist. Ich stecke tief in Schande, und es wird nicht leicht sein, mich davon zu befreien. Die Strafe habe ich auf mich genommen. Ich murre nicht. Im Gegenteil, ich lebe tagtäglich damit und versuche, das Leben mit der Schande als meine Daseinsform zu akzeptieren. Reicht das für Gott, was meinen Sie, daß ich bis ans Ende meiner Tage in Schande lebe?«

»Ich weiß nicht, Mr. Lurie. Normalerweise würde ich sagen, fragen Sie nicht mich, fragen Sie Gott. Aber da Sie nicht beten, haben Sie keine Möglichkeit, Gott zu fragen. Gott muß also seinen eigenen Weg finden, es Ihnen zu sagen. Warum, glauben Sie, sind Sie hier, Mr. Lurie?«

Er schweigt.

»Ich will es Ihnen sagen. Sie sind durch George gekommen, und da ist Ihnen eingefallen, daß die Familie Ihrer Studentin aus George stammt, und Sie haben sich gesagt: *Warum nicht?* Sie haben es nicht vorgehabt, aber nun sind Sie plötzlich bei uns zu Hause. Das muß Sie überraschen. Habe ich recht?«

»Nicht ganz. Ich habe nicht die Wahrheit gesagt. Es war kein Zufall – ich bin aus einem einzigen Grund nach George gekommen: um mit Ihnen zu reden. Ich habe schon länger daran gedacht.«

»Ja, Sie sind gekommen, um mit mir zu reden, sagen Sie, aber warum mit mir? Es ist leicht, mit mir zu reden, zu leicht. Alle Kinder in meiner Schule wissen das. Bei Isaacs kommt man leicht davon – das sagen sie.« Er lächelt wieder, dasselbe schiefe Lächeln wie schon einmal. »Mit wem wollten Sie also wirklich reden?«

Jetzt ist er sich sicher – er mag diesen Mann nicht, er mag seine Fangfragen nicht.

Er steht auf, tappt durch das leere Eßzimmer und den Korridor entlang. Hinter einer angelehnten Tür dringen leise Stimmen hervor. Er stößt die Tür auf. Auf dem Bett sitzen Desiree und ihre Mutter und sind mit einem Knäuel Wolle beschäftigt. Sie verstummen, überrascht von seinem Auftauchen.

In einer zeremoniellen Handlung läßt er sich auf die Knie nieder und berührt mit der Stirn den Boden.

Ist das genug? denkt er. Wird das ausreichen? Wenn nicht, was soll er noch machen?

Er hebt den Kopf. Die beiden sitzen still da, erstarrt. Er blickt die Mutter an, dann die Tochter, und wieder durchzuckt es ihn, das Verlangen durchzuckt ihn.

Er kommt auf die Füße, ein wenig mühsamer, als ihm lieb ist. »Gute Nacht«, sagt er. »Vielen Dank für die freundliche Aufnahme und Bewirtung.«

Um elf klingelt auf seinem Hotelzimmer das Telefon.

Es ist Isaacs. »Ich rufe Sie an, um Ihnen Kraft für die Zukunft zu wünschen.« Eine Pause. »Eine Frage konnte ich Ihnen bisher nicht stellen, Mr. Lurie. Sie hoffen nicht etwa darauf, daß wir uns für Sie verwenden, bei der Universität?«

»Verwenden?«

»Ja. Damit Sie wieder eingestellt werden, zum Beispiel.«

»Der Gedanke ist mir nie gekommen. Mit der Universität habe ich abgeschlossen.«

»Weil der Weg, auf dem Sie sich befinden, Ihnen von Gott bestimmt wurde. Wir dürfen uns nicht einmischen.«

»Verstanden.«

20. Kapitel

Er kommt auf der N2 nach Kapstadt herein. Er ist nicht einmal drei Monate weg gewesen, doch während dieser Zeit sind die Elendsviertel über die Autostraße hinübergewachsen und haben sich östlich vom Flughafen ausgebreitet. Der Fahrzeugstrom kommt ins Stocken, während ein Kind mit einer Gerte eine verirrte Kuh von der Straße treibt. Unerbittlich kommt das Land in die Stadt, denkt er. Bald gibt es wieder Rinder im Park von Rondebosch; die Geschichte ist dann zum Ausgangspunkt zurückgekehrt.

Da ist er nun wieder daheim. Ein Gefühl des Heimkommens stellt sich nicht ein. Er kann sich nicht vorstellen, daß er wieder im Haus auf der Torrance Road wohnt, im Schatten der Universität, daß er wie ein Verbrecher umherschleicht und langjährige Kollegen meidet. Er wird das Haus wohl verkaufen und in eine Wohnung ziehen müssen, wo es billiger ist.

Seine Finanzsituation ist chaotisch. Seit seiner Abreise hat er keine Rechnung bezahlt. Er lebt auf Kredit; jeden Tag kann jetzt sein Kredit versiegen.

Das Ende des Umherstreifens. Was kommt danach? Er sieht sich, weißhaarig, gebeugt, zum Laden an der Ecke schlurfen, um seinen halben Liter Milch und das halbe Brot zu kaufen; er sieht sich geistesabwesend an einem Schreibtisch in einem Zimmer mit vergilbendem Papier sitzen und darauf warten, daß der Nachmittag verstreicht, damit er sein Abendessen kochen und ins Bett gehen kann. Das Leben eines pensionierten Wissenschaftlers, ohne Hoffnung, ohne Zukunft: ist er bereit, sich damit abzufinden?

Er schließt das Eingangstor auf. Der Garten ist zugewuchert, der Briefkasten vollgestopft mit Handzetteln, Reklame. Obwohl das Haus den heutigen sicherheitstechnischen Anforderungen genügt, hat es doch monatelang leer gestanden – die Hoffnung, daß es nicht heimgesucht wurde, ist unrealistisch. Und in der Tat, sobald er die Tür aufschließt und die Luft riecht, weiß er, daß etwas nicht stimmt. Sein Herz beginnt in schmerzhafter Erregung zu hämmern.

Kein Laut. Wer hiergewesen ist, ist jetzt fort. Aber wie sind sie hereingelangt? Auf Zehenspitzen von Zimmer zu Zimmer gehend, stellt er es bald fest. Die Gitterstäbe vor einem der hinteren Fenster sind aus der Mauer gerissen und umgebogen worden, die Fensterscheiben eingeschlagen, so daß ein Loch entstanden ist, groß genug für ein Kind oder sogar einen kleinen Mann, um hindurchzuklettern. Eine Schicht aus Blättern und Sand, vom Wind hereingeweht, ist auf dem Boden festgebacken.

Er wandert durchs Haus und registriert die Verluste. Sein Schlafzimmer ist geplündert worden, die Schubladen sind gähnend leer. Seine Stereoanlage ist fort, die Tonbänder und Schallplatten, seine Computerausrüstung. Im Arbeitszimmer hat man Schreibtisch und Aktenschrank aufgebrochen; überall sind Papiere verstreut. Die Küche ist gründlich ausgeräumt: Besteck, Geschirr, kleinere Geräte. Sein Alkoholvorrat ist verschwunden. Sogar der Schrank, in dem sich Nahrungsmittel in Büchsen befunden hatten, ist leer.

Kein gewöhnlicher Einbruch. Ein Plünderungskommando ist eingedrungen, hat das Haus leergeräumt, hat – beladen mit Säcken, Kisten und Koffern – den Rückzug angetreten. Beute; Kriegsreparationen; wieder eine Aktion in der großen Umverteilungskampagne. Wer trägt wohl jetzt seine Schuhe? Haben Beethoven und Janáček ein Zuhause gefunden, oder hat man sie auf den Müll geworfen?

Aus dem Bad kommt ein übler Gestank. Eine Taube, im Haus gefangen, hat im Waschbecken ihr Ende gefunden. Mit spitzen Fingern hebt er das Durcheinander von Knochen und Federn in einen Plastiksack und verschließt ihn.

Der Strom ist abgestellt, das Telefon tot. Wenn er nicht etwas unternimmt, wird er die Nacht im Dunkeln verbringen. Aber er ist zu deprimiert, um zu handeln. Soll doch alles zur Hölle fahren, denkt er und sinkt auf einen Stuhl und schließt die Augen.

Als die Dämmerung hereinbricht, rafft er sich auf und verläßt das Haus. Die ersten Sterne sind zu sehen. Durch leere Straßen, durch Gärten, die intensiv nach Zitronenstrauch und Jonquille duften, geht er zum Universitätscampus hinüber.

Er besitzt immer noch die Schlüssel zu seinem Fachbereich, den Kommunikationswissenschaften. Eine gute Stunde, um zu spuken: die Korridore sind leer. Er fährt mit dem Lift zu seinem Zimmer im fünften Stock hoch. Das Namensschild an seiner Tür ist entfernt worden. Das neue Schild lautet: DR S. OTTO. Unter der Tür dringt ein schwacher Lichtschein hervor.

Er klopft. Kein Laut. Er schließt die Tür auf und tritt ein.

Man hat den Raum umgestaltet. Seine Bücher und Bilder sind fort, die Wände sind nun leer bis auf ein Comic-Poster: Superman mit hängendem Kopf, während ihn Lois Lane auszankt.

Hinter dem Computer sitzt in dem trüben Licht ein junger Mann, den er noch nie gesehen hat. Der junge Mann runzelt die Stirn. »Wer sind Sie?« fragt er.

»Ich bin David Lurie.«

»Ja? Und?«

»Ich wollte meine Post abholen. Das war einmal mein Zimmer.« *Früher*, fügt er beinahe hinzu.

»Ach, richtig, David Lurie. Entschuldigen Sie, ich hab nicht geschaltet. Ich habe alles in einen Karton getan. Und noch andere von Ihren Sachen, die ich gefunden habe.« Er deutet mit der Hand. »Dort drüben.«

»Und meine Bücher?«

»Die sind alle unten im Lager.«

Er nimmt den Karton. »Danke«, sagt er.

»Kein Problem«, sagt der junge Dr. Otto. »Schaffen Sie es?«

Er trägt den schweren Karton zur Bibliothek hinüber und will dort seine Post durchsehen. Aber als er an der Schranke ankommt, akzeptiert die Maschine seine Karte nicht mehr. Er muß also seine Post auf einer Bank im Foyer durchsehen.

Er ist zu unruhig zum Schlafen. Im Morgengrauen fährt er in die Berge und begibt sich auf einen langen Spaziergang. Es hat geregnet, die Bäche führen viel Wasser. Er atmet den berauschenden Duft der Pinien. Ab sofort ist er ein freier Mann, Pflichten hat er nur sich selbst gegenüber, keinem sonst. Die Zeit liegt vor ihm, und er kann mit ihr machen, was er will. Das Gefühl ist verunsichernd, aber vermutlich wird er sich daran gewöhnen.

Seine Zeit bei Lucy hat ihn nicht zum Landmenschen gemacht. Trotzdem gibt es Dinge, die er vermißt – die Entenfamilie zum Beispiel: Mutter Ente, die auf dem Wasserreservoir ihren Kurs steuert, die Brust stolzgeschwellt, während Eenie, Meenie, Minie und Mo geschäftig hinterherpaddeln, voller Zuversicht, daß sie vor allem Übel geschützt sind, solange sie da ist.

Und was die Hunde angeht, so möchte er nicht an sie denken. Ab Montag wird man die in den Räumen der Tierklinik vom Leben erlösten Hunde anonym, unbeweint ins Feuer werfen. Wird ihm dieser Verrat je vergeben werden?

Er geht zur Bank, schafft einen Stapel Wäsche in den Waschsalon. In dem kleinen Laden, wo er viele Jahre lang seinen Kaffee gekauft hat, tut der Verkäufer so, als erkenne er ihn nicht wieder. Seine Nachbarin, die ihren Garten sprengt, dreht ihm absichtlich den Rücken zu.

Er denkt an William Wordsworth bei seinem ersten Aufenthalt in London, wie er die Pantomime besucht und Jack den Riesentöter über die Bühne stolzieren sieht, mit seinem Schwert herumfuchtelnd, geschützt durch das Wort *Unsichtbar* auf seiner Brust.

Am Abend ruft er Lucy von einer Telefonzelle aus an. »Ich dachte, ich sollte anrufen, falls du dir Sorgen um mich machst«, sagt er. »Es geht mir gut. Ich werde vermutlich eine Weile brauchen, ehe ich mich eingewöhne. Ich rassele wie eine Erbse in einer Flasche im Haus herum. Die Enten fehlen mir.«

Die Plünderung des Hauses erwähnt er nicht. Was soll er Lucy mit seinen Sorgen belasten?

»Und Petrus?« fragt er. »Hat sich Petrus um dich gekümmert, oder steckt er noch voll in seinem Hausbau?«

»Petrus hat mir geholfen. Alle waren so hilfsbereit.«

»Ich kann jederzeit zurückkommen, wenn du mich brauchst. Ein Wort von dir genügt.«

»Vielen Dank, David. Im Augenblick vielleicht nicht, aber demnächst einmal.«

Wer hätte damals, als sein Kind geboren wurde, gedacht, daß er eines Tages angekrochen kommen und sie bitten würde, ihn aufzunehmen?

Als er im Supermarkt einkauft, steht er unversehens hinter Elaine Winter, der Direktorin seines einstigen Fachbereichs, in der Schlange. Ihre Einkäufe füllen einen ganzen Einkaufswagen, seine nur einen Korb. Nervös erwidert sie seinen Gruß.

»Und wie kommt der Fachbereich ohne mich zurecht?« fragt er so fröhlich er kann.

Wirklich sehr gut – das wäre die ehrlichste Antwort: *Wir kommen sehr gut ohne dich zurecht.* Aber sie ist zu höflich, um das zu sagen. »Ach, wir wurschteln uns wie immer durch«, antwortet sie ausweichend.

»Habt ihr jemand einstellen können?«

»Wir haben einen neuen Mitarbeiter, auf der Basis eines Lehrauftrags. Einen jungen Mann.«

Ich bin ihm begegnet, könnte er antworten. *Ein richtiges kleines Arschloch*, könnte er hinzufügen. »Was ist seine Spezialstrecke?« fragt er statt dessen.

»Angewandte Sprachwissenschaft. Sein Gebiet ist Fremdsprachenerwerb.«

So viel zu den Dichtern, so viel zu den toten Meistern.

Die ihn nicht gut geleitet haben, das muß er sagen. Oder vielmehr, auf die er nicht richtig gehört hat.

Die Frau vor ihnen in der Schlange nimmt sich Zeit beim Bezahlen. Es bleibt noch Raum für Elaine, die nächste Frage zu stellen, die sein sollte: *Und wie kommst du zurecht, David?* Und für ihn, um zu antworten: *Sehr gut, Elaine, sehr gut.*

»Willst du nicht vorrücken?« schlägt sie statt dessen vor und zeigt auf seinen Korb. »Du hast so wenig.«

»Würde mir nicht im Traum einfallen, Elaine«, erwidert er, und es macht ihm dann einigen Spaß, sie dabei zu beobachten, wie sie ihre Einkäufe auf das Band lädt: nicht nur Dinge wie Brot und Butter, sondern auch die kleinen Extras, mit denen sich eine alleinstehende Frau verwöhnt – extrasahnige Eiskrem (echte Mandeln, echte Rosinen), importierte italienische Kekse, Schokoladenriegel – dazu noch eine Packung Damenbinden.

Sie zahlt per Kreditkarte. Von der anderen Seite der Sperre winkt sie ihm zum Abschied zu. Sie ist offenkundig erleichtert. »Auf Wiedersehen!« ruft er über den Kopf der Kassiererin hinweg. »Grüße alle von mir!« Sie schaut sich nicht um.

Zuerst waren als Mittelpunkt der Oper Lord Byron und seine Geliebte, die Contessa Guiccioli, geplant gewesen. In der drückenden Sommerhitze von Ravenna in der Villa Guiccioli gefangen, von Teresas eifersüchtigem Mann belauert, streifen die beiden durch die düsteren Salons und singen von ihrer behinderten Leidenschaft. Teresa fühlt sich als Gefangene; sie ist erfüllt von Groll und bedrängt Byron, sie in ein anderes Leben zu entführen. Byron seinerseits ist voller Zweifel, doch zu klug, um sie laut werden zu lassen. Ihre frühen Ekstasen werden sich nie wiederholen, mutmaßt er. Sein Leben ist ruhiger geworden; insgeheim beginnt er sich nach einem stillen Ruhestand zu sehnen; und wenn das nicht möglich ist, nach der Apotheose, nach dem Tod. Teresas himmelstürmende Arien entzünden keinen Funken in ihm; seine eigene Partie, dunkel, verschlungen, geht an ihr vorbei, durch sie hindurch, über sie hinweg.

So hat er es geplant: als ein Kammerspiel von Liebe und Tod, mit einer leidenschaftlichen jungen Frau und einem einst leidenschaftlichen, aber nun abgekühlten älteren Mann; als Handlung mit einer komplexen, ruhelosen musikalischen Untermalung, gesungen in einem Englisch, das sich ständig einem gedachten Italienisch nähert.

Formal gesehen ist der Plan nicht schlecht. Die Charaktere balancieren sich gut aus: das gefangene Paar, die abgelegte Geliebte, die an die Fenster hämmert, der eifersüchtige Ehemann. Auch die Villa, mit Byrons träge von den Kronleuchtern herabhängenden zahmen Affen und den zwischen den prunkvollen neapolitanischen Möbeln auf und ab stolzierenden Pfauen, besitzt die richtige Mischung von Zeitlosigkeit und Verfall.

Aber schon auf Lucys Farm und nun auch hier konnte das Vorhaben ihn nicht im Innersten fesseln. Irgend etwas daran ist schlecht konzipiert, es kommt nicht aus dem Herzen. Eine Frau, die den Sternen klagt, daß die spionierenden Diener sie und ihren Liebhaber dazu zwingen, ihr Verlangen in der Besenkammer zu stillen – wen interessiert das schon? Für Byron vermag er Worte zu finden, aber die Teresa, die ihm die Geschichte überliefert hat – jung, gierig, eigensinnig, launisch –, paßt nicht zu der von ihm erträumten Musik, einer Musik, deren Klänge, üppig-herbstlich, doch mit Ironie versetzt, er dunkel mit seinem inneren Ohr hört.

Er versucht eine andere Richtung. Er gibt die von ihm geschriebenen Notenseiten auf, er gibt die kecke, frühreife Neuvermählte mit ihrem eroberten englischen Milord auf, er versucht, Teresa in mittleren Jahren einzufangen. Die neue Teresa ist eine rundliche kleine Witwe, die mit ihrem alten Vater in der Villa Gamba untergebracht ist. Sie führt den Haushalt, hält das Geld zusammen, achtet darauf, daß die Diener keinen Zucker stehlen. In der neuen Fassung ist Byron schon lange tot; Teresas einziger Anspruch auf Unsterblichkeit und der Trost ihrer einsamen Nächte ist die Kiste mit Briefen und Andenken, die sie unter ihrem Bett aufbewahrt, was sie ihre *reliquie* nennt, die Teresas Großnichten nach deren Tod öffnen und ehrfürchtig betrachten sollen.

Ist das die Heroine, die er immer gesucht hat? Wird eine ältere Teresa sein Herz in seinem jetzigen Zustand bewegen?

Die Zeit ist nicht freundlich mit Teresa umgegangen. Mit ihrem großen Busen, dem untersetzten Körper und den kurzen Beinen gleicht sie eher einer Bäuerin, einer *contadina*, als einer Aristokratin. Der Teint, den Byron einst so bewunderte, zeigt hektische Flecken; im Sommer suchen sie Asthmaanfälle heim, bei denen sie nach Luft ringt.

In den Briefen, die er ihr geschrieben hat, nennt Byron sie *Meine Freundin*, dann *Meine Geliebte*, dann *Meine ewig Geliebte*. Aber es existieren rivalisierende Briefe, Briefe, die sie nicht an sich bringen und verbrennen kann. In diesen Briefen, an seine englischen Freunde gerichtet, zählt Byron sie leichtfertig zu seinen italienischen Eroberungen, macht Scherze über ihren Mann, spielt auf Frauen aus ihrem Kreis an, mit denen er geschlafen hat. In den Jahren nach Byrons Tod haben seine Freunde eine Biographie nach der anderen über ihn geschrieben und sich dabei auf seine Briefe gestützt. Nachdem Byron die junge Teresa ihrem Mann abspenstig gemacht hat, so geht ihre Geschichte, wurde er ihrer bald überdrüssig; er fand sie hohl; er blieb nur aus Verantwortungsbewußtsein bei ihr; um ihr zu entkommen, fuhr er mit dem Schiff nach Griechenland und in seinen Tod.

Diese Verleumdungen verletzen sie zutiefst. Ihre Jahre mit Byron sind der Höhepunkt ihres Lebens. Nur Byrons Liebe erhebt sie über andere. Ohne ihn ist sie nichts: eine Frau über die Blüte ihrer Jahre hinaus, die nichts weiter zu hoffen hat, die ihre Tage in einem langweiligen Provinznest verbringt, den Freundinnen Besuche abstattet und die ihren empfängt, dem Vater die Beine massiert, wenn sie schmerzen, die allein schläft.

Kann er sein Herz überreden, diese einfache, durchschnittliche Frau zu lieben? Kann er sie genug lieben, um für sie Musik zu schreiben? Wenn er es nicht kann, was bleibt ihm dann noch?

Er kommt auf die Szene zurück, die jetzt die Eingangsszene sein muß. Das Ende eines weiteren schwülen Tages. Teresa steht im Haus ihres Vaters am Fenster im zweiten Stock und schaut über die Sümpfe und das Piniengebüsch der Romagna zur Sonne, die auf der Adria glitzert. Das Ende des Vorspiels; kurze Stille; sie holt tief Luft. *Mio Byron*, singt sie, ihre Stimme vibriert vor Traurigkeit. Eine einsame Klarinette antwortet, erstirbt, schweigt. *Mio Byron*, ruft sie wieder, lauter.

Wo ist er, ihr Byron? Byron ist verloren, das ist die

Antwort. Byron wandelt unter den Schatten. Und auch sie ist verloren, die Teresa, die er geliebt hat, das neunzehnjährige Mädchen mit den blonden Locken, die sich so freudig dem gebieterischen Engländer hingab und ihm hinterher, als er auf ihrer nackten Brust lag, tief atmend, nach seiner großen Leidenschaft schlummernd, die Stirn streichelte.

Mio Byron, singt sie zum dritten Mal; und von irgendwoher, aus den Höhlen der Unterwelt, antwortet ihr eine Stimme, zitternd und körperlos, die Stimme eines Geistes, Byrons Stimme. *Wo bist du?* singt er; und dann ein Wort, das sie nicht hören will: *secca*, trocken. *Sie ist versiegt, die Quelle allen Lebens.*

So schwach, so stockend ist Byrons Stimme, daß Teresa seine Worte singend wiederholen muß, ihm immer wieder mit ihrem Atem aushelfen muß, ihn ins Leben zurückziehend: ihr Kind, ihr Junge. *Ich bin hier*, singt sie, stützt ihn, rettet ihn vorm Untergang. *Ich bin deine Quelle. Weißt du noch, wie wir zusammen die Quelle von Arquà besucht haben? Zusammen, du und ich. Ich war deine Laura. Weißt du noch?*

So muß es von hier an sein: Teresa leiht ihrem Geliebten die Stimme, und er, der Mann in dem geplünderten Haus, leiht Teresa die Stimme. Der Hinkende hilft dem Lahmen, weil es nicht anders geht.

Er arbeitet so schnell er kann, klammert sich an Teresa und versucht, die ersten Seiten des Librettos zu skizzieren. Wirf die Worte aufs Papier, sagt er sich. Wenn das erst einmal geschafft ist, wird alles leichter. Dann ist Zeit, die Meister zu durchforschen – Gluck zum Beispiel – und sich Melodien anzueignen, und vielleicht – wer weiß? – auch Ideen.

Aber allmählich, als er seine Tage immer mehr Teresa und dem toten Byron widmet, wird klar, daß gestohlene Lieder nicht gut genug sein werden, daß die beiden eine eigene Musik verlangen. Und zu seinem Erstaunen kommt die Musik tröpfchenweise. Manchmal zeigt sich ihm die Kontur einer Phrase, ehe er noch eine Ahnung hat, was die Worte selbst sein werden; manchmal ziehen die Worte die Kadenz nach sich; manchmal entwickelt sich der Schatten einer Melodie, die ihn seit Tagen umschwebte und fast zu hören war, und offenbart sich beglückend. Als die Handlung sich dann entwickelt, ruft sie von selbst Modulationen der Akkorde und Übergänge hervor, die er in seinem Blut spürt, auch wenn er nicht die musikalischen Mittel hat, sie umzusetzen.

Er macht sich ans Werk, den Anfang einer Partitur am Klavier zusammenzufügen und aufzuschreiben. Aber am Klang des Klaviers ist etwas, das ihn behindert: zu gerundet, zu körperlich, zu voll. Vom Boden holt er aus einer Kiste mit Spielzeug und alten Büchern, die Lucy gehört haben, das komische kleine Banjo mit seinen sieben Saiten, das er für sie auf den Straßen von KwaMashu gekauft hat, als sie noch ein Kind war. Mit Unterstützung des Banjos fängt er an, die Musik zu notieren, die Teresa, einmal klagend, dann wieder zornig, ihrem toten Geliebten singen wird und die jener Byron mit der farblosen Stimme vom Land der Schatten her als Antwort singen wird.

Je tiefer er der Contessa in ihre Unterwelt hinein folgt, ihre Worte für sie singend oder ihre Partie summend, desto untrennbarer von ihr wird zu seinem Erstaunen das einfältige Plink-plonk des Spielzeugbanjos. Von den üppigen Arien, die er ihr zu geben gedachte, trennt er sich stillschweigend; von da ist es nur ein kurzer Schritt bis zur

Entscheidung, ihr das Instrument in die Hand zu geben. Statt daß sie über die Bühne stolziert, sitzt Teresa nun und starrt über die Sümpfe zu den Pforten der Hölle, die Mandoline im Arm, auf der sie ihre lyrischen Ergüsse begleitet; während auf einer Seite ein diskretes Trio in Kniehosen (Cello, Querflöte, Fagott) die Zwischenakte füllt oder sparsame Kommentare zwischen den Strophen liefert.

An seinem Schreibtisch sitzend und in den verwilderten Garten hinausschauend, staunt er, was das kleine Banjo ihn lehrt. Vor sechs Monaten hatte er geglaubt, sein eigener geisterhafter Platz in *Byron in Italien* wäre irgendwo zwischen Teresa und Byron – zwischen der Sehnsucht, den Sommer des leidenschaftlichen Körpers zu verlängern, und dem widerstrebenden Echo darauf aus dem langen Schlaf des Vergessens. Aber er hatte sich geirrt. Nicht das Erotische ruft nach ihm, auch nicht das Elegische, sondern das Komische. Er ist in der Oper weder als Teresa noch als Byron, auch nicht als Mischung aus den beiden: er ist in der Musik selbst enthalten, in dem flachen, blechernen Schlag der Banjosaiten, in der Stimme, die sich bemüht, dem lächerlichen Instrument zu entfliehen, aber stets wieder zurückgerissen wird, wie ein Fisch an der Angel.

Das ist also Kunst, denkt er, und so funktioniert sie! Wie seltsam! Wie faszinierend!

Er verbringt ganze Tage im Bann von Byron und Teresa, lebt von schwarzem Kaffee und Haferflocken. Der Kühlschrank ist leer, sein Bett ungemacht; Blätter wehen durchs zerschlagene Fenster und über den Fußboden. Macht nichts, denkt er: laß die Toten ihre Toten begraben.

Von den Dichtern lernte ich lieben, singt Byron in neun brüchigen, monotonen Silben auf den Stammton C; *doch ich habe festgestellt, daß das Leben* (chromatisch zum F absteigend) *etwas anderes ist. Plink-plank-plonk* machen die Saiten des Banjos. *Warum, o warum sprichst du so?* singt Teresa in einem langen vorwurfsvollen Melodiebogen. *Plank-plink-plonk* machen die Saiten.

Sie möchte geliebt werden, Teresa, unsterblich geliebt; sie möchte in die Gesellschaft der Lauras und Floras von früher emporgehoben werden. Und Byron? Byron wird treu sein bis zum Tod, aber das ist alles, was er verspricht. *Laß beide verbunden sein, bis einer von ihnen den Geist aufgibt.*

My love, singt Teresa, den fetten englischen Einsilber anschwellen lassend, den sie im Bett des Dichters gelernt hat. *Plink*, antworten die Saiten. Eine liebende Frau, in Liebe schwelgend; eine Katze auf dem Dach, jammernd; komplexe Proteine, die im Blut wirbeln und machen, daß die Sexualorgane schwellen, die Handflächen schwitzen und die Stimme heiser wird, während die Seele ihr Verlangen in den Himmel schleudert. Dazu waren Soraya und die anderen da – um die komplexen Proteine wie Schlangengift aus seinem Blut zu saugen, damit er wieder einen klaren Kopf bekommt. Teresa im Haus ihres Vaters in Ravenna hat zu ihrem Unglück niemanden, der ihr das Gift aussaugt. *Komm zu mir, mio Byron*, ruft sie: *Komm zu mir, liebe mich!* Und Byron, vom Leben ausgeschlossen, bleich wie ein Geist, antwortet verächtlich: *Laß mich, laß mich, laß mich in Ruhe!*

Vor Jahren, als er in Italien lebte, hat er jenen Wald zwischen Ravenna und der adriatischen Küste besucht, wo vor anderthalb Jahrhunderten Byron und Teresa zusammen ausritten. Irgendwo zwischen den Bäumen muß der Ort sein, an dem der Engländer dem achtzehnjährigen bezaubernden Geschöpf, Braut eines anderen, zum erstenmal die Röcke hochhob. Er könnte morgen nach Venedig fliegen, einen Zug nach Ravenna nehmen, auf den alten Reitwegen wandern, an eben jenem Ort vorbei. Er erfindet die Musik (oder die Musik erfindet ihn), aber die Geschichte erfindet er nicht. Auf diesen Piniennadeln hat Byron seine Teresa genommen – »scheu wie eine Gazelle«, hatte er sie genannt –, hat ihre Kleider zerknittert, Sand in die Unterwäsche gebracht (die Pferde standen die ganze Zeit dabei, gleichgültig), und dieser Vorfall erzeugte eine Leidenschaft, die Teresa für den Rest ihres Lebens den Mond anheulen ließ, in einem Fieber, das auch ihn auf seine Weise heulen ließ.

Teresa führt; Seite um Seite folgt er ihr. Dann taucht eines Tages aus der Dunkelheit eine andere Stimme auf, eine, die er vorher nicht gehört hat, mit der er nicht gerechnet hat. Aus den Worten schließt er, daß sie Byrons Tochter Allegra gehört; aber von welcher Stelle aus seinem Inneren kommt sie? *Warum hast du mich verlassen? Komm und hole mich!* ruft Allegra. *So heiß, so heiß, so heiß!* klagt sie in einem eigenen Rhythmus, der hartnäckig die Stimmen der Liebenden überlagert.

Auf den Ruf der unbequemen Fünfjährigen kommt keine Antwort. Nicht liebenswert, ungeliebt, vernachlässigt von ihrem berühmten Vater, ist sie von einem zum anderen gereicht und schließlich den Nonnen übergeben worden, damit die sich um sie kümmern. *So heiß, so heiß!* dringt ihr Wimmern von ihrem Bett im Kloster, wo sie an *la mal'aria* stirbt. *Warum hast du mich vergessen?*

Warum antwortet der Vater nicht? Weil er genug vom Leben hat; weil er lieber wieder da sein möchte, wo er hingehört, auf dem anderen Ufer des Todes, in seinen alten Schlaf versunken. *Mein armes kleines Kind!* singt Byron, zitternd, unwillig, zu leise für sie. Auf der einen Seite im Schatten sitzend spielt das Instrumentaltrio das krebsähnliche Motiv, eine aufwärtsführende Linie und eine abwärtsführende, das Byrons Motiv ist.

21. Kapitel

Rosalind ruft an. »Lucy sagt, daß du wieder in der Stadt bist. Warum hast du dich nicht gemeldet?« »Ich bin noch nicht wieder gesellschaftsfähig«, antwortet er. »Warst du das schon mal?« bemerkt Rosalind trocken.

Sie treffen sich in einem Café in Claremont. »Du hast abgenommen«, bemerkt sie. »Was ist denn mit deinem Ohr passiert?« »Ach, nichts«, erwidert er und will keine weiteren Erklärungen machen.

Während ihres Gesprächs wandert ihr Blick immer wieder zu dem verunstalteten Ohr. Er ist sich sicher, ihr würde schaudern, wenn sie es berühren müßte. Sie ist nicht der fürsorgliche Typ. Die besten Erinnerungen hat er noch an ihre ersten gemeinsamen Monate: dampfende Sommernächte in Durban, die Laken feucht geschwitzt, Rosalinds langer, blasser Körper, der sich hin und her wirft und sich vor Lust windet, einer Lust, die von Schmerz schwer zu unterscheiden ist. Zwei sinnliche Menschen – das hat sie zusammengehalten, solange es währte.

Sie sprechen von Lucy, von der Farm. »Ich hatte angenommen, daß sie mit einer Freundin zusammenwohnt«, sagt Rosalind. »Grace.«

»Helen. Helen ist wieder in Johannesburg. Ich vermute, sie haben sich endgültig getrennt.«

»Ist Lucy so allein an diesem einsamen Ort sicher?«

»Nein, sie ist nicht sicher, sie wäre verrückt, wenn sie sich sicher fühlte. Aber sie wird trotzdem dortbleiben. Es ist für sie eine Sache der Ehre geworden.«

»Du hast gesagt, man hat dir das Auto gestohlen.«

»Ich bin selbst daran schuld. Ich hätte vorsichtiger sein sollen.«

»Ich vergaß zu erwähnen: Ich habe die Geschichte von deiner Verhandlung gehört. Die Insider-Geschichte.«

»Von meiner Verhandlung?«

»Von deiner Untersuchung, deiner Befragung, wie du's nennen willst. Ich habe gehört, daß du dich nicht klug verhalten hast.«

»Oh? Wie hast du das erfahren? Ich dachte, es sei vertraulich.«

»Das spielt keine Rolle. Ich habe gehört, daß du keinen guten Eindruck gemacht hast. Du bist zu stur und abweisend gewesen.«

»Ich habe nicht versucht, Eindruck zu schinden. Ich bin für ein Prinzip eingetreten.«

»Das kann ja sein, David, aber du weißt inzwischen doch auch, daß es bei Verhandlungen nicht um Prinzipien geht, es geht darum, wie gut du rüberkommst. Nach meiner Informationsquelle bist du schlecht rübergekommen. Für welches Prinzip bist du denn eingetreten?«

»Für Redefreiheit. Für die Freiheit, schweigen zu dürfen.«

»Das klingt großartig. Aber du warst immer groß darin, dir etwas vorzumachen, David. Anderen etwas vorzumachen und dir etwas vorzumachen. Bist du sicher, daß es nicht einfach darum ging, daß du mit heruntergelassenen Hosen ertappt wurdest?«

Er beißt nicht an.

»Egal, wie das Prinzip auch lautete, es war jedenfalls zu abstrus für deine Zuhörer. Sie waren der Meinung, daß du nur eine Vernebelungstaktik anwendest. Du hättest dich vorher beraten lassen sollen. Was wirst du nun in Geldangelegenheiten unternehmen? Haben sie dir die Pension gestrichen?«

»Ich bekomme zurück, was ich eingezahlt habe. Ich werde das Haus verkaufen. Es ist zu groß für mich.«

»Was wirst du mit deiner Zeit anfangen? Wirst du dich nach Arbeit umsehen?«

»Ich glaube kaum. Ich habe zu tun. Ich schreibe etwas.«

»Ein Buch?«

»Eigentlich eine Oper.«

»Eine Oper! Na, das ist eine neue Strecke. Hoffentlich bringt sie dir viel Geld ein. Wirst du zu Lucy ziehen?«

»Die Oper ist bloß ein Hobby, eine Sache, an der ich mich versuchen kann. Sie wird nichts einbringen. Und nein, ich werde nicht zu Lucy ziehen. Das wäre keine gute Idee.«

»Warum nicht? Ihr seid doch immer gut miteinander ausgekommen. Ist etwas passiert?«

Ihre Fragen sind aufdringlich, aber Rosalind hat sich nie gescheut, aufdringlich zu sein. »Du hast zehn Jahre lang das Bett mit mir geteilt«, hat sie einmal gesagt – »warum solltest du Geheimnisse vor mir haben?«

»Ich komme immer noch gut mit Lucy aus«, erwidert er. »Aber nicht gut genug, um zusammenzuleben.«

»Die Geschichte deines Lebens.«

»Ja.«

Sie schweigen, während beide, von ihren verschiedenen Blickwinkeln aus, über die Geschichte seines Lebens nachdenken.

»Ich habe deine Freundin gesehen«, sagt Rosalind, das Thema wechselnd.

»Meine Freundin?«

»Deine Angebetete. Melanie Isaacs – heißt sie nicht so? Sie spielt in einem Stück beim Dock Theatre mit. Wußtest du das nicht? Ich verstehe, was du an ihr findest. Große, dunkle Augen. Ein schlauer kleiner Wieselkörper. Genau dein Typ. Du hast wahrscheinlich gedacht, es würde wieder mal eine deiner schnellen Affären, deiner kleinen Fehltritte. Und schau dich jetzt mal an. Du hast dein Leben weggeworfen, und wofür?«

»Mein Leben ist nicht weggeworfen, Rosalind. Rede keinen Unsinn.«

»Aber es ist so! Du hast deine Arbeit verloren, dein Name ist beschmutzt, deine Freunde meiden dich, du versteckst dich in der Torrance Road wie eine Schildkröte, die Angst hat, den Kopf aus dem Panzer zu recken. Leute, die dir nicht das Wasser reichen können, machen Witze über dich. Dein Hemd ist nicht gebügelt, Gott weiß, wer dir diesen Haarschnitt verpaßt hat, du hast –« Sie hält in ihrer Tirade inne. »Du wirst als einer dieser traurigen alten Männer enden, die in den Mülltonnen herumstochern.«

»Ich werde in einem Loch in der Erde enden«, sagt er. »Und du auch. Wie wir alle.«

»Das reicht, David, ich habe mich so schon ziemlich aufgeregt, ich möchte mich nicht noch streiten.« Sie sammelt ihre Siebensachen auf. »Wenn du Brot und Marmelade satt hast, ruf mich an, und ich koche dir was Richtiges.«

Die Erwähnung von Melanie Isaacs bringt ihn aus dem Gleichgewicht. Er hat sich nie mit langwierigen Affären abgegeben. Wenn eine Affäre vorbei ist, läßt er sie hinter sich. Aber die Sache mit Melanie hat etwas Unvollendetes. Tief in ihm ist ihr Geruch aufbewahrt, der Geruch einer

Gefährtin. Ob auch sie sich an seinen Geruch erinnert? *Genau dein Typ*, hat Rosalind gesagt, die es wissen müßte. Was ist, wenn sie sich wieder über den Weg laufen, er und Melanie? Wird dann ein Gefühl aufflammen, ein Zeichen, daß die Affäre nicht zu Ende gebracht wurde?

Allein schon die Idee, sich erneut um Melanie zu bewerben, ist verrückt. Warum sollte sie mit dem Mann reden, der als ihr Verfolger verurteilt wurde? Und was würde sie überhaupt von ihm halten – dem Narren mit dem komischen Ohr, dem ungepflegten Haar, dem zerknautschten Kragen?

Die Heirat von Kronus und Harmonie – widernatürlich. Das sollte der Prozeß eigentlich bestrafen, alle hochtrabenden Worte einmal beiseite gelassen. Seiner Lebensweise wurde der Prozeß gemacht. Verurteilt wegen widernatürlicher Handlungen: weil er alten Samen, müden Samen verbreitet hat, Samen, der kein Leben weckt, *contra naturam*. Wenn die alten Männer die jungen Frauen beanspruchen, wie soll die Zukunft der Gattung aussehen? Das war im Grunde der Fall, der strafrechtlich verfolgt wurde. Die halbe Literatur handelt davon: junge Frauen, die dem erdrückenden Gewicht alter Männer zu entkommen suchen, um der Gattung willen.

Er seufzt. Die Jungen umarmen sich, leichtfertig, in die Musik der Sinne versunken. Er scheint viel Zeit mit Seufzen zu verbringen. Bedauern: ein bedauernder Ton, mit dem alles enden soll.

Bis vor zwei Jahren war das Dock Theatre noch ein Tiefkühlhaus, wo die Rümpfe von Schweinen und Ochsen hingen und darauf warteten, verschifft zu werden. Jetzt ist es ein beliebter Vergnügungsort. Er kommt spät an und nimmt seinen Platz ein, als die Lichter langsam verlöschen. »Ein überwältigender Erfolg, der auf allgemeinen Wunsch wieder ins Repertoire aufgenommen wurde« – so wird *Sunset at the Globe Salon* in der neuen Inszenierung angekündigt. Das Bühnenbild ist stilvoller, die Regie professioneller, die Hauptrolle ist neu besetzt. Trotzdem findet er das Stück mit seiner derben Komik und seinem nackten politischen Anliegen nach wie vor schwer erträglich.

Melanie hat ihre Partie als Friseurlehrling Gloria behalten. In einem pinkfarbenen Kaftan über Goldlamé-Trikothosen, mit grell geschminktem Gesicht, das Haar hochfrisiert, so kommt sie in Stöckelschuhen auf die Bühne geschwankt. Ihr Text ist voraussehbar, aber sie liefert ihn mit Gefühl fürs Timing in einem jammernden *Kaaps*-Dialekt ab. Sie ist insgesamt viel selbstsicherer als früher – sie ist tatsächlich gut in der Rolle, richtig begabt. Ist es möglich, daß sie in den Monaten seiner Abwesenheit erwachsen geworden ist, sich gefunden hat? *Was uns nicht umbringt, macht uns stärker.* Vielleicht war die Prüfung auch für sie eine Prüfung; vielleicht hat auch sie gelitten und hat es durchgestanden.

Er wünschte, er könnte ein Zeichen erhalten. Wenn er ein Zeichen erhielte, wüßte er, was er tun sollte. Wenn zum Beispiel diese lächerlichen Kleider von ihrem Körper in einer kalten, heimlichen Flamme wegbrennen würden und sie vor ihm stehen würde, in einer nur ihm zuteil werdenden Offenbarung, so nackt und vollkommen wie in der letzten Nacht in Lucys altem Zimmer.

Den Urlaubern, zwischen denen er sitzt, mit ihren geröteten Gesichtern, zufrieden mit ihren korpulenten Körpern, gefällt das Stück. Sie haben Melanie-Gloria ins

Herz geschlossen; sie kichern bei den zweideutigen Scherzen, lachen brüllend, wenn die Figuren einander beleidigen und beschimpfen.

Obwohl das seine Landsleute sind, könnte er sich unter ihnen nicht fremder fühlen, fast kommt er sich wie ein Hochstapler vor. Aber wenn sie über Melanies Text lachen, kann er aufkeimenden Stolz nicht unterdrücken. *Sie gehört mir!* würde er gern zu ihnen sagen, als wenn sie seine Tochter wäre.

Unvermittelt steigt in ihm eine Erinnerung auf an eine Frau, die er auf der N1 hinter Trompsburg aufgelesen und im Auto mitgenommen hat, eine Zwanzigjährige, allein unterwegs, eine Touristin aus Deutschland, sonnenverbrannt und staubig. Sie fuhren zusammen bis Touws River, nahmen ein Hotelzimmer; er lud sie zum Essen ein und schlief mit ihr. Er erinnert sich an ihre langen, durchtrainierten Beine; er erinnert sich an die Weichheit ihrer Haare, das federleichte Gefühl, wenn er sie in den Fingern hielt.

Als wäre er in einen Wachtraum verfallen, stürzt plötzlich wie in einer lautlosen Eruption eine Bilderflut über ihn herein, Bilder von Frauen, die er auf zwei Kontinenten gekannt hat, einige aus so ferner Zeit, daß er sie kaum erkennt. Wie Blätter, die der Wind vor sich hertreibt, fliegen sie kunterbunt an ihm vorbei. *Ein weites Feld voll von Volk* – Hunderte von Leben sind mit seinem verstrickt. Er hält den Atem an, will, daß die Vision anhält.

Was ist mit ihnen geschehen, mit diesen Frauen, mit all diesen Leben? Gibt es Momente, wenn auch sie, oder einige von ihnen, ohne Vorwarnung in den Ozean der Erinnerung gestürzt werden? Das deutsche Mädchen: ist es möglich, daß sie sich eben jetzt an den Mann erinnert, der sie in Afrika auf der Straße aufgelesen und die Nacht mit ihr verbracht hat?

Bereichert: das war das Wort, das die Zeitungen herauspickten, um sich darüber lustig zu machen. Unter den damaligen Umständen war es töricht, ein solches Wort zu äußern, aber nun, in diesem Moment, würde er dazu stehen. Melanie, das Mädchen in Touws River; Rosalind, Bev Shaw, Soraya – jede hatte ihn bereichert, auch die anderen, sogar die letzten unter ihnen, sogar die Mißerfolge hatten ihn bereichert. Wie eine Blume, die in seiner Brust erblüht, quillt sein Herz vor Dankbarkeit über.

Woher kommen solche Momente? Sicher hypnagogisch; aber was erklärt das? Wenn er geführt wird, welcher Gott führt ihn dann?

Das Stück geht mühsam seinen Gang. Sie sind an der Stelle angelangt, wo Melanie sich mit dem Besen in der Verlängerungsschnur verheddert. Ein Magnesiumblitz, und die Bühne versinkt plötzlich im Dunkeln. »*Jesus Christ, jou dom meid!*« kreischt der Friseur.

Zwischen ihm und Melanie sind zwanzig Sitzreihen, doch er hofft, daß sie ihn in diesem Moment über den trennenden Raum hinweg riechen kann, seine Gedanken riechen kann.

Irgend etwas trifft ihn leicht am Kopf und holt ihn in die Wirklichkeit zurück. Kurz darauf zischt ein weiterer Gegenstand an ihm vorbei und prallt auf die Lehne des Vordersitzes – eine murmelgroße Papierkugel. Eine dritte trifft ihn im Nacken. Er ist die Zielscheibe, daran gibt es keinen Zweifel.

Man erwartet von ihm, daß er sich umdreht und empört blickt. *Wer war das?* soll er bellen. Oder stur vor sich hinblicken und so tun, als merke er nichts.

Ein viertes Geschoß trifft ihn an der Schulter und prallt ab. Der Mann auf dem Nachbarsitz schaut verstohlen und verwundert her.

Auf der Bühne ist die Handlung weitergegangen. Der Friseur Sidney öffnet den fatalen Brief und liest das Ultimatum des Vermieters vor. Sie müssen bis Monatsende die Mietrückstände begleichen, andernfalls muß der Globe Salon schließen. »Was sollen wir nur machen?« jammert Miriam, die Frau, die den Leuten die Haare wäscht.

»Sss«, zischt es hinter ihm, so leise, daß man es vorn im Zuschauerraum nicht hören kann. *»Sss.«*

Er dreht sich um, und ein Geschoß trifft ihn an der Schläfe. An die hintere Wand gelehnt steht dort Ryan, der Freund mit dem Ohrring und dem Spitzbärtchen. Sie sehen sich an. »Professor Lurie!« flüstert Ryan heiser. Obwohl sein Benehmen unverschämt ist, wirkt er ganz entspannt. Auf seinen Lippen ist ein kleines Lächeln.

Das Stück geht weiter, aber um ihn herum macht sich jetzt spürbar Unruhe breit. »Sss« zischt Ryan wieder. »Ruhe!« ruft die Frau zwei Plätze weiter ihm zu, obwohl er keinen Laut von sich gegeben hat.

Er muß sich an fünf Paar Knien vorbeidrängen (»Entschuldigung ... Entschuldigung«), an bösen Blicken, ärgerlichem Gemurmel, bevor er den Gang erreicht, den Ausgang findet und in die windige, mondlose Nacht hinaustritt.

Ein Geräusch hinter ihm. Er dreht sich um. Eine Zigarettenspitze glüht – Ryan ist ihm auf den Parkplatz gefolgt.

»Wollen Sie mir das erklären?« fährt er ihn an. »Wollen Sie Ihr kindisches Benehmen erklären?«

Ryan zieht an seiner Zigarette. »Ich tue Ihnen bloß

einen Gefallen, Prof. Haben Sie Ihre Lektion nicht gelernt?«

»Was war meine Lektion?«

»Halten Sie sich an Ihresgleichen.«

Ihresgleichen – wer ist dieser junge Mann, daß er ihm sagt, wer seinesgleichen ist? Was weiß er von der Macht, die völlig Fremde einander in die Arme treibt und sie zu Verwandten, zu ihresgleichen macht, jenseits aller Besonnenheit? *Omnis gens quaecumque se in se perficere vult.* Der Samen der Generationen, ausgestattet mit dem Trieb zur eigenen Vervollkommnung, tief in den Körper der Frau eindringend, angetrieben, die Zukunft zu erzeugen. Trieb, getrieben.

Ryan spricht. »Laß Sie in Ruhe, Mann! Melanie wird Ihnen ins Gesicht spucken, wenn sie Sie sieht.« Er läßt seine Zigarette fallen und macht einen Schritt auf ihn zu. »Suchen Sie sich ein anderes Leben, Prof. Glauben Sie mir.«

Auf der Rückfahrt fährt er langsam die Hauptstraße in Green Point entlang. *Ins Gesicht spucken* – das hatte er nicht erwartet. Seine Hand auf dem Lenkrad zittert. Die Schläge des Daseins – er muß lernen, sie nicht so schwer zu nehmen.

Die Nutten sind zahlreich vertreten; an einer Ampel zieht eine von ihnen seinen Blick auf sich, ein großes Mädchen in einem winzigen schwarzen Lederrock. *Warum nicht*, denkt er, *in dieser Nacht der Offenbarungen*?

Sie parken in einer Sackgasse an den Hängen des Signal Hill. Das Mädchen ist betrunken oder steht vielleicht unter Drogen – er kann nichts Zusammenhängendes aus ihr herausbekommen. Trotzdem verrichtet sie ihren

Dienst an ihm so gut, wie er erwarten durfte. Danach liegt sie mit ihrem Gesicht in seinem Schoß und ruht sich aus. Sie ist jünger, als sie unter den Straßenlaternen gewirkt hat, jünger noch als Melanie. Er legt eine Hand auf ihren Kopf. Das Zittern hat aufgehört. Er fühlt sich schläfrig, zufrieden; und auf seltsame Weise fürsorglich.

Mehr braucht es also nicht! denkt er. *Wie konnte ich das nur vergessen?*

Kein schlechter Mann, aber auch kein guter. Nicht kalt und nicht heiß, sogar in seinen hitzigsten Momenten. Nicht nach dem Maß Teresas; nicht einmal nach dem Maß Byrons. Zu wenig Feuer. Wird so das Urteil über ihn lauten, das Urteil des Universums und seines alles sehenden Auges?

Das Mädchen regt sich, setzt sich auf. »Wo bringst du mich hin?« nuschelt sie.

»Ich bringe dich wieder dahin, wo ich dich gefunden habe.«

22. Kapitel

Er hält telefonisch Verbindung mit Lucy. In ihren Gesprächen gibt sie sich große Mühe, ihm zu versichern, daß auf der Farm alles gut steht, und er, den Eindruck zu vermitteln, daß er ihr glaubt. Sie arbeite tüchtig in den Blumenbeeten, sagt sie ihm, wo die Frühlingsblumen jetzt blühen. Die Hundepension belebt sich wieder. Sie hat zwei Hunde aufgenommen und hofft auf mehr. Petrus hat viel Arbeit mit seinem Haus, aber nicht so viel, daß er nicht aushelfen könnte. Die Shaws kommen sie oft besuchen. Nein, Geld braucht sie nicht.

Aber irgend etwas an Lucys Ton beunruhigt ihn. Er ruft Bev Shaw an. »Du bist die einzige, die ich fragen kann«, sagt er. »Wie geht es Lucy wirklich?«

Bev Shaw ist vorsichtig. »Was hat sie dir erzählt?«

»Sie erzählt mir, daß alles gutgeht. Aber sie hört sich an wie ein Zombie. Es klingt, als würde sie Beruhigungsmittel nehmen. Ist das so?«

Bev Shaw weicht der Frage aus. Immerhin sagt sie und scheint ihre Worte gut zu überlegen –, daß es »Entwicklungen« gegeben hat.

»Was für Entwicklungen?«

»Das kann ich dir nicht sagen, David. Verlange das nicht von mir. Lucy muß es dir selber sagen.«

Er ruft Lucy an. »Ich muß nach Durban fahren«, lügt er. »Ich habe da vielleicht eine Stelle in Aussicht. Kann ich einen Tag oder zwei Station bei dir machen?«

»Hat Bev mit dir gesprochen?«

»Bev hat damit nichts zu tun. Kann ich kommen?«

Er fliegt nach Port Elizabeth und mietet ein Auto. Zwei Stunden später biegt er von der Landstraße auf den unbefestigten Weg, der zur Farm führt, Lucys Farm, Lucys Fleck Erde.

Ist es auch seine Erde? Er hat nicht das Gefühl, daß es seine Erde ist. Trotz der Zeit, die er hier verbracht hat, hat er das Gefühl, als sei es fremdes Land.

Es gibt Veränderungen. Ein Drahtzaun, nicht besonders fachmännisch errichtet, markiert jetzt die Grenze zwischen Lucys und Petrus' Grundstücken. Auf Petrus' Seite grast ein Paar magerer Färsen. Petrus' Haus ist zur Realität geworden. Grau und trist steht es auf einer Anhöhe östlich vom alten Farmhaus; morgens muß es einen langen Schatten werfen, nimmt er an.

Lucy, in einem unförmigen Kittel, der auch ein Nachthemd sein könnte, öffnet die Tür. Die Aura von Gesundheit und Frische, die sonst um sie war, ist fort. Ihr Teint ist teigig, sie hat sich die Haare nicht gewaschen. Ohne Wärme erwidert sie seine Umarmung. »Komm rein«, sagt sie. »Ich mache gerade Tee.«

Sie sitzen zusammen am Küchentisch. Sie gießt Tee aus, reicht ihm ein Päckchen Ingwerplätzchen. »Erzähl mir von dem Angebot in Durban«, sagt sie.

»Das kann warten. Lucy, ich bin gekommen, weil ich mir Sorgen um dich mache. Geht es dir gut?«

»Ich bin schwanger.«

»Was bist du?«

»Ich bin schwanger.«

»Von wem? Von dem bewußten Tag?«

»Von dem bewußten Tag.«

»Das verstehe ich nicht. Ich dachte, du hast vorgesorgt, du und deine Ärztin.«

»Nein.«

»Was soll das heißen, nein? Soll das heißen, du hast nicht vorgesorgt?«

»Ich habe vorgesorgt. Ich habe jede vernünftige Maßnahme ergriffen, außer der, auf die du anspielst. Aber ich lasse keine Abtreibung machen. Ich bin nicht bereit, das noch einmal durchzumachen.«

»Ich wußte nicht, daß du so empfindest. Du hast mir nie erzählt, daß du nicht an Abtreibung glaubst. Warum muß Abtreibung überhaupt ein Thema sein? Ich habe angenommen, daß du Ovral nimmst.«

»Das hat nichts mit Glauben zu tun. Und ich habe nie gesagt, daß ich Ovral nehme.«

»Du hättest es mir eher sagen können. Warum hast du es mir verschwiegen?«

»Weil ich noch einen deiner Ausbrüche nicht ertragen konnte, David. Ich kann mein Leben nicht danach richten, ob du gutheißt, was ich tue, oder nicht. Nicht mehr. Du verhältst dich so, als wäre alles, was ich tue, Teil deiner Lebensgeschichte. Du bist die Hauptperson, ich bin eine Nebenfigur, die erst auftritt, wenn die Hälfte schon vorbei ist. Doch es ist nicht so, wie du glaubst, die Menschen sind nicht in wichtige und weniger wichtige eingeteilt. Ich bin nicht weniger wichtig. Ich habe ein eigenes Leben, das für mich genauso wichtig ist wie deins für dich, und in meinem Leben treffe ich die Entscheidungen.«

Ein Ausbruch? Ist das nicht ein vollwertiger Ausbruch? »Es reicht, Lucy«, sagt er und faßt über den Tisch nach ihrer Hand. »Willst du mir sagen, daß du das Kind bekommen wirst?«

»Ja.«

»Ein Kind von einem dieser Männer?«

»Ja.«

»Warum?«

»Warum? Ich bin eine Frau, David. Glaubst du, ich hasse Kinder? Sollte ich mich wegen des Vaters gegen das Kind entscheiden?«

»Das ist schon vorgekommen. Wann erwartest du es?«

»Im Mai. Ende Mai.«

»Und dein Entschluß steht fest?«

»Ja.«

»Gut. Das hat mich ziemlich unvermittelt getroffen, gestehe ich, aber ich werde zu dir halten, was du auch beschließt. Das ist keine Frage. Jetzt werde ich einen Spaziergang machen. Wir können später noch reden.«

Warum können sie jetzt nicht reden? Weil er erschüttert ist. Weil die Gefahr besteht, daß auch er in die Luft geht.

Sie ist nicht bereit, das noch einmal durchzumachen, sagt sie. Daher hat sie schon einmal eine Abtreibung vornehmen lassen. Er hätte das nie vermutet. Wann konnte das nur gewesen sein? Als sie noch zu Hause wohnte? Hat Rosalind es gewußt, und wurde es vor ihm geheimgehalten?

Die Dreierbande. Drei Väter auf einmal. Eher Vergewaltiger als Räuber, hatte Lucy sie genannt – Vergewaltiger und Steuereintreiber, die die Gegend unsicher machten, Frauen angriffen, ihren gewalttätigen Vergnügungen nachgingen. Doch Lucy irrte sich. Sie vergewaltigten nicht, sie paarten sich. Nicht das Lustprinzip gab den Ton an, sondern die Hoden, Säcke, prall vor Samen, der darauf brannte, sich zu vervollkommnen. Und nun, sieh da: *das*

Kind! Er nennt es schon *das Kind*, wo es doch erst ein Wurm im Schoß seiner Tochter ist. Was für ein Kind kann solcher Samen hervorbringen, Samen, der nicht aus Liebe in die Frau getrieben wurde, sondern aus Haß, chaotisch vermischt, der sie beflecken, markieren soll, wie mit Hundeurin?

Ein Vater, der nicht so klug war, einen Sohn zu zeugen: soll alles so enden, soll so sein Geschlecht auslaufen, wie in der Erde versickerndes Wasser? Wer hätte das gedacht! Ein Tag wie jeder andere, klarer Himmel, eine milde Sonne, doch plötzlich hat sich alles verändert, von Grund auf verändert!

Er lehnt draußen an der Küchenwand, seine Brust hebt und senkt sich, und schließlich weint er.

Er richtet sich in Lucys früherem Zimmer ein, in das sie nicht wieder eingezogen ist. Für den Rest des Nachmittags meidet er sie, da er befürchtet, er könnte etwas Unüberlegtes äußern.

Beim Abendessen gibt es eine neue Enthüllung. »Übrigens, der Junge ist wieder da«, sagt sie.

»Der Junge?«

»Ja, der Junge, mit dem du auf Petrus' Fest den Streit angefangen hast. Er wohnt bei Petrus, er hilft ihm. Er heißt Pollux.«

»Nicht Mncedisi? Nicht Nqabayakhe? Nichts Unaussprechliches, schlicht Pollux?«

»P-O-L-L-U-X. Und David, könntest du uns diese schreckliche Ironie ersparen?«

»Ich weiß nicht, was du meinst.«

»Natürlich weißt du es. Jahrelang hast du sie gegen mich eingesetzt, als ich noch ein Kind war, um mich zu beschämen. Das kannst du doch nicht vergessen haben. Jedenfalls ist Pollux, wie sich nun herausstellt, ein Bruder von Petrus' Frau. Ob das bedeutet, ein richtiger Bruder, weiß ich nicht. Aber Petrus hat ihm gegenüber Verpflichtungen, familiäre Verpflichtungen.«

»Jetzt kommt nach und nach alles heraus. Und nun kehrt der junge Pollux an den Ort des Verbrechens zurück, und wir müssen so tun, als wäre nichts geschehen.«

»Reg dich nicht auf, David, das bringt nichts. Laut Petrus hat Pollux die Schule abgebrochen und findet nun keine Arbeit. Ich möchte dich nur warnen, daß er hier auf dem Gelände ist. An deiner Stelle würde ich ihm aus dem Weg gehen. Ich vermute, daß mit ihm etwas nicht stimmt. Aber ich kann ihm keinen Platzverweis erteilen, das steht nicht in meiner Macht.«

»Besonders, weil –« Er beendet den Satz nicht.

»Besonders, weil was? Sprich es aus.«

»Besonders, weil er der Vater des Kindes sein kann, das du erwartest. Lucy, deine Lage wird allmählich lächerlich, schlimmer als lächerlich, finster. Ich weiß nicht, wie dir das entgehen kann. Ich beschwöre dich, verlasse die Farm, ehe es zu spät ist. Das ist das einzig Vernünftige, was zu tun bleibt.«

»Nenn das nicht ständig *die Farm*, David. Das ist keine Farm, es ist nur ein Stück Land, wo ich etwas anbaue – wir beide wissen das doch. Aber nein, ich gebe es nicht auf.«

Er geht mit schwerem Herzen zu Bett. Nichts hat sich zwischen ihm und Lucy verändert, nichts ist geheilt. Sie fahren sich an, als wäre er überhaupt nicht weg gewesen.

Es ist Morgen. Er klettert über den neu errichteten Zaun. Petrus' Frau hängt hinter den alten Ställen Wäsche auf. »Guten Morgen«, sagt er. »*Molo*. Ich suche Petrus.«

Sie blickt ihm nicht in die Augen, zeigt aber matt auf die Baustelle. Ihre Bewegungen sind langsam, schwerfällig. Ihre Zeit ist bald da – sogar er sieht das.

Petrus setzt gerade Fenster ein. Eigentlich müßte jetzt ein langes Begrüßungspalaver folgen, aber er ist dazu nicht in der Stimmung. »Lucy sagt mir, daß der Junge wieder da ist«, sagt er. »Pollux. Der Junge, der sie angegriffen hat.«

Petrus schabt sein Messer sauber, legt es hin. »Er ist mein Verwandter«, sagt er. »Muß ich ihn nun wegschikken, weil die Sache passiert ist?«

»Sie haben mir erzählt, daß Sie ihn nicht kennen würden. Sie haben mich angelogen.«

Petrus steckt die Pfeife zwischen seine fleckigen Zähne und saugt vehement. Dann nimmt er die Pfeife wieder aus dem Mund und lächelt breit. »Ich lüge«, sagt er. »Ich lüge Sie an.« Er saugt wieder an der Pfeife. »Warum muß ich Sie wohl anlügen?«

»Fragen Sie das nicht mich, fragen Sie sich selbst, Petrus. Warum haben Sie gelogen?«

Das Lächeln ist verschwunden. »Sie gehen fort, Sie kommen wieder – warum?« Er starrt ihn herausfordernd an. »Sie haben hier nichts zu tun. Sie kommen nach Ihrem Kind sehen. Ich sehe auch nach meinem Kind.«

»Ihr Kind? Jetzt ist er Ihr Kind, dieser Pollux?«

»Ja. Er ist ein Kind. Er gehört zu meiner Familie, zu meinen Leuten.«

Das ist es also. Keine Lügen mehr. *Meine Leute*. Eine Antwort, so unverblümt, wie er sie sich nur wünschen kann. Nun gut, Lucy gehört zu *seinen Leuten*.

»Sie sagen, es ist schlecht, was geschehen ist«, fährt Petrus fort. »Ich sage auch, es ist schlecht. Es ist schlecht. Aber es ist erledigt.« Er nimmt die Pfeife aus dem Mund, sticht heftig mit dem Stiel in die Luft. »Es ist erledigt.«

»Es ist nicht erledigt. Tun Sie nicht so, als wüßten Sie nicht, was ich meine. Es ist nicht erledigt. Im Gegenteil, es fängt gerade erst an. Es wird weitergehen, wenn ich schon lange tot bin und Sie tot sind.«

Petrus starrt nachdenklich vor sich hin und tut nicht so, als verstünde er nicht. »Er wird sie heiraten«, sagt er schließlich. »Er wird Lucy heiraten, aber er ist zu jung, zu jung, um zu heiraten. Er ist noch ein Kind.«

»Ein gefährliches Kind. Ein junger Ganove. Ein Kumpan von Verbrechern.«

Petrus wischt die Beleidigungen fort. »Ja, er ist zu jung, zu jung. Vielleicht kann er einmal heiraten, aber nicht jetzt. Ich werde heiraten.«

»Sie werden wen heiraten?«

»Ich werde Lucy heiraten.«

Er traut seinen Ohren nicht. Das ist es also, deswegen die ganze Spiegelfechterei – für diesen Antrag, diesen Schlag! Und hier steht Petrus unerschütterlich, pafft seine leere Pfeife und wartet auf eine Antwort.

»Sie werden Lucy heiraten«, sagt er vorsichtig. »Erklären Sie mir, wie Sie das meinen. Nein, warten Sie, erklären Sie lieber nichts. Ich möchte das lieber nicht hören. Das ist bei uns nicht üblich.«

Bei uns – er ist drauf und dran zu sagen: *Bei uns Weißen.*

»Ja, ich verstehe, ich verstehe«, sagt Petrus. Er kichert richtig in sich hinein. »Aber ich sage es Ihnen, dann sagen Sie es Lucy. Dann ist sie vorbei, die ganze schlechte Sache.«

»Lucy will nicht heiraten. Will keinen Mann heiraten. Das ist keine Möglichkeit, die sie in Betracht ziehen wird. Ich kann nicht deutlicher werden. Sie möchte ihr eigenes Leben führen.«

»Ja, ich weiß«, sagt Petrus. Und vielleicht weiß er ja wirklich Bescheid. Er wäre töricht, wenn er Petrus unterschätzen würde. »Aber hier«, sagt Petrus, »ist es gefährlich, zu gefährlich. Eine Frau muß verheiratet sein.«

»Ich habe versucht, es herunterzuspielen«, sagte er Lucy später. »Obwohl ich meinen Ohren kaum trauen wollte. Es war die reine, nackte Erpressung.«

»Es war keine Erpressung. Da täuschst du dich. Hoffentlich hast du nicht die Beherrschung verloren.«

»Nein, ich habe nicht die Beherrschung verloren. Ich habe gesagt, daß ich sein Angebot übermitteln werde, das ist alles. Ich habe gesagt, ich bezweifelte, daß du interessiert sein würdest.«

»Warst du beleidigt?«

»Beleidigt über die Aussicht, Petrus' Schwiegervater zu werden? Nein. Ich war überrascht, erstaunt, verblüfft, aber nein, beleidigt war ich nicht, das mußt du mir glauben.«

»Weil das nicht das erstemal ist, muß ich dir sagen. Petrus hat schon seit einiger Zeit Andeutungen gemacht. Daß es für mich insgesamt sicherer wäre, wenn ich Teil seines Familienverbands würde. Das ist kein Scherz und keine Drohung. In gewisser Weise meint er es ernst.«

»Ich bezweifle nicht, daß er es in gewissem Sinne ernst meint. Die Frage ist, in welchem Sinn? Weiß er denn, daß du ...?«

»Du meinst, ob er meinen Zustand kennt? Ich habe es

ihm nicht gesagt. Aber bestimmt haben seine Frau und er zwei und zwei zusammengezählt.«

»Und das bringt ihn nicht von seinem Entschluß ab?«

»Warum denn? Das macht mich doch umso mehr zu einem Teil seiner Familie. Jedenfalls ist er nicht hinter mir her, er ist hinter der Farm her. Die Farm ist meine Mitgift.«

»Aber das ist grotesk, Lucy! Er ist schon verheiratet! Du hast mir doch erzählt, daß zwei Ehefrauen existieren. Wie kannst du auch nur einen Gedanken daran verschwenden?«

»Ich glaube nicht, daß du begreifst, worum es eigentlich geht, David. Petrus bietet mir keine kirchliche Trauung an, gefolgt von Flitterwochen an der Wild Coast. Er bietet mir ein Bündnis an, ein Geschäft. Ich bringe das Land ein, dafür darf ich mich unter seinen Schutz begeben. Er will mich darauf hinweisen, daß ich sonst ohne Schutz bin, Freiwild.«

»Und das ist keine Erpressung? Wie steht es mit dem Persönlichen? Spielt bei dem Angebot das Persönliche keine Rolle?«

»Willst du damit fragen, ob Petrus von mir erwartet, daß ich mit ihm schlafe? Ich weiß nicht, ob Petrus mit mir schlafen möchte, außer um seine Botschaft zu unterstreichen. Aber um ehrlich zu sein, nein, ich möchte nicht mit Petrus schlafen. Auf keinen Fall.«

»Dann brauchen wir es nicht weiter zu erörtern. Soll ich Petrus deinen Entschluß mitteilen – daß sein Angebot nicht angenommen wird, ohne weitere Begründung?«

»Nein, warte. Bevor du dich Petrus gegenüber aufs hohe Roß schwingst, denke doch mal einen Moment objektiv über meine Situation nach. Objektiv gesehen bin ich eine alleinstehende Frau. Ich habe keine Brüder. Ich habe einen Vater, aber er ist weit weg und sowieso machtlos, was die Dinge angeht, die hier wichtig sind. Bei wem kann ich Schutz und Unterstützung suchen? Bei Ettinger? Es ist nur eine Frage der Zeit, wann man Ettinger mit einer Kugel im Rücken finden wird. Es bleibt praktisch nur noch Petrus. Petrus ist vielleicht kein großer Mann, aber er ist groß genug für jemanden, der so klein wie ich ist. Und Petrus kenne ich wenigstens. Ich mache mir keine Illusionen über ihn. Ich weiß, worauf ich mich einlassen würde.«

»Lucy, ich bin dabei, das Haus in Kapstadt zu verkaufen. Ich bin bereit, dich nach Holland zu schicken. Oder aber dir zu geben, was du brauchst, um dir an einem sichererem Ort als diesem hier einen neuen Anfang zu ermöglichen. Denk darüber nach.«

Es ist, als hätte sie ihn nicht gehört. »Geh wieder zu Petrus«, sagt sie. »Mache ihm den folgenden Vorschlag. Sage, daß ich seinen Schutz annehme. Sage, er kann über unsere Beziehung jede Geschichte, die er will, in Umlauf bringen, und ich werde ihm nicht widersprechen. Wenn er will, daß ich als seine dritte Frau gelte, bitte sehr. Als seine Geliebte, auch gut. Aber dann ist auch das Kind sein Kind. Das Kind gehört dann zu seiner Familie. Was das Land angeht, so kannst du ihm sagen, daß ich ihm das Land überschreiben werde, solange das Haus in meinem Besitz bleibt. Ich werde ein Mieter auf seinem Land.«

»Ein *bywoner*.«

»Ein *bywoner*. Aber das Haus bleibt in meinem Besitz, ich wiederhole das. Niemand betritt das Haus ohne meine Erlaubnis. Er eingeschlossen. Und ich behalte die Hundepension.«

»Das ist nicht durchführbar, Lucy. Gesetzlich ist das nicht durchführbar. Das ist dir doch klar.«

»Was schlägst du dann vor?«

Sie sitzt da in Morgenmantel und Hausschuhen, mit der gestrigen Zeitung auf dem Schoß. Ihre Haare hängen glatt herunter; sie ist auf nachlässige, ungesunde Weise dick. Immer mehr nähert sie sich dem Erscheinungsbild jener Frauen, die auf den Gängen von Pflegeheimen herumschlurfen und leise Selbstgespräche führen. Warum sollte sich Petrus überhaupt die Mühe machen und verhandeln? Sie kann es nicht mehr lange machen: man muß sie nur sich selbst überlassen, und zu gegebener Zeit wird sie wie eine verfaulte Frucht abfallen.

»Ich habe meinen Vorschlag gemacht. Zwei Vorschläge.«

»Nein, ich gehe nicht fort. Geh zu Petrus und richte ihm aus, was ich gesagt habe. Sage ihm, daß ich das Land aufgebe. Sage ihm, daß er es haben kann, Besitzurkunde und alles. Das wird ihm gefallen.«

Zwischen ihnen entsteht eine Pause.

»Wie demütigend«, sagt er schließlich. »Solche großen Hoffnungen, und nun dieses Ende.«

»Ja, du hast recht, es ist demütigend. Aber vielleicht ist das eine gute Ausgangsbasis für einen Neuanfang. Vielleicht muß ich das akzeptieren lernen. Von ganz unten anzufangen. Mit nichts. Nicht mit nichts als. Mit nichts. Ohne Papiere, ohne Waffen, ohne Besitz, ohne Rechte, ohne Würde.«

»Wie ein Hund.«

»Ja, wie ein Hund.«

23. Kapitel

Es ist mitten am Vormittag. Er ist draußen gewesen und hat die Bulldogge Katy ausgeführt. Erstaunlicherweise konnte Katy mit ihm Schritt halten, entweder weil er langsamer als früher ist oder weil sie schneller ist. Sie schnauft und keucht genausoviel wie sonst, aber das stört ihn offenbar nicht mehr.

Als sie sich dem Haus nähern, bemerkt er den Jungen, denjenigen, den Petrus mit *meine Leute* bezeichnet hat, und er steht mit dem Gesicht zur hinteren Hauswand. Zuerst glaubt er, er uriniere; dann stellt er fest, daß er durchs Badfenster späht und Lucy verstohlen beobachtet.

Katy hat zu knurren angefangen, aber der Junge ist zu vertieft, um es mitzubekommen. Als er sich umdreht, sind sie schon da. Er schlägt dem Jungen mit der Hand ins Gesicht. *»Du Schwein!«* schreit er und ohrfeigt ihn ein zweites Mal, so daß er taumelt. *»Du dreckiges Schwein!«*

Eher erschrocken als verletzt, versucht der Junge wegzulaufen, stolpert aber über die eigenen Füße. Sofort stürzt sich der Hund auf ihn. Er schlägt ihm die Zähne über dem Ellbogen in den Arm; er stemmt die Vorderbeine in den Boden und zerrt knurrend an ihm. Mit einem Schmerzensschrei versucht sich der Junge loszureißen. Er schlägt mit der Faust zu, aber nicht sehr kraftvoll, und der Hund reagiert nicht darauf.

Das Wort tönt noch nach: Schwein! Noch nie hat er

solche elementare Wut gespürt. Er würde dem Burschen gern geben, was er verdient: eine ordentliche Tracht Prügel. Sprüche, die er sein Leben lang gemieden hat, scheinen plötzlich gerecht und angebracht: *Verpaß ihm einen Denkzettel! Zeig ihm, wo er hingehört!* So fühlt sich das also an, denkt er. So ist es also, wenn man sich wie ein Wilder aufführt!

Er verpaßt dem Jungen einen guten, ordentlichen Tritt, so daß er der Länge nach hinfällt. Pollux! Was für ein Name!

Der Hund wechselt die Stellung, steigt auf den Jungen und zerrt wütend an seinem Arm, wobei er das Hemd zerreißt. Der Junge versucht, ihn wegzustoßen, aber der Hund weicht nicht. »Bäh bäh bäh bäh bäh!« schreit er vor Schmerz. »Ich bringe dich um!« schreit er.

Dann erscheint Lucy auf der Bildfläche. »Katy!« befiehlt sie.

Der Hund schaut sie von der Seite her an, gehorcht aber nicht.

Lucy fällt auf die Knie, packt den Hund beim Halsband und redet leise und dringlich auf ihn ein. Zögernd läßt der Hund los.

»Ist alles in Ordnung?« sagt sie.

Der Junge stöhnt vor Schmerz. Der Rotz läuft ihm aus der Nase. »Ich bringe euch um!« sagt er schwer atmend. Er sieht so aus, als würde er gleich heulen.

Lucy krempelt seinen Ärmel hoch. Die Spuren der Hundezähne sind zu sehen; während sie zusehen, bilden sich Bluttropfen auf der dunklen Haut.

»Komm, wir wollen rein und das auswaschen«, sagt sie. Der Junge zieht Rotz und Tränen hoch und schüttelt den Kopf.

Lucy hat nur einen Morgenrock an. Als sie aufsteht, lockert sich die Schärpe, und ihre Brüste werden entblößt.

Als er die Brüste seiner Tochter das letzte Mal gesehen hat, waren es die kleinen Rosenknospen einer Sechsjährigen. Jetzt sind sie schwer, rund, beinahe milchig. Es wird still. Er starrt, der Junge starrt auch, ohne Scham. Wut schießt wieder in ihm hoch, trübt seine Sicht.

Lucy wendet sich von ihnen beiden ab und bedeckt sich. Mit einer einzigen schnellen Bewegung kommt der Junge auf die Füße und bringt sich außer Reichweite. »Wir bringen euch alle um!« schreit er. Er dreht sich um; absichtlich das Kartoffelbeet zertrampelnd, kriecht er unter dem Drahtzaun durch und zieht sich in Richtung von Petrus' Haus zurück. Sein Gang ist wieder frech, obwohl er noch seinen Arm versorgt.

Lucy hat recht. Es stimmt etwas nicht mit ihm, in seinem Kopf stimmt etwas nicht. Ein gewalttätiges Kind im Körper eines jungen Mannes. Aber es steckt mehr dahinter, eine Seite der Sache, die er nicht versteht. Was will Lucy erreichen, wenn sie den Jungen schützt?

Lucy spricht. »Das kann so nicht weitergehen, David. Ich komme mit Petrus und seinen *aanhangers* klar, ich komme mit dir klar, aber ich komme nicht mit euch allen zusammen klar.«

»Er hat dich durchs Fenster angeglotzt. Hast du das mitbekommen?«

»Er ist gestört. Ein gestörtes Kind.«

»Ist das eine Entschuldigung? Eine Entschuldigung für das, was er dir angetan hat?«

Lucys Lippen bewegen sich, doch er kann nicht hören, was sie sagt.

»Ich traue ihm nicht«, fährt er fort. »Er ist unberechenbar. Er ist wie ein Schakal, der herumschnüffelt und auf Böses sinnt. Früher hatten wir eine Bezeichnung für Leute wie ihn. Zurückgeblieben. Geistig zurückgeblieben. Moralisch zurückgeblieben. Man sollte ihn in eine Anstalt stecken.«

»Das ist doch dummes Gerede, David. Wenn du so denkst, dann behalt es lieber für dich. Und was du von ihm hältst, ist sowieso ohne Belang. Er ist hier, er wird sich nicht in Rauch auflösen, er ist eine Tatsache.« Sie sieht ihn fest an, in das Sonnenlicht blinzelnd. Katy läßt sich ihr zu Füßen fallen, keucht etwas, ist zufrieden mit sich, mit ihren Taten. »David, wir können so nicht weitermachen. Alles hatte sich beruhigt, alles war wieder friedlich, bis du wiedergekommen bist. Ich muß Frieden um mich herum haben. Ich bin bereit, alles zu tun, jedes Opfer zu bringen, nur um Frieden zu haben.«

»Und ich bin Teil von dem, was du zu opfern bereit bist?«

Sie zuckt mit den Schultern. »Das habe nicht ich gesagt, du hast es gesagt.«

»Dann werde ich meine Sachen packen.«

Stunden nach dem Vorfall juckt ihm noch die Hand von den Schlägen. Wenn er an den Jungen und seine Drohungen denkt, kocht er vor Zorn. Gleichzeitig schämt er sich. Er verurteilt sich entschieden. Er hat niemandem eine Lektion erteilt – bestimmt nicht dem Jungen. Er hat nur erreicht, daß er sich Lucy noch mehr entfremdet hat. Er hat sich ihr von Leidenschaft überwältigt gezeigt, und ganz offenbar gefällt ihr nicht, was sie sieht.

Er sollte sich entschuldigen. Aber er kann nicht. Es scheint so, als habe er sich nicht in der Gewalt. Pollux hat etwas, das ihn wütend macht: seine häßlichen, kleinen dunklen Augen, seine Unverschämtheit, doch ebenso der Gedanke, daß er wie ein Unkraut seine Wurzeln mit Lucy und Lucys Existenz verquicken durfte.

Wenn Pollux seine Tochter wieder beleidigt, wird er ihn wieder schlagen. *Du mußt dein Leben ändern!* Nun, er ist dafür zu alt, zu alt, um sich zu ändern. Vielleicht ist Lucy in der Lage, sich dem Sturm zu beugen; er kann es nicht, nicht ehrenhaft.

Deshalb muß er auf Teresa hören. Teresa ist vielleicht die letzte, die ihn noch retten kann. Für Teresa spielt Ehre keine Rolle mehr. Sie reckt ihre Brüste der Sonne entgegen; sie spielt in Gegenwart der Diener Banjo und kümmert sich nicht darum, wenn sie grinsen. Sie hat unsterbliche Sehnsucht, und sie singt von ihrer Sehnsucht. Sie wird nicht tot sein.

Er erreicht die Tierklinik, als Bev Shaw gerade weggehen will. Sie umarmen sich, zaghaft, wie Fremde. Kaum zu glauben, daß sie einander nackt im Arm gelegen haben.

»Ist das ein Besuch, oder wirst du eine Weile bleiben?« fragt sie.

»Ich bleibe so lange wie nötig. Aber ich werde nicht bei Lucy wohnen. Wir beide kommen nicht miteinander aus. Ich suche mir ein Zimmer in der Stadt.«

»Das tut mir leid. Was ist denn das Problem?«

»Zwischen Lucy und mir? Nichts, hoffe ich. Nichts, was nicht geklärt werden kann. Das Problem sind die Leute, mit denen Lucy zusammenlebt. Wenn ich noch dazukomme, werden wir zu viele. Zu viele auf zu kleinem Raum. Wie Spinnen in einer Flasche.«

Vor ihm taucht ein Bild aus dem *Inferno* auf: der große

Sumpf des Styx, in dem Seelen hochschießen wie Pilze. *Vedi l'anime di color cui vinse l'ira.* Seelen, von Zorn überwältigt, die sich gegenseitig benagen. Eine dem Verbrechen angemessene Strafe.

»Du sprichst von diesem Jungen, der zu Petrus gezogen ist. Ich muß gestehen, daß er nicht vertrauenerweckend aussieht. Aber solange Petrus da ist, hat Lucy sicher nichts zu befürchten. Vielleicht ist jetzt die Zeit für dich gekommen, David, dich zurückzuhalten und es Lucy zu überlassen, Wege für sich zu finden. Frauen sind anpassungsfähig. Lucy ist anpassungsfähig. Und sie ist jung. Sie ist bodenständiger als du. Als wir beide.«

Lucy und anpassungsfähig? Das hat er so nicht erlebt. »Du sagst mir ständig, ich soll mich zurückhalten«, sagt er. »Wenn ich mich von Anfang an zurückgehalten hätte, was wäre aus Lucy geworden?«

Bev Shaw schweigt. Gibt es etwas an ihm, das Bev Shaw sehen kann und er nicht? Weil die Tiere ihr vertrauen, sollte auch er ihr vertrauen, daß sie ihn etwas lehren kann? Tiere vertrauen ihr, und sie benutzt dieses Vertrauen, um sie zu liquidieren. Was ist hier die Lehre?

»Wenn ich mich zurückhalten würde«, redet er stokkend weiter, »und ein neues Unglück auf der Farm geschehen würde, wie könnte ich dann ruhig weiterleben?«

Sie zuckt mit den Schultern. »Geht es denn eigentlich darum, David?« fragt sie ruhig.

»Ich weiß nicht. Ich weiß nicht mehr, worum es eigentlich geht. Zwischen Lucys Generation und meiner ist anscheinend ein Vorhang gefallen. Ich habe nicht einmal gemerkt, wann er gefallen ist.«

Ein langes Schweigen breitet sich zwischen ihnen aus.

»Jedenfalls kann ich nicht bei Lucy wohnen«, fährt er fort, »deshalb suche ich ein Zimmer. Wenn du zufällig von einem Zimmer in Grahamstown hörst, laß es mich wissen. Aber ich bin in erster Linie gekommen, um zu sagen, daß ich wieder für Hilfsarbeiten in der Tierklinik zur Verfügung stehe.«

»Das trifft sich gut«, sagt Bev Shaw.

Ein Freund von Bill Shaw verkauft ihm einen Pickup, einen Halbtonner, für den er mit einem Scheck über 1000 Rand und einem zweiten über 7000 Rand, auf das Monatsende vordatiert, bezahlt.

»Wofür wollen Sie ihn benutzen?« fragt der Mann.

»Für Tiere. Hunde.«

»Dann brauchen Sie hinten Stangen, damit sie nicht rausspringen. Ich kenne jemanden, der Ihnen die Stangen anbringen kann.«

»Meine Hunde springen nicht.«

Laut Fahrzeugpapieren ist der Pickup zwölf Jahre alt, aber der Motor klingt noch tadellos. Und außerdem muß er ja nicht ewig halten, sagt er sich. Nichts muß ewig halten.

Auf eine Annonce in *Grocott's Mail* hin mietet er sich in einem Haus nicht weit vom Krankenhaus ein. Er gibt seinen Namen mit Lourie an, zahlt eine Monatsmiete im voraus, erzählt der Wirtin, daß er zur ambulanten Behandlung in Grahamstown ist. Er sagt nicht, was für eine Behandlung, weiß aber, daß sie glaubt, er habe Krebs.

Er gibt das Geld mit beiden Händen aus. Egal.

In einem Campinggeschäft kauft er einen Tauchsieder, einen kleinen Gaskocher, einen Aluminiumtopf. Als er das alles in sein Zimmer hochschafft, trifft er seine Wirtin auf der Treppe. »Auf den Zimmern ist Kochen nicht gestattet, Mr. Lourie«, sagt sie. »Wegen Brandgefahr, wissen Sie.«

Das Zimmer ist dunkel, stickig, mit Möbeln vollgestopft, die Matratze mit klumpiger Füllung. Aber er wird sich daran gewohnen, wie er sich an anderes gewöhnt hat.

Es gibt noch einen anderen Untermieter, einen pensionierten Lehrer. Sie begrüßen sich beim Frühstück, sonst sprechen sie nicht miteinander. Nach dem Frühstück begibt er sich in die Tierklinik und bleibt tagsüber dort, jeden Tag, einschließlich sonntags.

Die Klinik wird, mehr als die Pension, zu seinem Zuhause. In dem kahlen Hof hinter dem Gebäude schafft er sich so etwas wie einen Zufluchtsort, mit einem Tisch und einem alten Sessel von den Shaws und einem Sonnenschirm, um die stärkste Sonne abzuhalten. Er schafft den Gaskocher her, um Tee zu machen oder Büchsennahrung aufzuwärmen: Spaghetti und Fleischbällchen, Hechtmakrele und Zwiebeln. Zweimal täglich füttert er die Tiere; er macht ihre Käfige sauber und redet gelegentlich mit ihnen; sonst liest er oder döst, oder wenn er allein auf dem Gelände ist, sucht er sich auf Lucys Banjo die Musik zusammen, die er Teresa Guiccioli übertragen will.

Bis das Kind geboren ist, wird das sein Leben sein.

Eines Morgens schaut er hoch und sieht die Gesichter von drei kleinen Jungen, die ihn über die Betonmauer betrachten. Er steht auf; die Hunde fangen zu bellen an; die Jungen lassen sich herunterfallen und flitzen aufgeregt schreiend davon. Was für eine Geschichte sie zu Hause zu erzählen haben: ein verrückter Alter, der mitten unter den Hunden sitzt und sich etwas vorsingt!

In der Tat verrückt. Wie kann er nur erklären, den Jungen, ihren Eltern, der ganzen Siedlung D, was Teresa und ihr Liebhaber getan haben, daß sie es verdienen, wieder auf diese Welt geholt zu werden?

24. Kapitel

In ihrem weißen Nachthemd steht Teresa am Schlafzimmerfenster. Ihre Augen sind geschlossen. Es ist die dunkelste Stunde der Nacht: sie atmet tief, atmet das Rauschen des Windes ein, das Brüllen der Ochsenfrösche.

»*Che vuol dir*«, singt sie, ihre Stimme kaum mehr als ein Flüstern – »*Che vuol dir questa solitudine immensa? Ed io*«, singt sie – »*che sono?*«

Stille. Die *solitudine immensa* antwortet nicht. Selbst das Trio in der Ecke ist mucksmäuschenstill.

»Komm!« flüstert sie. »Komm zu mir, ich flehe dich an, mein Byron!« Sie breitet die Arme weit aus, umarmt die Dunkelheit, umarmt, was sie bringen wird.

Sie wünscht, daß er mit dem Wind kommt, daß er sich um sie schlingt, sein Gesicht im Tal zwischen ihren Brüsten birgt. Oder aber sie wünscht, daß er mit dem Morgengrauen kommt, am Horizont wie ein Sonnengott aufsteigt und das Glühen seiner Wärme auf sie wirft. Um jeden Preis will sie ihn zurück.

An seinem Tisch im Hundehof sitzend, lauscht er der traurigen, fallenden Melodie von Teresas Flehen, während sie in die Dunkelheit hinausblickt. Das ist eine schlechte Monatszeit für Teresa, sie ist wund, sie hat kein Auge zugetan, sie ist hager vor Sehnsucht. Sie will erlöst werden – vom Schmerz, von der Sommerhitze, von der Villa Gamba, von der Übellaunigkeit ihres Vaters, von allem.

Sie nimmt die Mandoline vom Stuhl, wo sie gelegen hat. Das Instrument wie ein Kind im Arm haltend, kehrt sie zum Fenster zurück. *Plink-plank* macht die Mandoline in ihren Armen, leise, um den Vater nicht zu wecken. *Plink-plank* plärrt das Banjo in dem verlassenen Hof in Afrika.

Nur etwas, um mich daran auszuprobieren, hatte er zu Rosalind gesagt. Eine Lüge. Die Oper ist kein Hobby, nicht mehr. Sie verzehrt ihn Tag und Nacht.

Aber trotz gelegentlicher guter Momente ist die Wahrheit, daß *Byron in Italien* nicht vorankommt. Es gibt keine Handlung, keine Entwicklung, nur eine lange, ausgedehnte Kantilene, von Teresa in die leere Luft geschleudert, hin und wieder vom Stöhnen und Seufzen Byrons in den Kulissen unterbrochen. Der Ehemann und die Rivalin sind vergessen, könnten ebensogut gar nicht existieren. Der poetische Impetus in ihm ist vielleicht nicht tot, aber nach Jahrzehnten der Vernachlässigung kann er nur ausgezehrt, verbogen, deformiert aus seinem Versteck gekrochen kommen. Er hat nicht die musikalischen Mittel, hat nicht die Kraft, *Byron in Italien* von den monotonen Geleisen herunterzuholen, auf denen das Stück von Anfang an gelaufen ist. Es ist zu einem Werk geworden, wie es ein Schlafwandler verfassen könnte.

Er seufzt. Es wäre angenehm gewesen, als Verfasser einer exzentrischen kleinen Kammeroper triumphal in die Gesellschaft zurückzukehren. Aber daraus wird nichts. Seine Hoffnungen müssen bescheidener sein: daß irgendwo aus dem Chaos von Klängen eine einzige authentische Note der ewigen Sehnsucht aufsteigen wird, wie ein Vogel. Er wird es den Gelehrten der Zukunft überlassen, die zu erkennen, vorausgesetzt, es gibt dann noch Gelehrte.

Denn er wird die Note nicht selbst erkennen, wenn sie kommt, falls sie kommt – er weiß zuviel über Kunst und wie Kunst funktioniert, um das zu erwarten. Obwohl es für Lucy angenehm gewesen wäre, den Beweis noch zu ihren Lebzeiten zu hören und etwas besser von ihm zu denken.

Die arme Teresa! Die arme, sich verzehrende Frau! Er hat sie aus dem Grab zurückgeholt, ihr ein anderes Leben versprochen, und nun läßt er sie im Stich. Er hofft, daß sie es über sich bringt, ihm zu verzeihen.

Unter den Hunden in den Käfigen ist einer, für den er mit der Zeit eine besondere Zuneigung entwickelt hat. Es ist ein junger Rüde mit einem verkümmerten linken Hinterbein, das er nachzieht. Ob der Hund so zur Welt kam, weiß er nicht. Kein Besucher hat Interesse gezeigt, ihn zu adoptieren. Seine Gnadenfrist ist bald um; bald wird er sich der Nadel unterwerfen müssen.

Manchmal, wenn er liest oder schreibt, befreit er das Tier aus dem Käfig und läßt es auf seine groteske Weise im Hof herumhüpfen oder zu seinen Füßen dösen. Es ist in keinem Sinn »sein« Hund; er hat sich gehütet, ihm einen Namen zu geben (obwohl Bev Shaw ihn *Driepoot* nennt); trotzdem spürt er, daß ihm von dem Tier eine großzügige Zuneigung entgegenströmt. Willkürlich, bedingungslos, ist er adoptiert worden; der Hund würde für ihn sterben, weiß er.

Der Klang des Banjos fasziniert den Hund. Wenn er auf den Saiten klimpert, setzt sich der Hund aufrecht hin, legt den Kopf schief, lauscht. Wenn er Teresas Melodie summt und das Summen vor Gefühl anschwillt (es ist, als schwelle der Kehlkopf an – er fühlt das Blut in der Kehle pulsen), schmatzt der Hund mit den Lippen, und es sieht so aus, als würde er auch gleich zu singen oder zu heulen anfangen.

Würde er sich das trauen: einen Hund in das Stück hineinzubringen, ihm zu gestatten, seine eigene Klage zwischen den Strophen der liebeskranken Teresa gen Himmel heulen zu lassen? Warum nicht? Sicher ist in einem Werk, das nie aufgeführt werden wird, alles erlaubt?

Samstag vormittags geht er, wie abgemacht, zum Donkin Square, um Lucy beim Marktstand zu helfen. Hinterher führt er sie zum Essen aus.

Lucy bewegt sich nun langsamer. Sie hat einen versunkenen, friedlichen Ausdruck angenommen. Ihre Schwangerschaft ist noch nicht offensichtlich; aber wenn er Anzeichen wahrnimmt, wie lange kann es dann noch dauern, bis auch die adleräugigen Töchter von Grahamstown sie wahrnehmen?

»Wie kommt Petrus voran?« fragt er.

»Das Haus ist fertig, bis auf die Zimmerdecken und die Klempnerarbeiten. Sie sind dabei, einzuziehen.«

»Und ihr Kind? Steht der Geburtstermin nicht kurz bevor?«

»Nächste Woche. Alles gut geplant.«

»Hat Petrus noch mehr Winke mit dem Zaunpfahl gegeben?«

»Winke?«

»In bezug auf dich, auf deinen Platz im großen Plan.«

»Nein.«

»Vielleicht wird es anders, wenn erst einmal das Kind« – er deutet so dezent wie möglich auf seine Tochter, auf ihren Körper – »geboren ist. Es wird schließlich ein Kind dieser Erde sein. Das werden sie nicht leugnen können.«

Sie schweigen lange.

»Liebst du ihn schon?«

Obwohl das seine Worte sind, aus seinem Mund, überraschen sie ihn.

»Das Kind? Nein. Wie könnte ich? Aber ich werde es lieben. Liebe wird sich entwickeln – in dieser Frage kann man auf Mutter Natur vertrauen. Ich bin entschlossen, eine gute Mutter zu sein, David. Eine gute Mutter und ein guter Mensch. Du solltest auch versuchen, ein guter Mensch zu sein.«

»Ich befürchte, für mich ist es zu spät. Ich bin bloß ein alter Knastbruder, der seine Strafe absitzt. Aber bei dir heißt es: Nur zu! Du bist auf dem richtigen Weg.«

Ein guter Mensch. Dieser Vorsatz ist in finsteren Zeiten nicht schlecht.

Wie unausgesprochen vereinbart, besucht er vorläufig die Farm seiner Tochter nicht. Trotzdem fährt er an einem Wochentag die Straße nach Kenton hinaus, läßt den Laster am Abzweig stehen und läuft den restlichen Weg, nicht auf dem Weg, sondern quer übers Veld.

Vom letzten Hügelrücken sieht er die Farm vor sich liegen: das alte Haus, solide, wie eh und je, die Ställe, Petrus' neues Haus, das alte Reservoir, auf dem er Punkte erkennen kann, das müssen die Enten sein, und größere Punkte, das müssen die Wildgänse sein, Lucys weither gereiste Gäste.

In dieser Entfernung sind die Blumenbeete kompakte Farbblöcke: fuchsrot, blutrot, taubenblau. Eine blühende Jahreszeit. Die Bienen müssen im siebenten Himmel sein.

Von Petrus ist nichts zu sehen, auch nicht von seiner Frau oder dem Schakal-Jungen, der zu ihrer Sippe gehört. Aber Lucy arbeitet in den Blumenbeeten; und als er sich den Hang hinunter einen Weg sucht, erkennt er auch die Bulldogge, ein rehbrauner Fleck auf dem Weg neben ihr.

Er kommt am Zaun an und bleibt stehen. Lucy hat ihm den Rücken zugekehrt und ihn noch nicht entdeckt. Sie trägt ein helles Sommerkleid, Stiefel und einen breitkrempigen Strohhut. Während sie sich nach vorn beugt, verschneidet, stutzt oder anbindet, kann er ihre milchige, blaugeäderte Haut und die breiten, verletzlichen Sehnen in den Kniekehlen sehen: der am wenigsten schöne Körperteil einer Frau, der am wenigsten ausdrucksvolle, und daher vielleicht der anrührendste.

Lucy richtet sich auf, streckt sich, bückt sich wieder. Feldarbeit; bäuerliche Aufgaben, seit undenklichen Zeiten. Seine Tochter wird zur Bäuerin.

Sie hat seine Anwesenheit noch immer nicht mitbekommen. Und der Wachhund, der Wachhund döst offenbar.

Also: einst war sie ein Wurm im Körper ihrer Mutter, und nun ist sie hier, eine solide Existenz, solider, als er je gewesen ist. Wenn sie Glück hat, wird sie lange leben, noch lange nach ihm. Wenn er tot ist, wird sie, wenn sie Glück hat, immer noch hier ihre alltäglichen Aufgaben in den Blumenbeeten erfüllen. Und aus ihr wird eine andere Existenz hervorgegangen sein, die mit etwas Glück genauso solide, genauso langlebig sein wird. So wird es fortgehen, eine Reihe von Existenzen, bei denen sein Anteil, seine Gabe, unerbittlich abnehmen wird, bis er so gut wie vergessen ist.

Ein Großvater. Ein Joseph. Wer hätte das gedacht! Welches hübsche Mädchen wird wohl mit einem Großvater ins Bett gehen?

Leise ruft er ihren Namen. »Lucy!«

Sie hört ihn nicht.

Was wird es mit sich bringen, Großvater zu sein? Als Vater hat er kein Ruhmesblatt geschrieben, obwohl er sich mehr Mühe gegeben hat als die meisten. Als Großvater wird er wahrscheinlich auch unter dem Durchschnitt bleiben. Ihm fehlen die Tugenden der Alten: Gleichmut, Freundlichkeit, Geduld. Aber vielleicht kommen ja diese Tugenden, während andere sich verabschieden: die Tugend der Leidenschaft, zum Beispiel. Er muß sich wieder einmal mit Victor Hugo, dem Dichter des Großvatertums, beschäftigen. Vielleicht kann man bei ihm etwas lernen.

Der Wind legt sich. Es folgt ein Moment der völligen Stille, den er ewig ausdehnen möchte: die sanfte Sonne, die nachmittägliche Stille, Bienen, geschäftig im Blumenbeet; und im Mittelpunkt des Bildes eine junge Frau, *das ewig Weibliche*, leicht schwanger, mit einem Strohhut. Eine Szene, wie geschaffen für einen Sargent oder einen Bonnard. Stadtmenschen wie er; aber sogar Stadtmenschen können Schönheit erkennen, wenn sie auf sie stoßen, und es kann ihnen den Atem verschlagen.

In Wahrheit hat er kaum ein Auge für das Landleben gehabt, trotz seiner ausführlichen Lektüre von Wordsworth. Kaum ein Auge für etwas anderes als für hübsche Mädchen; und wohin hat ihn das geführt? Ist es zu spät, um das Auge zu schulen?

Er räuspert sich. »Lucy«, sagt er, etwas lauter.

Der Zauber ist gebrochen. Lucy richtet sich auf, dreht sich halb um, lächelt. »Hallo«, sagt sie. »Ich habe dich nicht gehört.«

Katy hebt den Kopf und starrt kurzsichtig in seine Richtung.

Er klettert durch den Zaun. Katy trottet schwerfällig zu ihm hin, beschnüffelt seine Schuhe.

»Wo ist der Pickup?« fragt Lucy. Sie ist von der Arbeit gerötet und vielleicht ein bißchen sonnenverbrannt. Sie sieht plötzlich wie das blühende Leben aus.

»Ich habe ihn abgestellt und einen Spaziergang gemacht.«

»Willst du reinkommen und eine Tasse Tee trinken?«

Sie macht das Angebot, als sei er ein Besucher. Gut. Ein Besucher, ein Gast, der kommt und wieder geht – ein neues Verhältnis, ein neuer Anfang.

Es ist wieder Sonntag. Bev Shaw und er praktizieren wieder einmal ihre spezielle Methode zur Problemlösung. Eine nach der anderen bringt er die Katzen herein, dann sind die Hunde dran: die alten, die blinden, die schwachen, die verkrüppelten, die verstümmelten, aber auch die jungen, die gesunden – alle, deren Zeit gekommen ist. Bev berührt die Tiere eines nach dem anderen, spricht mit ihnen, tröstet sie und schläfert sie ein, dann tritt sie zurück und sieht zu, während er die Überreste in einen schwarzen Leichensack aus Plastik verpackt.

Er und Bev sprechen nicht miteinander. Inzwischen hat er gelernt, von ihr, seine ganze Aufmerksamkeit auf das Tier, das sie töten, zu konzentrieren und ihm das zu geben, was er nun ohne Mühe bei seinem richtigen Namen nennt: Liebe.

Er verschließt den letzten Sack und schafft ihn zur Tür. Dreiundzwanzig. Es ist nur noch der junge Hund da, das Tier, das Musik liebt, das, wenn man ihm nur die geringste Gelegenheit gegeben hätte, schon seinen Kameraden nachgehoppelt wäre, hinein in das Klinikgebäude, in das

Behandlungszimmer mit seinem verzinkten Tisch, wo die starken, vermischten Gerüche noch im Raum hängen, einschließlich des einen, dem er in seinem Leben noch nicht begegnet sein wird – dem Geruch des Todes, dem sanften, kurzlebigen Geruch der befreiten Seele.

Was der Hund nicht herausfinden kann (*nicht in einem Monat voller Sonntage!* denkt er), was ihm seine Nase nicht sagen wird, ist, wie man in einen offenbar gewöhnlichen Raum hineingehen kann und nie wieder herauskommt. In diesem Raum geschieht etwas, etwas Unaussprechliches: hier wird die Seele aus dem Körper gerissen; sie hängt kurz in der Luft herum, windet und verrenkt sich; dann wird sie fortgezogen und ist verschwunden. Das kann er nicht begreifen, diesen Raum, der kein Raum, sondern ein Loch ist, wo das Leben aus einem herausläuft.

Es wird immer schwerer, hat Bev Shaw einmal gesagt. Schwerer, doch auch leichter. Man gewöhnt sich daran, daß alles schwerer wird; man ist nicht mehr überrascht, daß etwas, das so schwer wie nur irgend möglich war, immer noch schwerer wird. Er kann den jungen Hund noch eine Woche aufsparen, wenn er will. Aber es muß eine Zeit kommen, man kann ihr nicht entgehen, wenn er ihn Bev Shaw in ihr Behandlungszimmer bringen muß (vielleicht wird er ihn in den Armen tragen, vielleicht wird er das für ihn tun). Dann wird er ihn streicheln und das Fell zurückstreichen, damit die Nadel die Vene finden kann, und mit ihm flüstern und ihn stützen in dem Moment, wenn zu seinem Erstaunen seine Beine nachgeben; und dann, wenn die Seele den Körper verlassen hat, wird er ihn zurechtlegen und in seinen Sack stecken und den Sack am nächsten Tag in die Flammen schicken und dafür sorgen, daß er verbrennt, völlig verbrennt. Das alles wird er für ihn tun, wenn seine Zeit gekommen ist. Das ist wenig genug, weniger als wenig – nichts.

Er geht durch das Behandlungszimmer. »War das der letzte?« fragt Bev Shaw.

»Noch einer.«

Er öffnet die Käfigtür. »Komm«, sagt er, beugt sich hinunter, öffnet die Arme. Der Hund wedelt mit dem verkrüppelten Hinterteil, er beschnüffelt ihm das Gesicht, leckt ihm die Wangen, die Lippen, die Ohren. Er tut nichts, um ihn daran zu hindern. »Komm.«

Ihn wie ein Lamm auf den Armen tragend, kommt er wieder ins Behandlungszimmer. »Ich dachte, du würdest ihn noch eine Woche aufsparen«, sagt Bev Shaw. »Gibst du ihn auf?«

»Ja, ich gebe ihn auf.«

Anmerkungen

S. 7 Zeile 9–12:
Aus dem Schlußchor von Sophokles' »König Ödipus« (übersetzt von Curt Woyte)

S. 25 Zeile 1/2:
Eingangszeilen von Shakespeares Sonett 1 (übersetzt von Gottlob Regis)

S. 29 Zeile 27ff.:
Passage aus William Wordsworth' »Präludium oder Das Reifen eines Dichtergeistes« – nach der Übersetzung von Hermann Fischer (1974). Aus inhaltlichen Gründen wurde ein Wort ausgetauscht (statt »Entthronte« – »Usurpierte«).

S. 34 Zeile 15:
My gats – Afrikaans: vulgär für »Mein Gott!«

S. 43 Zeile 30ff.,
S. 44 Zeile 31ff.:
Passagen aus Lord Byrons Versdichtung »Lara« – nach der Übersetzung von Otto Gildemeister, überarb. von Siegfried Schmitz.
Aus inhaltlichen Gründen wurden zwei Wörter ausgetauscht.

S. 62 Zeile 11/12:
Sätze aus Wordsworth' »Präludium« (übers. von Hermann Fischer)

S. 86 Zeile 30/31:
Zitat (orthographisch modernisiert) aus François Villons Ballade »Les regrets de la belle Heaulmiere« – Die Klagen der schönen Helmschmiedswitwe

Was ward aus meiner glatten Stirn,
Den hübschen Brau'n, dem blonden Haar

(übersetzt von Martin Remané, Berlin 1983)

S. 92 Zeile 10/11:
Zitat von William Blake aus »Proverbs of Hell« (Sprichwörter der Hölle)

S. 102 Zeile 23:
»Mad, bad, and dangerous to know«
(Verrückt, verrucht und kreuzgefährlich) – das schrieb Lady Caroline Lamb in ihr Tagebuch über Byron, nachdem sie ihn auf einem Ball im März 1812 kennengelernt hatte.

S. 141 Zeile 26-28:
Parodie eines englischen Volksliedes

S. 157 Zeile 4/5:
Zeilen aus Byrons Gedicht »So we'll go no more a-roving« (1817). Nachdichtung von Uwe Grüning (in: Ein Ding von Schönheit ist ein Glück auf immer, Leipzig 1980)

S. 189 Zeile 27:
muti – Zulu: traditionelle afrikanische Heilkunst

S. 190 Zeile 16:
In Thomas Hardys Roman »Jude the Obscure« tötet ein Junge seine beiden Stiefgeschwister und sich selbst. Er hinterläßt einen Zettel: »Because we were too menny«.

S. 190 Zeile 24:
harijan – Unberührbarer, Angehöriger der niederen Kasten in Indien, die auch Tierleichen entsorgten. Eigentlich heißt das Wort »Kind Gottes«, und in diesem Sinn wurde es von Gandhi verwendet.

S. 207 Zeile 14:
Despatch – weißer Arbeitervorort von Port Elizabeth mit hoher Kriminalität.

S. 211 Zeile 20:
Zitat aus Vergils »Aeneis«, Buch 1, 461: »Hier gibt es Tränen für unser Unglück, und Teilnahme findet das Los Sterblicher.«
(Übersetzt von Volker Ebersbach, Leipzig 1982)

S. 250 Zeile 25:
»A fair field full of folk« (A faire feeld full of folk) – Zitat aus dem mittelenglischen Epos »The Vision of William Concerning Piers the Plowman« (Peter der Pflüger) von William Langland.